机械师记事簿

七月 | 著 |

文化发展出版社
Cultural Development Press
·北京·

图书在版编目（CIP）数据

机械师记事簿 / 七月著．— 北京 ：文化发展出版社，2022.6
ISBN 978-7-5142-3751-1

Ⅰ．①机… Ⅱ．①七… Ⅲ．①幻想小说－小说集－中国－当代 Ⅳ．① I247.5

中国版本图书馆 CIP 数据核字 (2022) 第 082323 号

机械师记事簿

著　　者 七　月

出 版 人：武　赫　　特约策划：凌　晨　刘　念
责任编辑：周　蕾　　责任校对：岳智勇
责任印制：杨　骏　　责任设计：郭　阳
版式设计：李宗男
出版发行：文化发展出版社（北京市翠微路 2 号　邮编：100036）
网　　址：www.wenhuafazhan.com
经　　销：全国新华书店
印　　刷：北京盛通印刷股份有限公司

开　　本：880mm × 1230mm　1/32
字　　数：245 千字
印　　张：9.25
版　　次：2022 年 10 月第 1 版
印　　次：2022 年 10 月第 1 次印刷

定　　价：38.00 元
I S B N：978-7-5142-3751-1

◆如有印装质量问题，请电话联系：010-57735441

目录 CONTENTS

答读者问代序

七月

李浩然是一位年轻的科幻和奇幻爱好者。在2019年之前，科幻作家和奇幻作家七月，对于他是个陌生的名字。而三年之后，李浩然成为七月即将出版的《机械师记事簿》一书的试读者之一，与七月有了交流的机会。就《机械师记事簿》以及奇幻和科幻，李浩然有几个问题，七月坦率地给予了回答。这些回答也是策划本书的契机——梳理作家的幻想道路，发掘那些被遗忘的幻想世界，我们将从中得到阅读的快感。

问：您写《机械师记事簿》这个系列作品的缘由是什么？

七月：《机械师记事簿》系列的第一篇发表于2007年，在写这篇之前我主要写的都是科幻短篇。那时候我写科幻基本没有什么太多的人物角色，当时能发表作品的篇幅和容量，以及我的笔力也没给人物和故事留太多的空间。

当时《奇幻》杂志的兴盛给了我一些新的机会和更长的篇幅容量，我就想尝试一下更纯粹的故事和人物的幻想创作。所以就有了《机械师记事簿》这个系列。

从某种意义上讲，其实这个系列并不是纯粹的奇幻。在《机械师记事簿》之前，我写过一个9万字的中长篇科幻故事，讲的是一种病毒感染，嵌入地球生命细胞，让生命拥有无尽的能量来源，不需要吃东西，导致整个地球的巨变。那篇科幻可以算作机械师系列的前传。

那个时候，我一直在探索科幻和奇幻之间到底是什么关系。比如在《科幻世界》杂志上发表过《水鑫日》，内容表面是一群冒险的精灵兽人，实质他们是虚拟监狱里面的囚徒，监狱的管理者一次次重启副本，修改环境参数设定来改造囚徒的思想。

《机械师记事簿》的故事如果继续讲下去，费云的冒险最后可能会找齐发现记载大灾变秘密的“苍之卷”——也就是前传里神秘病毒的研究报告和暴发历史。被叫作“殄”的病毒最终和细胞共生，提供了无限的能源和生命演化可能，于是在人类中出现了不需要吃饭，拥有内源性能源的机械师、魔法师和战士，在其他生物中诞生了无数奇异的全新物种——也就是每部故事里的神秘事件之源。

如果讲到那里，到底那算是科幻，还是奇幻？其实这是创作时候的一点小心思，很可惜没有讲到。

问：《机械师记事簿》主角机械师费云这个角色性格有趣且十分吸引人，能和大家介绍一下这个角色吗？请问这个形象的灵感来自哪里？

七月：费云的设定是一个身世悲惨、贪财，但是驱动力很强大的角色。创作这些小说的那段时间看了很多主角都恹恹的、没有什么主动性的作品，看得我很想把这些角色拖出来打死。所以就报复性地写了费云——他才能出众，油嘴滑舌，看到大钱小钱都走不动路，自恋，但是在大是大非上的原则很坚定，是战斗力很强的这么一个主角。

问：《机械师记事簿》中记载的机械师所处的事件地点风格多样，有中世纪风格的血狮堡，也有中式风格的云镇，您是怎么想到创造这样奇特的世界的？

七月：机械师的关键词是“灾变和遗落”，整个小说的起源是一个叫“殄”的病毒毁灭了现代文明以后的末世，但和传统的“后末世”小说的风格不同，不是被人造武器毁灭，而是被突然进化后的无数新生命吞没。

所以世界是被重新分割，本来文化风格已经趋近统一的当代文明都市消失，世界重新孤立，数量不多的幸存者自然选择组建起更古典、更风格化的世界。

问：从您最早出版的奇幻小说《赋名师》到2021年大热的科幻小说《小镇奇谈》，在您看来创作科幻文学与奇幻文学的区别在哪里？在写作中如何转换？

七月：说起来，机械师这个系列本身也是寻找科幻和奇幻之间的区别和关系的探索之一。那时候我自己也没想得很明白，时至今日，我认为科幻和奇幻的主要区别是：科幻始终在努力塑造一个在某种情况下可能真实存在的世界。赛博朋克讲电子科技对人类社会的改变，《美丽新世界》讲化学、基因技术可能把世界变成什么样。我们的世界有可能真的变成作品里这样，这是科幻作者和读者保持的一个默契假设，也是科幻魅力的基石。读者觉得真实世界绝对不可能和科幻作品里的世界发生关系，那科幻的魅力就消失得差不多了。

奇幻则不追求这一点。《机械师记事簿》从设定上来说，可以圆回去变成“科幻”。但无论在我的创作中，还是在读者的阅读中，都没有这么一个追求，告诉大家“机械师的世界是我们的真实世界变来的”。作品的重心放在人物和故事上，这是另外一种魅力。

独木秘林

在第二十次见到那棵树干上好像有一只眼睛的杉树之后，费云莫名其妙地想起一句话来："世界是圆形的。"

这句话是这个机械师在一页纸质古书上看到的，那页纸上的前后文都腐烂得无法识别，所以他只能靠自己的经验来揣摩和理解它的含义。为了这句话，费云思考过很久。他在第一百次吃烤肉塞住牙缝死活剔不出来的时候想这个问题，他得到了第一个答案：人们的生命总是不断重复，不断地经历自己所经历过的一切；在睡觉时梦见自己被一万根奔跑的红心萝卜追杀，跑啊跑，永远不见尽头。惊醒之后，得到了第二个答案：这片大地是圆形的，像一个桶，你在里面跑啊跑，永远到不了它的边缘。就在他以为自己已经在形而上和形而下两个层面上，给出这句话可能的解释之后的今天，他又想到了这句话第三个答案，也是最有可能的解释：

写这句话的人和自己的处境一样，都迷路了。

比起其他的树林来说，杉树因为总是长得笔直高大，没有太多盘根错节的枝丫，在这里前进算是非常容易的。但这片浩浩荡荡不见边际的杉林看起来就像是一片密密麻麻插上去的桩子，每一株都是高大挺拔的，每一株都是在差不多的角度差不多的位置伸出枝条，每阵风吹过它们都用差不多的动作摇摆，这样看过去，就好像自己被人从背后狠狠地闷过一棒子一样，眼前的景物是无数的重影，让人头晕目眩，马上就要晕倒过去了。你往左看，往右看，往前看，往后看，无论从哪个方向看去，都好像是差不多一模一样的。

"真他妈的活见鬼了。"费云闭上眼睛，甩了甩头，一边骂着，一边试图让自己清醒一些。

费云听见自己的呼吸，听见整个森林沙沙作响。风声像一阵阵遥远的哭声一样，从远远的地方朝他涌来，让费云一阵慌乱。

那些家伙没说错，这里的确是一个迷宫，一个能困住任何踏入禁地的家伙的迷宫。

费云这时候想起那个老头子讲给他的四个故事的结局，如果善良的人们，从这片有魔法的杉林里绕了回去，虽然被饥饿和疲劳折磨得不成样子，但终于回到了外面的正常世界，过上了幸福快乐的生活，邪恶的人们最后只能消失在这里，如果没有坏到骨子里，几十年后，你的尸骨将会在杉树林边缘的某个地方被发现。

费云是在离这片林子不远的小城雅伦听说这片树林的故事的。他当时不过像往常一样漫无目的地到处游荡，偶尔经过雅伦的时候，在闹市公告栏里看到了一条用硕大的、歪歪扭扭的红字写的告示。

诚征机械师一名

因家传古董钟损坏，诚求机械师一名，对其进行维修。

该古董钟为五代传家宝，极为珍贵，望各位谨慎。

报酬：4000 基尼。

哈克伯爵

看到这个告示，费云眼前一亮。他摸了摸干瘪的钱包，心里默道："所谓人傻钱多，就是这个意思了吧。"于是伸手一把将告示抓了下来。

两分钟之后，不知道在什么地方守着的仆人就迎了上来，一脸热情却又有些疑虑地问费云："这位先生，揭榜的是您吧？您可会修古董钟？"

不出他所料，这个五代家传古董钟是一座大型石英钟，不知道到底是几百年前的产品，质量好得让人难以置信。虽然对常人来说，这东西神秘得超乎想象，但作为一个机械师，费云只花了二十分钟给那家伙更换了锂电池，检查了一下电容量，它就运转如新了。

这么快就修好了这宝贝，哈克伯爵兴奋地把费云夸成全世界最伟大的机械师之一，设宴庆祝。

觥筹交错，在美酒和美女的双重诱惑下，没过多久，大家就都喝得醉眼蒙眬了，于是自然地，大家的话就多了起来。讨论女人，讨论金钱，抱怨人生，喝得醉醺醺的哈克伯爵东倒西歪地挨在费云身上，费云厚着脸皮拍着他的马屁，指望这老头子一高兴多送自己千把万基尼。说的本来都是些常规的奉承话，什么宅心仁厚啊，什么富甲天下啊，什么人生如此、夫复何求之类，谁知两三句下去，伯爵大人竟突然间就泪流满面，丢下酒杯伏案痛哭起来。

费云不知道自己马屁哪里拍错了，急忙问道：“大人，您这是怎么了？”

伯爵痛哭不已，对他的询问无动于衷，本来欢快的宴会陡然间安静了下来，衣着肃穆的管家走上前来，就把伯爵大人扶了出去。

“实在抱歉，各位，今天的宴会到此为止，改日向各位客人当面赔罪。”

在费云完全不知所措的情况下，大家纷纷散去，管家这才请费云进了里屋。在富丽堂皇铺着天鹅绒垫的客房里，管家沉默了片刻，对费云说：“不好意思，实在是失礼了。”

“不，是我说到伯爵大人的伤心处了吧。不知能不能问问，有什么不足与外人道的内情吗？”

“其实也没什么。”管家说，“大人是想到自己富可敌国，地位尊贵，却可惜没有子嗣继承自己的位置。”

“哈克大人没有孩子？”

“原来有个少爷叫雪拉德雷的。大人视为掌上明珠。但是在十二年前，少爷在十八岁的时候，外出游玩时误入城外的那片杉树林，从此不见踪影了。”

“那片杉树林？”

“对。”

提到那片杉树林，费云立刻就有了印象，在刚刚进城的时候，他曾见过那片林子。回想起来，那片林子确实给人一种古怪的感觉。

“那片林子我见过，不算大。感觉几个人就算仔细排查一遍，也用不了一天时间，怎么会在那里失踪呢？”

“根本就没有进去搜索过。”

费云一听这话，愣了。

“嗯？没有搜索过？”

“那片林子是魔境，几百年来，从来没有人从那里进去还能出来。”

“……有这样的事情？那里面有什么？”

“有谣传说，那里面有一个长生不死的大法师，布置了结界，任何踏入其中的人都会被吞噬，也有谣传说里面是上古时代遗留在里面的机器人，守护着上古神族遗留下来的宝物，踏入其中的人是被机器人杀死的。也有人说那里面是仙境，进去的人会长生不死，再也不愿从那里离去。”

“换句话说，就是根本没有人知道那里有什么了？”

管家点了点头。

费云沉默了片刻。管家好像知道他在想什么，开口说：“十二年前，伯爵大人曾许二十万基尼悬赏能将少爷救回的英雄。这笔钱到现在仍无人得到。考虑到这十二年的物价因素以及利息，这笔钱现在有……”

他拿出小算盘拨弄了一会儿。

“二百七十万三千六百左右……”

这个数字好像一颗核弹在费云的脑子里爆炸一样，他完全就失去了理智，一把握住管家的手。

“不知府上可有少爷画像！一个星期之内，我保证把他连同他失踪时候的头发都一起带回府上！”

管家很平静地回答道：“画像没有，不过那时候的照片倒是还保留着。”

他拿出十二年前的照片给费云看。

照片上是一个长得一表人才的少年公子，佩剑骑马，风流倜傥的样子。

不过在费云眼里，他就只看见照片上是一尊等身高的纯金雕像在朝他拼命招手。

“等着吧，”他想，“我亲亲的钱钱啊，我来啦！”

第二天，他准备好了行囊，去仔细探查一番那片杉木林的环境。

雅伦虽然是四季分明的温润气候，但因为地处山麓北坡地势，雨水在南坡几乎降完，附近相当干旱，多是半戈壁的荒凉景色。这片荒野中，却独独郁郁葱葱地长了这么一片杉林来。就好像是哪个大神从地图上某个森林里剪下一块，丢在这里一样。

杉林倒是不大，刚转悠了没多久，一个声音突然从他身后传来。

“听说，你是个机械师？”

这声音吓了费云一跳。他转过头去，只见一个身高八尺、长得虎背熊腰的男人不知何时无声无息地出现在自己身后。这男人虽然体形长得很威猛，但是脸上却毫无血色，惨白得有些瘆人。他身佩一把一米有余的双手大剑，红蓝制服表明了他的身份——雅伦的警察部队成员。

费云被这熊一样的家伙俯视着，不禁心生寒意。

“是的，长官。不知您有什么事情吗？”

“你打算进这片林子里去？”

费云观察了一下警察的眼色，没看出什么端倪来。

“是的。有问题吗？”

“这林子很危险。几百年来进去的人很多，从来没有出来过。不过你们机械师，有自己的本事吧？”

费云点了点头：“还算有些把握。”

“你有多大的把握进去了还能回来？”

“我还不敢说得太满。”费云说着，继续沿着树林边缘走了起来。

“这片树林大约有二十公里长，十七公里宽，整体形状近似椭圆形。这就是说，在正常情况下，从一头儿走到另一头儿，需要半天左右时间。在这么小的面积里，只要能找准方位，应该是没有太大危险的。”

警察在他身后跟着：“那你觉得，其他人会在里面迷失，是什么原因呢？”

“很难说，这就要进去才知道了。长官，你问这个干什么？”

“有一个抢劫犯两天前被围捕的时候，逃进了树林里。现在我们实质上已经放弃了追捕。但是我想把他抓出来。如果你能进去，我能和你一起去吗？”

费云转过来仔细地从头到脚打量了这个警察一遍，在这里跋涉了这么久，他胸口没有起伏，也感觉不到他的呼吸。“我叫费云，流浪的机械师，很高兴能认识你。”

警察笑着伸出手紧紧地握了握：“杜卢，武士，雅伦警察局警察。合作愉快。”

两人合计了一下，当天下午两人收拾停当，进了这片森林。

那时候，两个人都还是英姿飒爽、意气勃发的样子，杜卢也不会想到，半天之后，他会在这个林子里蔫得像过季的茄子。

“你口渴不？”杜卢在他身后有气无力地问费云，他摇了摇自己的水壶，只有一点咣当的响声，几乎是空的了。“我们已经在这里转了三天了。你不是告诉我，你有信心找到路吗？”

费云一言不发。他看着面前这棵老树许久，从包里抽出一把刀来，在树干上刻了一个箭头。他沿着箭头的方向，看着手中的指南针朝前走去。“跟上我。”他朝身后喊，杜卢落下两步，又急忙地赶了上去。

两个人根据指南针上的指示，朝南径直走了十多分钟，眼前的景物越来越熟悉。他们又再一次看到那棵高大的杉木，上面有费云刻上的箭头。

“指南针没有用的。”杜卢抱怨道，“要是它有用，也不会这么多人消失在这里面。”

费云想了会儿，对杜卢说：“把这棵树砍下来。”

杜卢看了他一眼，拔出剑，稍一运气，轻松地就把这棵树拦腰斩断。

费云凑近树桩，仔细检查了年轮的走向。

“年轮看起来比较稀疏的应该是南边。”

两人走一段，便砍下一棵树，确认方向。半小时之后，他们两个再次发现景物熟悉起来，然后看到了最开始一棵被砍倒的树。

“他妈的，这到底是见什么鬼了？”杜卢骂道，“这林子到底有什么东西这么邪门？”

“着急也没有用。”费云说，“慢慢想办法吧。”

“怎么想办法？”杜卢急得几乎破口骂起来，“指南针失效，年轮也不对，这到底发生了什么？”

“如果地下有磁性物质，指南针失效是很正常的。”

“你是想接着告诉我，树的年轮指示方向绕圈子也是正常的吗？如果我还没有疯掉的话，树木年轮应该是指向南方。除非地下还有个太阳，否则树木年轮方向是绝不应该出现混乱的。”

“不要太着急了。反正谁也不会饿死……”

“但是会渴死，机械师大人，我不知道你们是不是靠喝油过日子，我们武士是要喝水的！”

“这是在树林里，树里水多的是。”

杜卢看了倒在面前的树干一眼：“如果它真是一棵树的话，你不害怕在这个鬼地方，这东西里面有毒吗？”

两个疲惫不堪的家伙在这里坐下，准备稍微休息一会儿。

就在两个人四眼迷离的时候，费云突然觉得眼前那棵被砍倒的树干缓缓地改变了形状。

他睁开了眼。

树干慢慢地软化起来，像变成一团稀泥一样化了下去，缓缓地融入地下，最后消失不见了。

费云推了杜卢一把。

“你看见了？”

“如果不是附近有一个幻象大师的话，我想，那树干融化在地里了。”

“我知道为什么会在这里迷路了。”费云说着，拿出小刀在身边的树桩上切下了一片树干，放在手中。过了两分钟，这树干在他手心软化，融成一个小小的、黏稠的小球。费云用手指一压，融入了自己的掌心里。

这片树林看起来非常普通，毫无异化的样子，既没有疯长，也没有变色，依然是褐色的树干和翠绿的树叶。

“这根本就不是树。”他说，“指南针没有错，我们根本就没有在绕圈子，绕圈子的是这片林子。”

他取出指南针，径直朝南方狂奔起来，杜卢紧跟在他身后。虽然身边的景物看起来不断重复着，似乎一模一样，但两个人丝毫不理会自己看到的东西，只盯着指南针的指示，猛冲。

大杉树，小杉树，倒下的杉树，有眼睛的杉树…… 在似乎没完没了重复的尽头，他们终于看到了光亮，那种不同于树林之中，被重重叶子遮挡过的光亮。

他们冲了出来，走过了森林的尽头，踏入了从无外人进入的秘境。

小镇，稻田，木屋。

如果说这么一个平凡的村庄有什么让人惊奇的，那就是它的位置了——杉林环抱之中，被紧紧围困得好像囚笼一样。

“终于又看到人烟了。”杜卢大大地松了一口气，还有些惊魂未定。“这片林子，到底是什么东西？”

费云没有理会他的问题，凝神望着眼前的这一片小村田园景色。

“长官，你觉得这里看起来怎么样？”

杜卢看了一眼，很迅速地回答：“很正常。”

“你不觉得太正常了吗？”

杜卢挠了挠头，笑道：“是啊，我就是这么觉得的。正常得有些不像话了。这里怎么也该有些什么上古古物到处耸立着吧。”

这句话一出口，费云的眼睛一闪。

“好，我们这就到处找找，看看这里有没有什么值钱的宝贝！”

两人说完，像被重新注入活力一样，精神抖擞地朝村里走去。不到两分钟，他们就见到人影。一个扛着不知名农具的男子提着篮子出现在田埂上，费云朝他走去，远远地招呼着：“你好啊。”

不料男人抬头一望，先是一脸疑惑，然后显出惊慌之色来，丢下篮子和肩头的农具，转身就朝村内跑掉了。

“他跑什么啊？”费云回过头对杜卢问道，“我脸上有什么东西吗？”

“你吓着他了。”

“怎么可能？”

“如果一个人一辈子都没有见过陌生人，任何一个没见过的脸对他来说都是恐怖的。”

费云盯着杜卢的脸，像没见过一样。

“怎么了？”

“这么有道理的话，不像你能说出来的。”

大概是他们进村的消息很快就传开了，一路走下去，再没有看到别的人。两人在空荡荡的村子里晃了一圈儿，好像进了幽灵村一样，只觉得异样和不安的气氛在身边越来越浓。

“有人吗？”杜卢大声呼喊，但没有人应答。他们尝试着推了推关上的门，都上了闩。敲了几个门也没有人应门之后，杜卢打算拔剑将门破开。费云伸手拦住了他。

“如果你这样干，这群人马上就会联合起来把我们赶出去。”

“如果一个人都不理我们，我们在这里能干什么？”

“我们可以等待机会。”费云说，“耐心是成功的第一要素。”

杜卢只好心有不甘地收回了剑。

两个人很快就把整个村子逛了一圈儿。从表面上来看，这个村子不仅彻底地与世隔绝，而且没有任何一点外界文明的印记。在这个自给自足的农耕村庄里，既没有上古机械科技的设备，也没有魔法力量的痕迹。木头、石头和原始的铁器就是这里的全部东西，在空气里也没有魔力残留的感觉，唯一能够证明这里处在现代的证据是一个村中小井旁的半人高圆形机械。不过就连这个都已经是许多年前遗留下来的东西了。外壳已经锈蚀得破破烂烂，很显然，不知多久没有启用了。

“你怎么看？”杜卢问费云。

“如果我们想在这里找什么的话，最好还是跟这里的人聊聊。”

费云说着，俯下身子顺手拆开了那台破破烂烂机器的外壳，然后他惊讶地发现，这台远古水泵的内部居然完好如新，两条电源线断开，却并没有损坏。

“你还想找那个脱逃的犯人不？”他问杜卢。

“当然要，要不我花这么大力气进来干什么？”

“那我们在这里休息一晚，找机会跟村里人谈谈吧。”

半夜里，费云从睡袋里醒来，转身发现身边的睡袋空着。他叫了两声杜卢的名字，却没有回应。他迅速地爬了起来，穿上衣服，从帐篷里钻了出来。

帐篷外面的月光清明，一切在眼前倒是很分明，但风吹过杉林，窸窸窣窣的声音让人觉得头皮发麻。

“杜卢？”费云喊这个熊一样的警察的名字，无人应答。

他抬头四望，从村庄的深处飘来了人们的脚步和篝火的噼啪声。他抬头寻找了一下火光的位置，朝村内走了过去。

费云小心翼翼地走过去，看见村民们手举烛火，在村中央的一间大木房前鱼贯而入。他们走进去之后，掩上了门。费云轻跑着跟了上去，透过木门的缝隙，他看见里面的众人举烛围坐一团。

一个白发垂肩、胡子长到胸口的老头站在圈中央，周围紧紧地围着一圈儿。这里应该就是全村所有人了。费云就着那些微弱的烛光看去，数了数，全村里不过三十人到四十人。

在火光下，这些人的面孔模糊，而且光影凌乱，格外怪异。

费云等着他们开口说些什么。他看见这群人坐定之后，把烛火放下，然后彼此手拉着手，静静地坐着。他等了十多分钟，不见任何人开口说什么。

似乎在进行什么仪式，他们就这样静立牵着手，却没有什么下文。

他扫了一遍，正感到无限疑惑时，突然感觉有目光注视在了他的身上。

费云身处黑暗之中，这突然的目光让他大气也不敢出。他小心翼翼地寻找目光的来源，生怕目光的主人突然间将屋内几十个人惊扰。

每个人的脸都被胸前的烛光映亮，光线在脸上悠悠地飘着。费云挨个看过去，看见不少三十多岁的壮年男性，如果哈克伯爵的儿子还活着，生活在这个村子里的话，那么就该是这个年纪。

他发现，村民里三十多岁模样的人并不少，但是看起来有点儿像那照片的人却一个也没有，要么骨架太矮，要么身材太瘦小，一个人长到十八岁，身材基本已经定型，不太可能有这么大的变化。

费云注意到了那张越过人群盯着自己的脸。那张脸挡在长袍的帽子下，看不清楚。但是那双眼睛看着他，却没有恶意，有些好奇，也有些惊惶。

这时候，一双冰冷的手轻轻地搭在了费云的肩上。

费云大惊，浑身一颤，反身搭手扣腕，抓住袭击者的手腕，向手背方向扳去。在他双肩上，左右各四支金属细刃穿破衣服的缝隙刺出，然后各自敏锐灵活地朝袭击者头、胸、手等要害瞄了上去。

“是我！”费云听见那压低的声音，才察觉过来。他抬头看着杜卢的脸，两支细刃正对着他的眼睛，这个家伙倒是一点也不慌。

这左右共八支细刃由无数极短的三角刃的节件连接而成，每个小节件可在一定幅度内高频振动，连接起来之后可以几乎完全自由地任意弯曲。

“上古科技的武装真是可怕啊。”杜卢说。费云张手，将兵刃收了回去。

在屋外的小规模冲突虽然响动不大，但是显然惊醒了屋里的人们。没有任何吩咐或者交谈，那个圈子外面的两个人松开手，转过身，朝门口走来。少了两个人，圈子又收缩了一点，断开的环重新拉上。

看到两个人朝门口走来，费云和杜卢一惊，翻身起来，一路朝附近房子悄声跑去。

这时候费云又回头看了一眼，瞥见了那个一早发现自己，却没有说破的家伙的脸。他并没有看清，只觉得他很年轻，还只是一个小孩子。

两个人远远地躲着。费云肩膀上又探出一只机械臂来，上面架着数枚透镜伸到他的面前，它们在费云控制下旋转聚焦。虽然有两个卫士守在门前，他还是透过门缝望见了里面的样子。

“你看到些什么？”杜卢在他身旁百无聊赖地站着。

“我正打算问你呢。你刚才干什么去了？”

“我听见外面有人声，就一路跟着他们。什么还没看见，就在门口遇到你了。”

“靠，你也不想想你都没看见，被你这么一吓，我还有机会看见什么？”

虽然看是能看见那间堆着稻草的大屋里的情景，可却是什么也听不见。偏偏那群人就这样坐着不说话，没有什么动作，也没安排什么特别的仪式。好像在看一场无声的哑剧，费云盯了半天，什么也没发现。

他只好把焦点放远，仔细地看了看那个中央的老人。看起来像是村长之类，看上去大约是五六十岁的样子，在所有人里面，他看上去是最老的了。除了他，其他人基本上都是二十岁到四十岁的青壮年人，但是没看到一个小孩子模样的人。

这很奇怪，按照正常村落，如果有许多青壮年，那么他们必然会有孩子，而老人也应该有不少。但是这里却除了青壮年外没有别的年纪的人。

费云移动透镜组，把焦点转向了那个发现自己的年轻人。

虽然袍子挡着，他还是勉强看到了年轻人的脸，皮肤细嫩，没有胡子，怎么看也不像是在地里干过活儿的样子。

他们两人等着，大约一小时过后，大房子的门打开，大家各自散去了。

“那个年轻人。”费云指给杜卢说，“我们找他下手吧。”

杜卢一惊。

“下……下手？”

“他看见了我，但是没有说破。恐怕这里面他还可以跟我们接触。我们先去弄明白这到底是怎么回事儿。”

费云看清了那个年轻人的住处，是一个人。又等了等，在估计大家都安睡之后，他们两人朝这个年轻人的住处摸去。

杜卢在前面走着，一个人嘀嘀咕咕地说：“原来是夜袭呀！”

两个人悄无声息地摸入了那个年轻人的屋子。门是微扣着的，费云轻易地就打开了。

小瓦房里陈设简单朴素，借着微弱的月光，可以看见三把椅子、一张大木桌、一张床，除此之外几乎一无所有。这倒是没有什么太让人惊讶的地方，毕竟这里差不多算是什么也不出产。

他们才刚刚适应这样的黑暗，烛光就突然地亮了起来。那个年轻人手持烛台，站在床边，盯着费云和杜卢两个人。他的眼睛明亮而闪烁，透着一种怯生生的好奇，长发及腰，整个人看起来很英俊，而且年轻得让人惊叹。

三个人默默相对，僵持了三四秒钟，杜卢第一个小心翼翼地开口说话：“你好……我们，我们不是坏人……”

“我不该跟你们说话……”他有些迟疑地回答。

“为什么呢？”费云问，“你们村里的人都不肯和外面来的人说话吗？”

“村长不让我们和你们说话。”

“就是那个老头子是吧？”

那年轻人点了点头。

“这里是从来都没有外人来过吗？”

“不，不是的。”

杜卢和费云对望一眼。

“那为什么又不能和我们说话呢？”

他迟疑了一会儿，说：“因为你们不是自己人。”

“什么样的人算是自己人？”

等了好一会儿，年轻人摇了摇头，没有回答。

“我叫费云，你能告诉我你的名字吗？”

他小声地回答：“雪拉。”

“明早你能带我们在村里走走吗？”

他摇头。“我不能和你们在一起的。”说了这话，他慌张地将两人推出房间，合上了门。

“好吧，我们来分析一下眼前的状况。”

回到自己的帐篷里，缩回睡袋中，费云说：“到现在为止，我们对这个鬼地方了解了多少？”

杜卢回答：“第一，这外面的杉林不正常，绝对不是正常的树。”

“继续。”

“第二，这里面村子人很少，不愿意和外人说话。”

“还有什么？”

“说不上来。”

“那，周围这些杉树，你有什么看法？”

“我？我知道它们肯定不是树。”

“先生，我确定你不是来说废话的吧？你觉得，那是什么类型的殄？”

“什么类型的什么？殄？”杜卢有些困惑地问道。

“还能是什么？”

这位警察迟疑了一下，继续问：“什么是殄？”

费云看了他足足有半分钟。

“你不知道什么是殄？”他锁着眉。

杜卢摇头。

“殄就是你和我这样的人所有力量的基础。”

费云伸手，在指尖打了一个火花。

“你以为这样的力量是怎么来的？”

“……天生的。”

“大多数殄人都是天生，生下来就不用吃饭，生下来就拥有强大的力量。但为什么同样是人，有的人天生就没有这样的力量？为什么有的父母都是拥有强大力量的狩，而儿女却连最低级的殄人都不是？”

“别卖关子了，直接告诉我吧。”

“殄人的力量来自‘殄’。根据机械师们这么多年的调查，‘殄’的出现只是数百年前的事情，在那之前，所有人都只是普通人。需要每天吃大量食物，从来就不拥有各种各样奇怪的力量。那就是所谓的众神时代。”

“人们都在天上飞的时代？我一直以为是传说而已呢。”

“有确切的证据证明那不是。那个时代结束的时候，有一种神奇的微生物出现，小到眼睛根本就看不见。根据机械师工会的考古调查，那东西刚刚出现的时候，可能是以后的一种生命形式。这种生命有着众神时代所有生物都没有的特点——它不需要吃东西，却能凭空产生能量，我们把它叫作‘殄’。

“这种微小的生命具有很强的侵略性，它侵入其他生物体内寄生。这些被寄生的生命也就具有了它的特质，不需要吃东西，却能获得能量。于是人就出现了两种类型，基本不需要食物的‘殄人’，和需要吃东西才能活下去的普通人。在殄人中又有极少数渐渐学会使用‘殄’带来的无穷力量，将‘殄’的力量征服。这些人不仅能不吃东西，还可以拥有强大的力量，他们被称为‘狩’。比如你这样的武士、我这样的机械师以及巫师。我们的全部来自共生在我们体内的‘殄’。

“但是殄本身在寄生，和寄主共生之后，也会发生变化，形成许多更复杂的生命形式，会奔跑的树林，会吃人的苔藓，靠吃石头为生的虫子……”

“比如那些树？”

“比如那些树。”

“你的意思是，那些怪物树，还能七弯八拐地算成我们的亲戚了？”

“没错。七弯八拐地还能算上你的亲戚呢。”

“这么说，就是这些叫‘殄’的怪树控制了这个村庄，把它和外界隔绝了？”

“不排除这种可能吧。”

“那，那，”杜卢急切地问，“你觉得村里人长寿的秘密是什么？”

“长寿的秘密？”费云惊讶地问，“什么长寿的秘密？”

“他们活得比普通人久，你没有发现吗？”

“……完全没有发现。”费云疑惑地说，“他们看起来，不老啊。”

杜卢愣了一下，猛拍了自己的脑门一下。

“嗨，什么乱七八糟的，我自己迷糊了。没事儿。”然后他转移了话题，“明天我们从哪里入手呢？”

“明天……”费云犹豫了一会儿，“先去调查外面那些怪杉树。”

“可我觉得弄明白这村里的秘密比较重要。”

“也许村里的秘密就藏在那些树里。好了，别吵了。先睡觉！”

费云把脑袋埋进睡袋蒙了起来，片刻之后，就传出了呼噜声。

早晨是从帐篷的倒掉开始的。

费云当时睡得正香，梦里只看见无数等身高的金像在他眼前晃来晃去。这数不清的钱足够让他周游全世界，去寻找那梦寐以求的苍之卷。那本记载着所有殄的资料的上古卷轴在他眼前飘来飘去，整个世界的秘密和规律就在费云面前，可是怎么也抓不到。那些巨大的金像就是通往苍之卷的台阶，他兴奋地左扑右抓，好不容易费尽了力气抓住一个，那金像就哗地朝他倒了下来，碎成一堆金块把他死死地压在下面。

他在乱成一堆的布堆里挣扎了好半天，才从那里伸出手来，然后艰难地把自己拉了出去。只见那堆缩成一团布堆的中间，还有一个熊一样的身躯在拼命地想把自己缠成个茧。他不得不从肩膀上伸出自己的全部机械肢，小心地帮杜卢把他身上的帐篷扯下来。

“别用那么大力气，”费云心痛地说，“帐篷坏了，很贵的。”

杜卢一脸狼狈地从帐篷底下钻了出来，整理了一下皱巴巴的衣服，问：“村里人来骚扰我们了吗？”

费云四处望了望，没有见到一个人。

“这个事情告诉我们什么道理，你知道吗？”

杜卢傻呵呵地摇着头。

“这个事情告诉我们，你架帐篷的时候偷懒，迟早会被帐篷活活埋死。”费云白了杜卢一眼，“去看看那些树。”

他抬脚就走，杜卢一边整理着自己的衣服，一边把佩剑拽正，慌慌张张地跟了上去。

他们再次踏入那片密林，径直朝里面走了一至两小时。费云在前面一言不发，杜卢也就只能在后面傻跟着，直到两个人走到树林中央，才停下来。

费云看了看四周，指着一棵比较粗大的杉树对杜卢说：“把它给我砍下来。”

“没问题，看我的。”他抽出自己的剑，拦腰把一人多粗的水杉斩断，水杉轰隆地倒下来，拉倒了一片树枝。

“现在把这棵树切碎，切成粉末。”

杜卢疑惑地说：“切成粉末，为啥？”

“别管那么多，切就是了。”

只见杜卢将剑气注入剑身，原本银色的剑身外被一层蓝色的剑气笼罩着。他高高跃起足足有两米多，然后朝下一剑挥出，剑气激发，让整个地面都发出一阵闷响。

那棵树被剑气冲碎，完全成了浆汁状的东西，在地面划出一道长长的放射状痕迹。剑气强大的压力把它们直接打进了土里。

费云蹲下抓了一把混着树浆的土，抬起头看着杜卢说：“我说，你倒是威风了，这叫我怎么用？”

杜卢讪讪的不说话。

“让开吧。”费云的口气有些郁闷，“还是要我自己动手。”

他让杜卢退出两米远，然后只见一阵蓝白色电光在费云双臂间流转，从肩膀朝外，左右各四支一米余长的细刃从肩膀衣服预留的空隙中伸了出来。多了四对纤细的手臂，费云看起来就好像一只巨大的变异蜘蛛。

这四对延伸的手臂揽住一棵树，先从根部锯子一样缠绕切割，然后把整个树举在半空，构成这八根细刃的关节高速振动起来，树干周围的空间就像被一股巨大的冲击波压破一般，砰地炸成一片粉末碎屑，飘散在空气当中，清香和潮湿的味道立刻就充满了这个空间，形成了一股绿色的雾。

阳光从这棵树倒下留出的位置射了进来，这片雾退去了原来的绿色，变成一团浅金色的水汽。费云不慌不忙地收起兵器，从口袋里取出一根指头粗细的管子，将指间的电流输入管子一端，另一端就如旋涡一样，将雾吸了进去。

费云从那团雾中走了出来，整个人看起来就好像一位浇了一身涂料的建筑工人似的。他抹了抹满脸的树浆，跟杜卢说：“回去，呸，洗个澡，呸，这味道太难受了，呸。”树浆淌进他嘴里，他只好一边说一边吐。

“这东西拿来干什么？”

“回去分析一下这殄有些什么特性。说不定有什么用处呢。”

他们说着，回头朝村里走去。那原本化为粉末的树林荒地上，新的树木正以发疯般的速度拔地而起。好像那不是树，而是几根举起来的杆子一样，迅速地爬高，长粗。不到一刻钟，它们高耸参天，伸枝长叶，除了那团还没有散去的雾，刚才的事情好像一场梦，一切又恢复了原状。

费云和杜卢有了经验，再找到方向就不是什么困难的事情，两个人很快回到了村边。

但这两个人并没有料到会面对一群愤怒的人。

全村三十多人围在一起，正等着他们从林子里钻出来。这些人的表情让费云惊讶：如果说昨天的表情是害怕和厌恶的话，现在所有人的表情都是愤怒的。穿过人群，费云找到了雪拉那孩子，他的脸上也充满了掩饰不住的愤怒。

昨夜那个坐在中央、白发垂肩的老头子站在队伍的最前面，看到他们走出来，就用苍老的声音对他们叫道："站住！"

他们两个停下来。

"请离开我们这里，你们是不受欢迎的人。"

"可我们不是什么坏人啊。"费云辩解道。

"你们是好人还是坏人，我们看得很清楚，请你们离开这里，否则我们只能把你们驱逐出去。"

"驱逐？"听到这句话，杜卢笑了起来，"凭你们吗？"

费云拉了他一把，向他摇头示意不要惹事儿。

"希望你们自己离开这里。"村长说，"这是你们的东西。"他挥挥手，一个男人走出来，把一包乱七八糟的东西丢给了他们。

"我希望永远不要再看到你们，请！"村长伸手做出送客的手势，费云挎上行李，拉着杜卢，走进树林，朝外走去。

"为什么要走？"杜卢不满地说："他们能把我们怎么样？"

"不知道。"费云回答说，"我也不知道他们能把我们怎么样，但是我的直觉告诉我：别惹事儿。"

"你怕他们？"

"作为一个机械师，我必须告诉你，面对尚不了解的东西，'谨慎'往往会救你的命。"

"可他们只是普通人啊。"

"能生活在这种地方的人，再普通也不会普通到什么地步。"

"那现在怎么办？"

"先出去，等我弄明白了再想办法。"

"可是我们根本什么都还没搞清楚呢。"

"是啊，我的赏金连影子都还没有呢！但是至少我要搞明白这片林子到底是什么，还有这个奇怪的村子里到底有什么东西会让那些人这么排外。”

他们一边说着，杜卢突然一把拉住他，把他拽到一棵树后面。

“有人！”

费云小心地掏出自己的透镜组，朝着杜卢指的方向望去，图像迅速放大，他看到了那个人的脸。

是那个名字像女孩儿的男孩，叫什么来着？

对，雪拉。

费云正要站出去打招呼，却被杜卢一把拽住。

“你不觉得事情不太对头吗？”

“怎么？”

“我们是一直朝外面走对不？”

“是啊。”

“我们走的时候，他们全村的人都在后面看着我们对不对？”

“我明白你的意思了。”

“我不相信这个小孩儿能走得比我们快。”

“也许他熟悉树林，能找到更快的路呢？”

“……”

“再说了，这不是你说的吗？他能拿我们怎么样？”

费云走出去，杜卢警惕地跟在后面。雪拉在前面等着他们，一脸失落。

“你们为什么要破坏这些树？”他问，声音无比幽怨。

“嗯？”

“为什么要砍掉这些树？为什么要把它们切碎？”

“……你怎么会知道的？”

“回答我。”

“我想搞清楚这树到底是什么东西。”

“于是就要毁掉它们是吗？”

“……”

“本来我想和你们一起离开这里，回到外面。”雪拉说，失望地看了他们两人一会儿，转身跑掉了。他的速度那么快，一眨眼就找不到了。

两人沉默了一会儿，费云开口说：“你现在还觉得他能赶到我们前面很奇怪吗？”

半天之后，这两人来到了树林的边缘，远远地望见了城门。

在城门口，费云和杜卢暂时分别，杜卢给了他自己的住址，让他准备好了再联系。费云找到了机械师协会在雅伦的联系处，把树浆样本赶紧送给了协会的实验室。

然后他跟哈克伯爵联系，告诉他在那个树林里没有找到他儿子的踪迹。这个打击早在伯爵的意料之中，并不算重。伯爵还是很客气地请他吃了晚饭，给了他一百基尼的报酬。

第二天，费云在城市里晃了一天，到了晚上，旅馆的门房通知他，有协会的信。

他迫不及待地拆开等待已久的分析结果，上面只有一句话。

“经初步分析，样本应属于榕系殄类，具体特性未知，等待进一步培养分析结果。”

这个结果并不出乎意料。

榕系殄是殄中一个非常庞大的类群。这类群里，最典型的榕系殄是一种成体巨大的植物类生命，成体的榕系殄会形成一片小型森林，看上去可能和普通的树林一样，但实际上，林子里所有的树都不是独立的个体，而是榕系殄的一部分。所有的树木根部彼此相连，形成一个巨大的体系，它们内部相互沟通，除非你将整片森林从根部全部毁灭，否则无法将其根除。表面上看起来像是一片树林，实际上是一个生物体。

如果那片杉林只是一个单独的个体，就可以解释那片林子为何能够形成一个无法穿越的迷境。

不过，光知道这个，离解开村庄的秘密还太早。

他决定继续等实验室进一步的化验结果，希望能获取足够的信息来揭开那个封闭村庄的秘密。

既然这样，费云还要在这个城市待着。他洗了澡，喝了点红酒，舒舒服服地倒在床上睡觉去了。

半夜，他突然在一片黑暗中醒来，觉得自己有什么东西遗忘了。

他半躺起来，盯着天花板，仔细地从大脑里搜索所有的信息，那些纷杂的画面在脑海里反复回放过了好几遍之后，费云猛地想起了雪拉的脸。

他见过这张脸，他熟悉这张脸。

又花了好几分钟的时间，他才在脑海中将雪拉头上那堆乱七八糟的长发剪去。

他一下子明白了，为什么那个看起来很不错的男孩子有一个女孩子的名字——因为他只把自己的名字说了一半，他的名字不是雪拉，是雪拉德雷，哈克伯爵的儿子。

费云看了他那么多次却没有把他认出来，只因为他看起来和十二年前失踪的时候一模一样，依然那么年轻，没有一丝十二年岁月成长的痕迹。

这时候，费云记起杜卢问他的话："你觉得，他们长寿的原因是什么？"

是的，长寿的村庄，长寿到了完全不见衰老的村庄。

杜卢问他这个问题的时候，并不是因为他看到这个村庄里没有几个小孩子，主要都是中年人和老人，而是因为他本来就知道这个村庄拥有长寿的秘密。

在正常情况下，一个自我封闭的社会的年龄结构应该是老年人最少，中年人较多，孩子数量在老年人和中年人之间——只有这样的年龄结构才能保证这个社会不断延续，又不会增长过快。

那个村庄，是不是因为儿童正常长大之后衰老变得极为缓慢才显得孩子特别少呢?

费云急忙穿上衣服，朝杜卢留给他的地址跑去。晚上的小城安静得像闹鬼一样，他冲到杜卢的屋前，敲了半天门，却没有人应声。

稍微迟疑了几秒钟，他撬开了杜卢家的门。

屋里没有人。

事情不对——

他心想，来不及再去收拾什么行装，转身朝城外跑去。

费云在夜里穿越了那片杉林。

这种事情本不是他的风格——要在黑暗的环境下穿越榕系殄的地盘是很危险的事。受到阳光的干扰，殄在白天一般不会生长过于旺盛，但是在夜里，有的殄会展现出与白天完全不同的形式来，谁也不知道这东西会不会吃人。

无数细长的叶子在风中窸窸窣窣地响着，风穿过树枝卷起一片咿咿呜呜哭一样的声音，一束月光透过缝隙射进来，成为这片林地唯一的光源，但在这片漆黑的大地上，一点点亮起的斑驳影子好像僵尸身上的伤口一样。

他总觉得有什么在背后盯着自己，只觉得身上冷飕飕的。

“我可是很瘦的呀。”费云哆嗦了一下，驱赶掉身上的寒意，“看起来有肉，实际上身上好多都是铁疙瘩，可不好吃的。”

不知出于什么样的打算，费云展开了八支细刃，小心地前进着。

他模模糊糊地听见自己头顶传来什么东西移动的声音，风声突然安静了下来，像在等待什么一样。

无形的压力让费云胆怯了，他缓缓地抬起头，朝自己上面望去。

几棵杉树在他上方交搭在一起，树干像胶管似的蠕动着，一个直径大约要两个人才能环抱住的液滴就在他头顶上方不断地膨胀、变大，就在他抬头的那一瞬间朝费云身上压了下来。

费云只觉得错位，似乎不是那怪异的液滴大得离谱，而是自己变成一只微小的蚜虫。

所有金属细刃同时触发！

八千四百个关节一起高频振动，周围空气受激形成复杂的超声波源，第一支细刃从下方刺入液滴中央，划破那家伙的表面，在液滴振荡起来的同时，另外三支细刃以三角形的结构刺入另外三个方向，四个方向的振动迅速协调起来，原本在黏稠液滴内很快衰弱的振动同步起来。剩下四支细刃高速在空间中甩动，将液滴切割分解。

整个巨型液滴在半秒内被加热，中央沸腾，沿着细刃切开的缝隙方向，将四周炸得粉碎。滚烫的液体迸射出去，少量继续朝下滴落。细刃组成的网挡住了大部分，但有几滴落在费云身上。

他被烫得嗷嗷直叫。

虽然躲过了一劫，但费云知道此地不可久留，于是加紧步伐朝森林里面赶过去。

这树林今天好像格外大。

费云心想："他妈的，也不知道这村里人都是怎么从这里面出来的。"

他转念一想。要是被这巨大的榕系殄分泌物滴中了会有什么后果。

长生不老也说不定。

话是这样说，他可不敢拿身体来做这个实验。

一路狂奔，等到周围开始蒙蒙亮起来的时候，费云终于感觉到这林子稀疏起来了。

随着东方渐渐地亮起来，这片暗藏杀机的树林终于安静了下来，又像普通的树一样静止了。

"妈的。"

他一边心里很不爽地骂着，一边踏入了这个村庄。

按理说，这时候村里的人应该还没起来才对。于是费云大摇大摆地朝哈克伯爵的儿子雪拉德雷的房子走过去。

他莫名地激动起来，就连嘴角都忍不住露出笑容。费云这么接近那个大金人，他决定，就算是用绑的，也要把他带到哈克面前。

至于他为什么会在这里待了十二年，为什么没有变老，这些问题还是留给哈克伯爵自己好了。

他开始设想方案：第一种方案，直接冲进去，把那个小男孩打晕，用绳子捆起来，扛上就跑。第二种方案，进去，找他谈话，亲情友情爱情，别管什么情，一股脑儿地煽，煽得他潸然泪下，乖乖地跟自己走。第三种方案，给他下药，下了之后像木偶一样，叫他干吗就干吗……

他想得不着边际，完全没有注意到背后的身影。那个藏在墙后的影子从他进村开始，就不近不远地跟着他，直到他走到雪拉房子附近的时候，那个影子突然从后面冲了出来，在他拉开雪拉的房门之前一把抓住费云，把他猛地甩到后面的房子里。

费云在一瞬间显得惊慌失措，身上的兵器猛然触发，从八个不同方向朝袭击者身上刺过去，快要刺中对方身体的时候，他听见了那个人的声音。

“别乱动，是我！”

在机械刃把他戳穿之前，费云认出了这人的声音。

但是这时候，机械刃的强大惯性没法立刻停下来，两个刃口划破了他的皮肤，杜卢在他前面露出龇牙咧嘴的表情，却不敢发出声音。

“你干什么呀！”

杜卢捂住他的嘴。

“小声点儿。”

费云透过缝隙朝街上看去。过了几秒钟，有三个村民从后面走了过来，四处寻找了一会儿，分头朝别的地方搜了过去。

“你从林子里出来的时候，他们就盯上你了。”杜卢说。

“你什么时候来的？”费云小声问。

“昨天晚上。”

费云点了点头，没有问他来这里要干什么。

“他们怎么会知道我进来了？”

“你的响动那么大，就连我都知道了，他们还会不知道？”

“那怎么办？我要把那个小男孩带出去啊。”

“带他干什么？”

费云简单地把情况告诉了杜卢。他听完这事情，脸上倒没有多少惊讶的表情。

“我们现在去找村长。”杜卢说，“跟我来。”

虽然并不明白要去干什么，费云还是听了他的话。

两人看着跟踪的村民走远，确认没有什么危险之后，才从藏身之处现身出来。

费云凑到雪拉屋子门前，小心地拉开一条缝，朝里张望了一下，没有看到有人在。

“跟我来，小心。”杜卢说道，领着费云谨慎地前进。

第一天晚上，村里那位白发垂肩的老头子显然就是这个村子的首脑。有什么问题，他们自然就想到去找那家伙问问清楚。要搞清楚雪拉德雷为什么会在十二年后继续保持十八岁时的容貌，去找那个老头，倒是一个简单有效的解决方法。

看样子杜卢早就搞清楚了老头子住在哪里，两个人绕过搜寻他们行踪的村民，摸到了那个老头住的地方——那天夜里开大会的大谷仓旁边。

门虽然锁着，但是这点困难对费云来说毫不费力，他三下五除二就撬开了房门，两个人闯进去，关上了门。

村长的房间风格和雪拉的自然不一样，虽然陈设简单，但是相当宽阔，正面对着一个大厅，连着四五个房间，大厅除了桌子和椅子几乎没有什么摆设，简单的风格下却透着一股压抑的味道。

虽然是白天，屋里却不太亮堂。

大厅空旷无人，杜卢拔出剑，紧张戒备地四处望了望，踏入另一个房间。

那个房间似乎更加阴森，杜卢进去了以后，半天没有开口说话，然后从里面招了招手，示意费云进来。

费云走进门口，还没有适应这里的黑暗，突然被什么东西猛地敲了一下，觉得头顶一震，晕了过去。

过了一会儿，他才迷迷糊糊地清醒过来。费云发现自己被绳子死死地绑在椅子上，身边绑着另一个人。他定了定神，慢慢适应了屋里黑暗的环境。忽然发现，身边的人，竟是村里那位胡子垂肩的老村长。

“你也醒了啊？”他听见那个声音，声音他很熟悉，口气却很陌生。

身边的老人虽然被绑在椅子上，但却泰然自若，费云望向他的时候，老人也平静地回过头看了费云一眼，那眼里很镇定，不露出一丝喜怒哀乐。

费云这时候终于看清了眼前的人，他手持长剑，坐在角落的椅子上，跷着二郎腿，脸上露出冷冷的笑。

除了杜卢，还会是谁？

不错，除了他，又有谁能在黑暗里一击就把费云打晕呢？

“你干什么？”费云问。

此刻，费云几乎认不出杜卢，这几天的相处，他所熟悉的杜卢是这样的：有些傻气，有些迷糊，老是做错事儿，做错了会露出一副不好意思的表情。但是现在，那张脸上却是冰冷的杀气。

“这要问你自己了，既然已经出去了，又回来干什么？本来没你什么事儿，等我干完了自己的工作，一切就结束了，你何必非跑来送死呢？”

“送死？为什么是送死？”

杜卢叹了口气。

“我们那里有个古谚，叫作好奇心会杀死猫。说的就是你。为什么你要知道那么多？”

“机械师有句话，叫本相永存。一切的真实总能被了解，如果不是我，你能进这个村子吗？”

“是的。”杜卢笑了，“我应该感谢你，如果不是你，我的确很难进来这里。本来我也打算借助你的力量弄明白这地方的传说，可你又逃了出去。我已经没有那么多时间再等你来搞明白这里的秘密了。我只好用自己的方式。好了，别试图用你的那些上古兵器解开绳子了。那是精钢丝，就算你用尽全力，把八条细刃全打开，也要两三分钟的时间，这样偷偷地动作，恐怕要一两天呢。老实一点儿，下次再让我看到，直接一剑砍了你。”

被说破了小动作，费云收回了自己的武器，“什么秘密？”

“你应该知道了——长生不老的秘密。”

他指着那个老人。

“回答我，你多大了？”

这个老人沉默了一会儿，回答说：“我不知道。”

“大概呢？几百年？几十年？”

虽然是被捆着，但是村长却没有一点不自在的样子，他咧了咧嘴：“记不清，很久很久了吧。有这片林子的时候，我就在这里了。”

“听到了吗？”杜卢说，“从这片林子有开始，他就活着。到现在，好几百年了吧。你要找的那个小孩儿，过了十二年，看起来还是老样子。永不衰老，永远年轻，这就是这个村庄的秘密。”

“很早以前，有一个传说，在这个林子里面，有一群永不衰老的仙人。寻找到这里的人，也就有办法长生不老。这个传说从未被证实，因为到这片林子里的人从来没有出去过。”

“仔细地看着吧，我们面前的是一个无比巨大的宝藏，拥有了它就可以长生不老，可以掌握世界。”

“了不起。”费云说，“你得到这个宝藏了吗？”

“我会得到的。”他说。“如果我心情好，说不定还会让你和我一起看一看宝藏的样子，然后再送你见上帝。”

“……你可真慈悲啊。”费云叹了口气，“记得把我的骨灰撒到海里去，让它随波飘散。”

杜卢没有理他，转过头来，对村长说：“现在，告诉我，长生不老的秘密是什么？我的时间不多，耐心也有限，赶紧告诉我。”

“我有个问题，”费云插话说，“等你知道了这个秘密，是不是要把我和全村人一起灭口，让你成为这个秘密的唯一拥有者？”

杜卢冷冷地看着他。

“如果还有别人知道这个秘密的话，你就有了对手，说不定他很聪明，还能研究怎么破解这个秘密。你千辛万苦得到的东西，不就白费了吗？”费云说着，却没有面向杜卢，眼睛直直地瞪着村长。

也不知道村长是否听明白他的话，杜卢回答道：“等知道了这个秘密，我怎么办还说不定。不过，如果我得不到这个秘密，我会干什么，可很清楚。”说完，手里的剑一挥，剑气擦过费云的右肩，打在他背后的椅子上，椅子轰然碎裂。

“我的招式比较笨，打中东西后，剑气会把其中坚硬的东西炸得粉碎，比如骨头什么的。”他咧了咧嘴，“那种痛啊，没有经历的人很难想象。”他对老人说，“村长先生，你是准备现在告诉我呢，还是等全身关节粉碎之后再告诉我？”

村长依然平静地说：“你要问的事情，你已经知道了。”

你要问的事情，你已经知道了？

费云和杜卢疑惑了：这话是什么意思？

“我知道什么？”杜卢迟疑地说，“别跟我绕圈子，我没有耐心。”

说完，一道剑气朝村长胸口劈了过去，剑气划破他的衣服，把村长胸口的衣服炸成碎片，身体却没有受伤。杜卢对剑气的控制已经相当精确了，即便费云没有见过他拼尽全力的样子，光从这控制力来看，就算自己没有被捆住，也未必能赢得了他。

“下一次就没有这么走运了。爽快地告诉我，怎么样才能长生不老。否则，要你尝尝几百年没有尝过的苦头。”

虽然他说得轻描淡写，但是下起手来恐怕就不会那么轻松了。

这时候，门口传来了急促的脚步声，四个村民不知道从哪里得知情况不对，赶了过来。推开门，他们径直朝这里跑来。

杜卢抓起手边的一把椅子，朝他们四人甩了过去，瞬间，椅子砰地炸开，冲击波把四个人击昏在地。

杜卢提起剑，绕着他们走了一圈：“还不说吗？那么，你想看哪一位先死？”

在村长张开嘴，发出声音前，费云突然大笑起来。他的笑声刺耳难听。

杜卢问：“你笑什么？”

“我有个问题，你觉得，利用我，利用得很好，是吗？”

“不敢说太好，勉强合格而已。”

“合格吗？”费云说，“你觉得，你的骗术这么低下，真骗得过我吗？”

“哦？骗术低下？”

费云煞有介事地叹了口气。

“你在林子边见到我的时候，你对我说，你是警察，是吗？”

“没错。”

“你是我这辈子见过的第一个佩巨剑的警察。身为警察，要干的不是把敌人赶尽杀绝，而是保护市民安全。那么大一把剑，你是抓人呢？还是把人砍成肉酱呢？

“你告诉我，你要进这里面找一个失踪的犯人。可是你进来之后，绝口不提找人的事情，好像根本就没发生过一样。

“我让你砍一棵树，你一挥手就把它剁成树浆，这样的武技，是用来抓犯人的吗？难不成你的犯人是大金刚吗？”

费云说得兴起，嘴角都笑了起来，杜卢的脸色却越来越难看。

“我再问你，那天早上，帐篷塌下来是怎么回事儿？我把你拉出来的时候，你怎么连剑都佩带好了。你晚上干什么去了，不敢跟我说？

“还有，你的警察基础考试不合格吗？连殄的基础常识都不知道……”

“够了！”杜卢吼道，他被激怒了。

“那又怎么样，你看出破绽来，可你又能怎么样？你不是照样被我绑在这里，动弹不了吗？”他说着，慢慢地平静下来。“除了能耍嘴皮子，你现在还能干什么？”

“我现在真的只能耍嘴皮子吗？”费云挑衅地说，“我说了这么多，难道你没想到，我从一开始就早有防备，有了对策，所以才放心地让你把我捆起来。”

“你不用再虚张声势了，你没有办法。”杜卢说，他的语气明显底气不足。

“是啊。”费云说，“说不定我真的什么办法都没有，要不我早用了，是吧？何苦在这里空口白话呢，你就是这样自我安慰的，对吧？”

杜卢被说破了心思，一怒之下，高举巨剑，剑气暴涨，“如果你真有办法，那就赶快想想如何从我的剑下自救吧！”

他大喝一声，大步滑上，越过两米的距离，朝费云劈了下去。

在这必死的时刻，杜卢居然看见费云笑起来了。

在费云指尖，一个不知道是什么的东西微微闪了一下红光，杜卢突然觉得背后有两股不同方向的巨大力量打来，还来不及感到疼痛，自己就像一只断线的风筝朝侧面甩出去，手上一松，剑脱手而出。

费云肩上一支机械刃闪电般探出，鞭子一样缠住那把巨剑，趁剑气未泄，甩过来砍向捆住自己的绳索。虽然是精钢丝，但毕竟只是普通金属，一剑下去绳子应声断裂，费云翻身一跃而起，八支机械刃全开，像觅食的大蜘蛛朝杜卢扑了过去。

杜卢的招式用到一半被打断，力量正反噬，背后受了两下重击，此刻的杜卢浑身麻木，只能勉强跳开。现在他丢了武器，力量剩下不到三成，如何跟毫发无伤的费云对抗？

探出八支细刃的费云像章鱼一般从各个方位发起攻击，机械刃异常柔软灵活，每次攻击都绕到意想不到的方位，打向杜卢难以防护的死角。在近身缠斗中，费云这种机械武器的力量虽然远不如杜卢的剑气强大，却也防不胜防。

几分钟后，杜卢就被费云用细刃把手脚死死地捆了起来。

“好吧，事实证明，我除了会耍嘴皮子，还能和坏人作一下斗争。”费云笑着说，从掌心伸出两根细线，把他手脚捆住，丢在了椅子上。

“别乱动，”费云警告道，“这东西当年是用来当感应地雷的，只要触发殄能量，就会发生爆炸，虽然我修改了一下，威力小了很多，但炸掉你的手脚，还是很轻松的。”

杜卢艰难地挣扎着动了动。

“了不起。”他喘息着说：“你是怎么做到的？”

费云得意地摇了摇指尖的一个小东西。

“这是炸弹控制器，在你背后，有两颗微型炸弹。”

“什么时候……”

“在雪拉门口，你抓我的时候，我的两支细刃假装不受控制，当刺入你背部的时候，微型炸药就偷偷装上去了。早告诉你，我有防备，你不信。”

费云耸耸肩，一副早已预料一切的样子。然后他走过去，把村长身上的绳索解开。

“谢谢。”村长说。

“作为报答，你能跟我说实话吗？”

“你可以问，”村长回答，“但我不会告诉你你不该知道的秘密。”

“不，”费云笑了，“我不会问这个。”

“没有什么长生不老的秘密，对不对？”费云话锋一转，说道。

尽管被绑着不能动弹，杜卢还是艰难地挺起了身。

“你说什么！你亲眼看见了，也听见他们承认了。这老头活了几百年，小孩儿在十八岁保持了十二年，难道这些都是假的，都不是长生不老？”

“唉，”费云叹了口气，“我觉得，我今天就是来专门刺激你，让你绝望的。”

他转向村长：“我说，你回答‘是’或‘不是’就可以了。”

“的确，他们是活了很久很久，几十年，几百年，不再衰老，不再自然死亡。这没错，但问题是，他们还是人吗？”

“什么意思？”杜卢疑惑地问。

“别乱动，别激动，当心引爆了炸药。”费云对杜卢做了一个冷静的手势。“本来，在机械师协会内部，也有争论，什么样的人才算作‘人’。在众神时代，只存在一种人，就是需要吃饭，呼吸空气的普通人。黑暗时代之后，才诞生了殄人和狩这样的精英。本来，我这样的人已经不能算作传统意义上的‘人’了，在我们体内，有相当数量的原殄和我们共生，已经改变了我们的生存形式。我这样的‘人’，算是在人类本体上，融合了殄的特别能力的一种‘人’。还有些东西，本来不是人，只有这样或者那样的殄类，经过长期演变，有了人的特质，比如类似人的思考能力和人的外形。有的殄，在某种情况下会变成人的样子。有的殄，会像人一样思考。有的殄，会在生命某个时期变成人形，在另一个时期变成另外一种样子。这些东西，可能非常像人，有时候可能连他自己都弄不清自己是不是人，因为毕竟和传统意义上的‘人’还是很不一样的。”

“你是说……”杜卢转过头，仔细地打量了一番那个村长。“这村里的不是人，是殄？”

村长面无表情。

“最开始，我以为这群人因为某种难以解释的原因被那个林子困在里面，就像林子外面的人被林子拦在外面一样。不过，这里的人口年龄结构不是那种可以持续发展生育的类型，性别比例更怪异，男性远多于女性，按照正常情况，绝不可能出现这么奇怪的男女比例。

“不过那个时候，我还没有想到‘为什么’。

“接下来呢，我发现了一个奇怪的事情。你还记得我们去林子里砍树，收集殄的样本吧？当时我们走了两个多小时，走进树林的中央，没有任何人跟踪我们。并且这里任何一棵树砍倒后，不到半小时，这种榕系殄就会长出一棵全新的树，未留下什么明显的痕迹。等我们回到村子里来——在村子周围那么大一整圈地方，这些村民正好等在我们走回来的那个地方，那地方和我们进林子的地方可不一样。他们是怎么知道我们会从那里出来的？后来雪拉赶上我们的时候，他说，我们砍了树，他们怎么知道我们砍了树？他们不可能看见。

“这是其二。还记得雪拉对我们说的话吗？他本来想跟我们一起走，但因为我们砍了树，就不能和我们一起了。在他的心里，砍树是一个巨大的罪过。另外，请问村长，在一天之后，你们突然坚决地把我们驱逐出去，是不是也因为砍了树？”

村长点了点头：“是的。”

“最开始，这些疑问还不足以用一个满意的解释来回答。接下来呢，样本从我们的实验室里得出了初步结论：这林子是榕系殄的一种。榕系殄是一种独特的殄类，它往往看起来像是一整群的东西，森林啊，草原啊，甚至可能是湖啊什么的，但实际上只是一个生物，每个看起来独立的东西都是它的分支而已。这些分支都属于一个整体。这种殄有一个特点：它会长成一片，占据巨大的面积，而在它的势力范围内，基本上不会容许别的生物存活。换句话说，虽然还不清楚这种榕系殄有什么与众不同的特点，但是很难想象，这个榕系殄会长成一个环形，留下中央一块，让人在里面生活。”

费云看着村长微笑起来。

“我说得有道理吗？”

村长又点了点头。

“当我第二次到这里的时候，另外一些事情引起了我的注意。当我晚上经过树林的时候，遇到了袭击——虽然搞不清楚要是我没有躲开的话，会有什么下场，但可以得知，这种榕系殄并不会甘愿和人们共存。这么几百年的时间里，十几万个夜晚，它怎么可能留下中间这块地方供人们生活？

“最后，结论就很简单了。这个村子里住的并不是普通人类。你们也不是找到了长生不老的秘密并在这里活下去，你们这些有人类外貌的家伙，其实是树林的一部分。或者说，这片树林是你们的一部分。我有没有说错？”费云最后自信地做出了结论。

杜卢的脸色有些呆滞。

“我承认你说的这些东西。”村长点头说，“没错，我们不是真正的‘人’。”

杜卢急了。

“就算你们不是真正的人，有什么关系呢？你们长生不老……”

“你明白人形的殄和殄人的区别吗？”费云说，“殄人是以人类身体为基础，而人形殄则是殄。他们的身体机制完全不一样。也就是说，殄人不可能通过正常的转化，就变成了人形的殄。换句话说，虽然雪拉有哈克伯爵儿子雪拉德雷的外形，但它完全是另外的一个人，只是看着像而已。如果你想长生不老，要变成这样的人形殄类，结果只会是出现一个跟你外形相似、长生不老的殄，但它根本不是你，就像一个照你样子弄出来的雕像。经过这样的转变，你的本体，又会有什么下场，这就说不定了。”

村长的表情依旧平静，但还是隐隐露出赞叹的神色。

“了不起。”他说，“我自己花了上百年才弄明白的事情，你居然两三天内根据一点线索就推断了出来。”

“你有兴趣听听我的故事吗？”村长说。

那是很早以前的事情了。我已经搞不清楚是多少年前。当无数岁月反反复复一如既往毫无改变在你身边流过，你很难计算出正确的数目来了。

在几百年前，我，不，应该说是——有着这个身体和记忆的真正人类出生在一个就像这样的小村庄。那时候，还是你们所说的众神时代刚刚结束的时期，黑暗时代刚刚开始。殄人和普通人的战争没完没了地延续着。那个时候，还有很多众神时代的神器遗留下来，随处可见。

相比之下，他生活的村庄就很普通，而外面充满了各种诱惑和神迹，就连战争看起来都是美的，无数荣耀和金钱在其中易主。于是，他开始羡慕外界繁华的生活，对村子里古老无趣的生活方式感到厌倦。于是他号召全村人，带着自己的妻子和儿女前往外面繁华的大都市。

他们在城市安身之前，战争的规模扩大了，暴乱席卷了那里，这些身在最底层的人们毫无例外地被卷了进去。他的妻子、儿女、朋友和亲人，没有一个活下来。

这些人，包括他的亲人、朋友以及数不清的陌生人，一个个在他眼前死去。亲眼见证那么多痛苦和死亡之后，他感到绝望和悔恨——如果自己安分老实地待在村里，也许不会遭遇这样的惨剧。

在恐惧和战火中经历了数天之后，他也受了重伤。炸弹的碎片击穿了他的肚子，腹部被打出了一个大洞，血流不止。

然后，他看见了一个像蒲公英一样的东西在天空飘荡，当时他已经呼吸困难，知道死亡马上要来了。他看着那个蒲公英，它随风飘了一会儿，朝他落了下来。他只能看着它，它掉进腹部伤口，粘在他的内脏上，慢慢展开。当时他已经没了知觉，只看到它长大，从腹部开始把他包裹起来。

等我醒过来的时候，发现自己裹在一个茧里。那茧很薄，从里面把它撕开之后，我看见周围已经是一片废墟。从那里逃离之后，在一片荒原里，我找到这个村庄的废墟。这里面的人已经逃难去了，只留下一堆残破的墙壁。那时候，我的愿望只有一个，就是永远地远离战争，永远地远离外界。

我在这个地方过了一夜，第二天早上，周围突然之间就长出一片茂密的杉树林。过了很久，我才注意到，这片杉林像我身体的一部分，每一棵树我都能感觉到，其中发生的一切我都了如指掌。

在这片树林，我一个人生活了二十年，却没有感到自己变老。二十年后，有了别人来到这里，那男人在森林里迷了路。我第一次感到那么兴奋，知道自己会有一个能交谈的朋友。那些树是我的朋友，但它们不会说话。那天晚上，那个男人被同化了，成了我的兄弟。我们可以分享喜怒哀乐，我们彼此所想所做，都能心意相通。我们是一个整体。

几百年过去了。几百年间，三十多个人来到这里，融合成我们的一部分。从开始，我就怀疑还是不是自己，或者说，我还是不是最开始那个几乎死于战争的人。过了很久很久，我才明白过来，如你所说，不是。

有一天，我在林子里看到了一个外来人是怎么变成同伴的过程。那是半夜，和所有人一样，她在林子里迷了路，出不去。在她头顶，树枝融合在一起，形成一个巨大的水滴样的东西，落下来，她来不及做任何反抗，就被裹了进去。我清楚地看见她被液滴溶化，从皮肤开始腐蚀，消失在液滴里。然后我感觉到了新同伴的诞生，在液滴里，她的样子慢慢地成型。她迷迷糊糊地挣扎出来，穿上衣服的时候，还没有明白发生了什么。过了三天之后，她才学会了和我们心意相通，她才意识到自己已经转变了。

这时候我才明白，在最开始的时候，“我”就死了。诞生的是一个有着那个人全部记忆和行为方式并且长得和那个人一模一样的全新生物。我们衰老得很慢，几百年过去了，我终于显得老了。但也许还要好几百年，我才会死。

我们每个人既彼此独立，保存着那个原体的记忆和思想，又彼此相连，只要我们愿意，可以共享思想和记忆，也可以独立思考，各自做出决定，保存各自的秘密。

村长讲了自己的故事。在他的讲述里，常常把“我”和“他”混乱，在之前的记忆里，他也常搞不清身为一个殄胚胎的记忆和从人脑中汲取的记忆之间的界限。

这个故事还是超出了费云的意料。会在别的生物体中寄生，然后吞噬掉寄主的殄的确不少，但很少会有能够完整地复制寄主记忆的殄。将身体和记忆一同复制，完全重建意识，最后连自己都不明白自己是什么，这还是费云第一次听说。

一时间，费云都有些糊涂了。

自从第一次发现可以变形成人类的殄之后，机械师协会就不再把外形作为定义人类的标准。但是当一个殄，它拥有人类的思想、人类的记忆甚至人类的外形之后，它们是不是应该算作人呢？也许不算，因为它们不是像人一样的诞生。也许站在他面前的这些人不能算作人类，因为它们是一个整体，并不是像人类一样各自独立。

但如果有一天，面对的殄像人一样思考和生活，各自独立，那它们又算什么呢？人是以何种方式定义为人呢？

费云感到了一阵困惑。

早先被杜卢打翻在地的村民爬了起来，走进里面的房间。村长对费云说："你想要知道的都已经知道了，现在，可以离开这里了吧？"

费云想了想，点头作答。

"请保守我们的秘密，不要将这里的事情告诉外面的人。"

费云同意了，又问道："这家伙怎么办？要我把他带到外面去处理吗？"

村长露出了笑容："不，不用了。把他留在这里。我们的事情，我们自己会处理。"

说完，他示意那四个村民上前："请你把他解开吧。"

费云弄不明白他是什么意思。

"解开？他很危险。"

"这不用你担心，"村长说，"自己的事情，由我们自己处理。"

虽然疑惑，费云还是照村长的话办了，他解开了捆住杜卢的炸药丝。而杜卢还沉浸在巨大的打击之中，显得有些恍惚。

"怎么会这样……"费云听见他喃喃地说，"怎么会这样？"费云幸灾乐祸地笑着把他放在一边，正准备转身向村长告辞，却看见村长和四个村民的脸色大变。

本来他们的脸就比较苍白，现在更加惨淡无比，像尸体一样。

"发生什么了？"费云问。

"有人闯进林子了。"村长沉声说，"有十几个，带着武器，他们在砍这片林子。"

说完这话，村长和四个村民突然间都好像蜡烛一样融化了，变成一摊清水，迅速渗入土里，消失不见了。眼前的变化让费云一下不知所措，他呆了一下，突然反应过来，抓起杜卢的胸口，把他摇醒。

"这是怎么回事儿？"

杜卢受的刺激实在太大，目光呆滞。

"什么怎么回事儿？"

"怎么会突然有十多个人冲进这林子里来，还带着武器。"

“……那是我的兄弟们，我跟他们说好了，等我一天，大家一起进来。”

“你告诉他们怎么进来了？”

杜卢点了点头。

费云一把丢下他，转身朝外面狂奔过去。

十几个人，都带着兵器，既然是杜卢的人，大概没有好对付的。要是这群人冲进来，知道自己花了这么大工夫却没了指望，这群匪徒估计会搞个大屠杀，把这里清理得什么也不剩下。

费云心里一阵紧张，光凭他自己，有办法对付这十几个人吗？

村里的人都不见了踪影，可以想象，他们也和刚才几个人一样，变成了一摊液体，潜入土里了。

在这一瞬间，他希望他们离开了这里，尽快逃走。

当他抬起头，看着眼前这片林子依旧耸立在那里的时候，费云知道，他们没有。

费云打开了声呐，从林子里过滤出人声，找准了位置，来不及想明白怎么办，就径直冲了过去。

他觉得自己好久没有这样跑过，累得半死，等到终于看到人影的时候，他觉得关节痛得像被磨碎了。

十多个人，穿着随意，却很干练，衣服几乎没有累赘和装饰，一看不是佣兵出身就是野战团。第一眼，费云心下一寒。这群人各个手中都带着兵器，或者是杖器，一看就知道不是好对付的主。

他们身后，是一片砍伐出来的道路，那条不宽的道路上，树木正疯狂地重新生长，重新填满被他们清理出来的空地。

“住手。”费云说，“这里不欢迎你们，请尽快离开。”

这些家伙盯着费云，站在前面的一个女人笑着说：“你就是那个和老大一起的家伙吧？叫什么来着？”

站在背后的男人打断了她：“你管他叫什么呢？看上了？”

“这里没有你们想要的东西，离开吧。”费云继续劝说着。

“要你管？”那个女人笑骂道，“这管得也太宽了吧？你不是跟我们老大一路的吗？怎么现在反水了？”

费云叹了口气，正想找个什么话把他们糊弄过去，突然发现，这些人背后，刚刚新长的一棵树突然扭曲变形，褪去树的形态，长出四肢，紧接着从树干里浮起头颅，把脚拔出地面，站起来，变成了村长的样子。

一时间，他没有控制住惊讶的表情，几个佣兵敏锐地察觉到了状况，转过头去，正看见树干褪成村长的双臂。

“怪物啊！”一个站在后面的家伙大叫起来，对着村长就是一枪，长枪刺穿村长的胸膛，斗气在其中爆裂，炸出了一个大窟窿，但根本没有见到血，只是露出他胸口实心的灰白色来。村长被打出去，倒在地上，身体组织从地下沿着他的身体源源不断地涌上来，伤口很快复原了。

一时间，所有人都看呆了。这时候，周围的树依次发生了异变，变成了这村里三十多个村民的样子。

这些佣兵被包围起来。

没有警告，没有提示，这些村民突然开始了进攻。

不，应该说，是整片森林开始了进攻。

最先攻击村长的那个佣兵还没有明白怎么回事儿，身边的树干突然在他腰部的位置刺出一根锋利的尖刺，完全来不及做任何防护动作，他的腹部就被刺穿。紧接着，那根尖刺的刃口上下伸展，不到两秒的时间尖刃长成一道墙壁，硬生生把这个可怜的佣兵剖成了两半。

这种残忍的手法让费云的胃部一阵紧缩。

整个局势立刻混乱起来。

杜卢的小弟们经过短暂的混乱，调整过来，展现出长期战斗磨炼出来的状态，他们固守在中央，一时间，魔法飞弹和剑气炸锅般向周围爆发出来，他们没有准确的目标，见识到村民出现的奇景和自己人突然死亡后，他们试图将周围所有的树林夷为平地。

一片混乱的能量雨中，费云左躲右闪，爆炸的树浆、魔法冰晶的碎片和闪电般窜来窜去的剑气，让身处这群佣兵正面的机械师狼狈得像跳蚤一样。

在这试图将他们完全毁灭的轰击下，这片树林像是被巫师的咒语活化了起来。这原本棕绿色的林子瞬间褪成灰白，就像突然出现的冰冷地狱，高大的杉树变成一个个惨白色的刑柱。树干上骤然间长出各种形状的突起，暴涨的倒刺、柔韧的鞭条，遮天蔽日地朝佣兵的地盘刺了过去。

混乱中，费云根本看不清战局，但不断有村民被击中，被剑气打得粉碎，被火球烧成炭块，而被枝条遮蔽的佣兵那边，也不断地传来撕心裂肺的惨叫。

费云八支机械刃全部打开，高速地振荡着，却无法着手。毕竟，他只是一个机械师，所受的训练并非用于战斗。这八根长约一米的鞭状武器护身有余，进攻起来却力有不逮。

何况，他该去帮谁？

自然，这些佣兵们不是什么好鸟，看他们的头子杜卢就知道了。为了“永生”无所不用其极的家伙们，估计在外面也烧杀掳掠，做过不少坏事儿。

可他并不认识这些人，这还只是第一次见面，就这样判了他们死刑，他于心不忍。

而对于这棵巨大的异型殄，费云的想法要更加复杂。

机械师是寻找世界真相的人，他们学习知识，寻找众神时代遗落的秘密。他们所学的第一课，便是理解殄。

每种生命都有自己的生活方式，彼此的生活方式没有善恶之分，不要因为一种生命有利于你便将其当作善良，也不要因为一种生命不利于你便将其当作邪恶。

这种榕系殄用它的方式生活，拥有了这片土地，吞噬并复制进入这里的人。这就是它的生活方式。是的，它杀了人，但这只是它生活的一部分，比起大多数人来说，它要无害得多。

他想帮这群佣兵离开这里，也想保护这片林子不受侵害。

费云的心理斗争并不比跳上跳下的躲闪更平静。他大喘了一口气，朝战团中央扑了上去。

片刻之后，他就知道自己还是小看了这场战斗的激烈程度。

他甚至还没有插手，背后就受到来自佣兵的一击魔法飞弹的重击，来不及调整姿态，正面七八根藤条状的东西就迎面扑来。费云只能舞动刀刃，切菜般地斩断眼前的刺针，这时候，又看见身体两旁的树枝开始凝聚成矛的形状，就要将他刺穿。

眼见避无可避，就要莫名其妙地死在这里，费云只觉得浑身冰冷，肩膀上的机械细刃瞬间收起，在手臂上重新探了出来，每边四支细刃卷在一起，像两只手延长了出去一样。他双手一甩，利用长鞭卷上早先被切断的藤条，把自己荡了出去。

还没来得及庆幸，费云感觉身后如影相随的剑气，他回过头，一支巨大的月牙一般的蓝色剑光正朝自己追了过来。

穷途末路。手上所有底牌已经用尽，费云在这里似乎看到了自己的末日。

头脑一片空白，就在剑气逼近到面门，千钧一发之时，一股巨力从右边传过来，把他拉了过去。那道剑气被另一道剑气冲散，留下一道不大的冲击波。

什么人？

费云转过头，看见一张熟悉的脸。

杜卢的手牢牢地抓住他的胳膊，这手，就像他的脸色一样苍白。

这下费云彻底地蒙了，想不明白这是怎么一回事儿了。

杜卢这家伙不是被他打得半死，倒在村子里爬不起来了吗？

就算他爬起来了，可没道理过来救他呀？

费云蒙了，傻愣愣地看着那家伙握着巨剑朝佣兵的方向冲了过去。

要是让他和那群家伙会合，不就更糟了？

费云心下一急，勉强再起身，试图追过去。

突然间，他看见面前， 那片疯狂进攻的林子动作缓慢了下来，那些藤条和尖刺开始收缩，然后迅速地朝后面退去，像原本拉伸的橡胶一样缩了回去。

这片森林在几秒后恢复了原貌。

不明白发生了什么，那群佣兵们看到战况剧变，不禁大喜过望，攻击更加疯狂了。又过了几秒时间，才有人注意到杜卢。

“队长！”他听见里面传来欢呼声，杜卢的出现令他们士气猛增，加上对方攻击减弱的缘故，他们势如破竹，要将周围一整片林子削平。

“住手！”杜卢一声大喝，声音不像是从他嘴里喊出来的，犹如从这个空间中迸发出来一般，让人觉得大地和空气在这个声音下一起颤抖。

这样的力量让费云一惊。这不太对劲，如果杜卢有这么强大的力量，费云根本不是他的对手，今早就算是暗算了他，但实力差距过大，费云根本没有赢的可能。

可是，今早交手的时候，费云清楚地感受到了杜卢的实力，绝对没达到光用声音就造成这么大压力的水准。难道那个时候，他还隐藏了实力？

怎么可能呢？

这声咆哮在林子里轰响回荡，佣兵们很快停了下来，一方面是慑于杜卢的威信，更多的则是被这个强大的力量所震撼。

他们等待杜卢的命令。

“所有人，离开这里。”杜卢说，“不得再踏进这片森林半步。”

一时间，费云怀疑自己的耳朵。

很显然，这些佣兵和他一样。

安静突然降临，过了好几秒，队伍里终于有人说话了。

“老大，你说什么？让我们离开这里。那东西呢？你说的能让大家长生不老的宝藏呢？你拿到手了？”

杜卢摇了摇头：“没有这样的宝藏。我错了。你们离开吧。这里没有你们想要的东西。”

又是几秒的安静，有人发觉他的话不太对。

“我们离开这里？老大，那你呢？”

“我留下。”杜卢平静地回答。

这种平静和淡漠让费云感到似曾相识，却一时想不起这代表了什么。

那个问话的佣兵突然狂笑起来。

“老大，你当我们都是傻子啊！”他高声说：“你以为我看不出来吗？你分明是得到了长生不老的秘密，不仅这样，恐怕力量还提升了不少吧？过去可没见你有这么大本事。现如今发达了，我们这些兄弟就被抛弃了，是不是？想独吞这么大的宝藏，门儿都没有！”

他高声说：“杜卢私吞宝藏，通敌叛变，这样的叛徒，哪有我们还听他命令的道理。兄弟们，如果他不肯交出秘密，把他跟这个村子一起毁掉！”

这些人有些犹豫，看得出他们一时摇摆不定，长生的秘密诱惑是巨大的，但自己的老大站在他们面前，看样子杜卢相当有威信，一时间还不敢立刻叛变。

但是，很显然，用不了多久，这群佣兵们心中的贪婪就会压倒杜卢的威信。

“请你们离开。”杜卢说，“你们都是我多年的兄弟，枪林弹雨这么多年，你们跟我一起走到现在，我不想看你们死在这里。”

队里传出一声冷笑。

“哼，杜卢，你真以为，凭你一个人，就能干掉我们这么多兄弟吗？”

“我不是一个人。”杜卢回答。

“那就试试看吧！”那人话音刚落，就从队伍里一跃而起，直扑杜卢而来。

尚未近身，只见杜卢右臂一挥，他身后的一棵树突然射出一张大网，罩住了那家伙跳起的身体，啪的一声牢牢地将他捆住，抛出七八米远。

看到这样的情景，费云突然明白了过来。

片段画面在他的脑中滑过。

为什么他刚进村，杜卢就知道他来了，还能找到他的位置？

为什么第一次进村的时候，村民要把他们两人一起驱逐，第二次的时候，他们却只驱逐自己？既然这只殄能知道费云来到这里，那么杜卢的行踪也在它的掌握之中。

为什么村长不把杜卢的威胁当一回事儿，为什么杜卢问他长生的秘密是什么的时候，他回答，你早就知道了。

为什么他解除杜卢武装之后，村长要他放开那家伙，告诉他，自己的问题，自己能解决。

需要三天之后，被吞噬的人才能意识到自己已经不再是以前的那个人，三天之后，他才能和整体心意相通。

那天夜里，从森林上空落下的液滴，不只袭击了费云一个人。

而被袭击的另一个家伙，苏醒得比常人早了很多。

在这个村庄，这片森林，或者说这只殄的一生中，从未拥有过一个真正的战士，一个狩的灵魂。

杜卢是第一个。他拥有的战斗意志和经验与占据着这片广阔土地的躯体融合，第一次向人们展现出这只殄所拥有的强大力量。

佣兵们站立的那片地面开始咆哮。呜咽的声音从地底传来，他们还没搞明白发生了什么，巨大的力量冲破地面，土石的碎片掀往一边，无数灰白色的柔软触手爆发性地从地下探出两三米高，四处挥舞着，牢牢地抓住了那十几个佣兵们的手脚，缠住他们的腰和脖子。

对战士来说，从未面对过的未知的力量，远比单纯的强大要可怕。

他们一时慌了手脚，被牢牢地捆住。那些活着的触手不仅缠绕着他们，而且开始成长、变大，向周围延伸，将他们整个身体慢慢地包裹其中。

“离开这里吧。”杜卢说，“永远不要再回来。”

佣兵们费力地挣扎，一两个家伙斩断了触手，开始反击，但是整个空间都在对方的掌控之下，脚下、身旁和头顶，都与他们为敌。

对他们的招式，杜卢再熟悉不过了，四面八方，每个角落都能化作武器进攻。比起最初的混乱战局，殄的攻势似乎要柔和，当初英勇无比的佣兵们如今陷入泥泽，用不出半点儿力气。

这些人的力量很快被耗尽。费云看见这些家伙像被糨糊粘住的苍蝇，不断挣扎，却丝毫动弹不了。

结束了。

那些早先被打得七零八落的村民们像竹笋一样从杜卢身边的地里长出来，如同神捏的泥人一样重新成型，围在一起。

“你要怎么处理他们？”费云走过去问。

三十多个人，齐刷刷地转过头，望着他，这样的场面把费云吓了一跳。

像是知道他的感觉，除了杜卢，其他人又把头转了回去。

“我会把他们放回树林外面。”

费云迟疑了一会儿。

“就这样吗？”

他们不解其意。

“不这样，能怎么办？”

“我提一个问题，你觉得，他们会放过这里吗？”

“你是指……”

“对他们来说，这里有长生不老的秘密。你觉得，他们会因为这点儿挫败就不再来这里吗？你很清楚他们的行动模式。他们会去找更多的人，更强大的战斗力，来击败你们。现在，你们就只有两个选择。”

“哪两个选择？”

“第一，把他们全部消灭。”

对于这个提案，对方根本没有加以考虑，就继续问道。

“第二个呢？”

“离开这里。”

他们安静了下来。

三十多个村民就这样安静地站着，谁也不说话。

表面上的平静，并不能掩盖这只殄心灵的波动。费云能够感觉到，这群静静站立的人们用无声的语言交谈，来自每个个体的独立意见彼此融合，甄别，对这个重大的选择，这个整体正在用自己成员的智慧来寻找一个合适的答案。

费云看见，从地底，他们的脚和根一样的东西相连，完完全全融合成了一个整体。

过了大约十分钟，这三十多个村民再次整齐地转过身，用一个表情，一个声音，却从三十多张嘴里同时说：“我会离开这里，找一个没有人的地方生活。”

他们说完这话，费云张嘴想要说些什么，却一个字也说不出来了。

他看到了这辈子再也不会忘记的奇景。

大地轰鸣，这片广阔的林地开始翻腾。远方的树木开始萎缩，慢慢地沉入地下。像火山爆发，不断有东西一脉一脉地从远处的地底涌过来，凝聚起来。遮天蔽日的森林迅速消失，附近的整个地面跳动着，像呼吸的脉搏一样。

村民的身体开始模糊不清，沿着他们的身体，这只殄的身体源源不断地从地下涌出来，搏动朝上，向周围长大。原本构成这片森林地上和地下庞大结构的所有组织从原来的地方退去，在这里凝聚，沿着这三十多个支柱盘旋上升。

先是骨架，然后形成肌肉，一个全新的巨人身体慢慢地从网状结构中编制成型。费云抬起头，看见这片森林霎时间盛开，结出一个巨人的果实。

他甚至判断不出这巨人的身高，像耸入云端一样，巨人的面目模糊不清。

不知道过了多久，大地平息下来。整个工程结束后，巨人睁开了眼睛，低下头，看了看他。

巨人没有说话，留给他一个微笑，然后迈开大步，带着沉重的脚步声朝西边走去。

巨人的身影越来越小，几分钟之后，背影看上去就只是一个普通人了。又过了好一会儿，它完全消失不见了。

在费云周围，只留下一片曾经是林地，现在却破烂成废墟的广阔土地，在土地的远处，有一个小小的村庄遗迹，还证明这里曾经有什么人居住过。

这片森林的传说已经改写了，也许过不了多久，遥远的西边又会流传出新的故事。那个故事可能是关于巨人和树林，也可能是别的什么东西。

费云大大地叹了口气。朝四周望了望，那群佣兵们还被缠着，不知道是被麻药麻晕还是怎么了，一个个都没有清醒过来。费云打开自己那拉风的八条机械刃，把他们从紧紧裹着的茧里解救出来。趁他们还昏迷，掏光了他们口袋里所有值钱的东西，三步并作两步，沿着大路急急地走去。

流浪的机械师没有明确的目标和方向。此时，这位流浪机械师的方向却比任何时候都要明确——他的方向是所有方向中，那群佣兵醒来之后最不会去的那一个。

被遗忘的时光之歌

山里的春天总是来得很晚，然而绿意却浓厚得让人窒息。不同于近海波浪似的丘陵，内陆的山总显得突兀嶙峋，如同久经沧桑的老者。

在这样艰险的山路上，很少有独行的旅者，人们总是三五结伴而行，一来相互照应，二来也可以打发旅途的寂寞，所以像他这样独行的人，非常罕见。

他独自一人，背着一个巨大的箱子，不算高大的身躯几乎与自己的行李一般大小，身上的衣服看上去很单薄，淡灰色的条纹让他本来瘦瘦的身体更显得细长。虽然衣服看起来整洁干净，但脚上却满是杂驳的泥土，证明他已经不知跋涉过多远的路途了。

大约是赶了很远的路，他的脸很红。他的皮肤白皙，脸上的红晕就更像熟透的苹果。虽然柔和的面孔看起来像娃娃般可爱，但是下巴上有些拉碴的胡须和显得倦怠的眼神却又让人猜不透他的年纪。他看似早已走惯了远路，脚步看上去很轻。尽管如此，他每踏下一步，黄色干燥坚实的泥地却好像有些吃不住力，微微往下塌陷。一路上，他的脚印很清晰。

他要去的城市在群山环抱之中，几乎是与世隔绝的。这种城往往小而且冷清，多半很无聊，所以他的步伐显得有些懒洋洋的。

当绕过山脊，终于可以朝下望到那座城的时候，他却吓了一跳。虽是四面被山围住的城市，绿草却铺满整个盆地，几乎延伸到了山腰。他站在山顶，几乎可以听到下面的喧闹声。

“不愧是邢跃然的城市啊。”他轻轻叹息了一声，紧了紧肩上的行囊。

快到目的地了，他的脚步自然放缓了，一路走，一路看着风景。多日未见人烟，这下让他兴奋了起来。

“烤肉，炒饭，卤鸭，新鲜面包，干红……”他磕巴着嘴喃喃地说，开始吞咽口水。

当他陶醉于美食幻想时，突然惊觉不安。一股恶寒涌上心头，空气中一股微妙的气流随之传来。

箭若闪电，朝他头部袭来。左右不见人影，袭击者应在百米之外，这样远的距离，箭竟如此有力道，可见此人臂力之强，箭法之精，绝不是普通的山贼。

旅者反应过来之时，箭已至眼前，在略显陡峭的山坡上，这时候还想躲避几乎毫无可能，何况他还背着一个大箱子。他似乎要命断于此了。

忽见他抬手，指尖一晃，看不清飞矢与他身体有何接触，已掠至眼前的箭猛地弹开，卸去力道被抛在了一边。也不知他用了何种手段，原本光滑的箭身满是毛刺。

“谁在那里？出来。”虽然拨开了袭来的箭，但莫名其妙的敌人依然躲在暗处，他小心翼翼地摆开了防御的架势，大喝道。“在血狮堡前偷袭路人，胆子也太大了点儿吧？”

一个人影从树后转出，距离相隔遥远，旅者只能隐隐约约看清他的轮廓。突然间从他衣服肩部的缝隙里探出一只机械臂，架着数枚透镜，伸到旅者的面前。透镜迅速地旋转调节，对方的样子清晰地呈现在他眼前，如同那人站在他伸手可及的地方。

看清楚之后，他却吓了一跳。原以为袭击者是盗贼、强盗之类的家伙。那个人白发苍苍，满脸沧桑之色，左脸的一道刀疤从眼角延伸至嘴唇，似乎勾勒出他年轻时代的辉煌，岁月并没有改变他高大有力的身躯，刚才的一箭更验证了他老当益壮的事实。但真正让旅者惊讶的是他身上的制服。

血红色底色，黄金盾上浴血咆哮的狮子。

血狮堡城主、破魔圣骑士邢跃然的直属亲卫队。

顿时，他觉得，这笔生意要比想象中复杂多了。

透过望远镜，他看见对方再度从背后取箭、搭弓，然后拉开了。

“等等！嘿！”他大喊道，“我没听说过这档子事儿，你在干什么？看清楚了，我是个人，不是野猪也不是山雀或者别的什么东西！”

对方没有搭理他，抬手又是一箭。又狠又准，丝毫没有开玩笑的意思。旅者不得不闪身躲过。

“我再说一遍！我是个机械师，不是敌人。我叫费云，是你们城主，破魔圣骑士专程雇来的机械师！”

对方闻声，将弓背上了肩。这位叫费云的机械师刚刚松了口气，却又看见对方拔出腰间的长剑，俯身冲锋，向他袭来。陡然爆发出来的杀气，哪里像一个白发苍苍的老头子。

“妈的，这个老头失心疯了吧？”费云骂了一句。

老头冲至眼前，就要一斩挥出的瞬间，费云身后的箱子底部突然喷出高速的火焰气流，他腾空而起，顺着山势朝下一跃，从对方的剑上飞过，一步跨去，已是好几十米。

“晦气。”他边飞边骂道，“这算怎么回事儿啊……我的燃料钱啊，能给报销不？”

破魔圣骑士邢跃然在五十年前和同伴们大破异殄之后，拒绝了部下拥立为王的请求，回到了贫瘠的属地，建立了血狮堡。这个城市很小，又被群山所困，半个世纪之后仍能保持繁华的唯一原因，就是它的城主，是那个几乎消灭世界上的异殄的破魔圣骑士。

作为一个机械师，费云会被这么一个传奇人物雇来，也算是一份荣耀了。但是刚才那个莫名其妙的经历让他有些不知所措。本来应该直接去觐见城主，但这下子让他有些犹豫了。

血色狮子的制服，黄金色的盾，这样的标志，分明是血狮亲卫团的成员。作为传说中破魔圣骑士的贴身亲信，可以既无理由又不解释地杀死他，甚至听到他大声宣告身份后也毫不犹豫，这多少有些怪异。

血狮堡发生了什么变故吗？费云决定暂缓觐见，别羊入虎口，随随便便把自己的命葬送了。

这是一个依靠主人的荣耀支撑起来的城市。满城流动的，都是英雄色彩的荣光气息，无论老幼，人们都面带古典骑士般的严肃和庄严，即便喧闹也显得秩序井然。满城的华丽旗帜和飘带略显陈旧，却干净整洁，就连尘埃都是金色的，空气里是一股阳光般的干爽味道。这是一座充满骑士精神的城市，人们格外友好，这倒让费云这个放任自由惯了的家伙有些手足无措了。

“我喜欢这样的城市……”他自言自语道。

可惜，五分钟后，他会把这句话嚼烂了咽下去。

“你们，难道就没有一点儿像样的食物吗……”费云指着桌上的饭菜对服务生说。“你管这个叫什么？黑椒牛排？上成锯末皮带了吧？

“我记得我好像没点烤木桩吧？我要的是面包好不好……

“我说，你直接告诉我，你们店里有什么能吃的，好不好？”

“先生，这是我们店里最受欢迎的食物了。”

费云第一次在饭店里如此无语。他想起之前行会将这个合同推荐给他的时候，秘书一脸严肃地说：“我们半年内有十多名机械师去了血狮堡，一个个都失去了联络。你小心一点儿，看看怎么回事儿。”

费云如今心如死灰地想：这还需要做调查吗？肯定全因为找不到能吃的饭菜郁闷而死……

“好吧，”他说，“平生第一次在饭店里被活活饿死……”

“机械师也会被饿死？”一个银铃般的声音从店门外响起，“难不成你是冒牌货？”

费云回头，看见一个身材娇小的女子步伐轻盈地走进来，小脸、小胳膊、小身体，整个人都看起来很小。她身着血红色制服，同样的金底血狮标志让费云身上一寒，猛地站起身严加戒备。

这样的举动倒吓了那女子一跳。

“你干吗？怎么了？”

然后她突然醒悟了过来。

“你是遇到陶森了吧？”她说，“那个老头子？”

然后她拉开费云身边的椅子，自顾自地坐下。“好啦，没事儿，别管那个老头子了。我对你没有恶意。你是团长请来的机械师，对吗？”

她指了指费云肩膀上的齿轮徽章，不等回答，又说了下去。

“机械师还有能被饿死的？”

看到对方没有敌意，费云也重新坐下。

“当然有，机械师会被饿死，武士也会被饿死，就连巫师也不例外。除非是异殄，否则一直不吃饭都会被饿死。”

“哦？我倒是第一次听到这种说法。只要被‘殄’附上的人，比如你和我，不都不吃饭也能活下来了吗？怎么还会被饿死？”

“说明你们这里义务教育水平跟不上嘛。”费云调笑着说，“被‘殄’寄生的人，虽然可以通过‘殄’得到无穷的能量，但问题在于，他的身体要生长，要代谢，这就不是‘殄’能够提供的了。”

“我看，你这个魔法师会长得这么小——”他调笑说，“估计是太久没吃饭了吧？”

听到这句话，那个姑娘对他怪异地笑了笑。突然间，费云觉得屁股下的椅子软弱无力，好像烂泥一样失去了支撑，哗地塌软了下去，一时重心失去平衡，他啪地坐倒下去，摔了个四脚朝天。

饭店里一阵大笑。费云郁闷地躺在地板上，一动不动地摆着大字，开始怀疑今天是不是命犯天劫。

那个姑娘站起来，用大得有些吓人的力气把他拉起来，对他说：“既然你懂得这么多，应该能想明白为啥城里的饭店几乎不会做吃的了吧？”

“我叫丽卡西，血狮亲卫团七席，欢迎来到我们的城市。”

费云傻愣愣地和这个小小的美女巫师握着手，过了片刻，突然明白了对方的意思。

这个城里的饭店之所以不会做吃的，是因为这座城里的人几乎不吃东西。

血狮堡，破魔圣骑士邢跃然的城市，一座“殄人”之城。

数百年前，一种不知从何而来的神秘微生命出现在这片大陆，没有人想到这个世界会发生那么巨大的改变。

虽然小到了肉眼能察觉的极限之外，但它却拥有无尽的能量，当它侵入生物体内后，便诞生了不需要食物提供能量的动物与不需要光合作用的植物。整个世界被颠覆了。

数百年后，当机械师们试图整理出关于这个后来被命名为“殄”的神秘生命的年代纪事时，却发现要做的是重新理解自上古文明毁灭至今的一切。传说中能飞天遁地、伸手摘星的上古文明灭亡后，几乎消除了一切有延续性的资料，“殄”和黑暗时代纠缠在一起，甚至搞不明白到底是殄毁灭了上古文明带来了黑暗时代，还是殄将人类从黑暗时代拯救出来。

机械师们所能追踪到的最远的历史只能告诉他们，部分被殄侵入的“殄人”们，渐渐学会使用“殄”带来的无穷力量，征服“殄”的力量，成为“狩”。其中，将这些力量强化自身的殄人，被称为武士，将这些力量以能量形式释放的殄人，被称为巫师，而将这些力量作为工具来试图探解上古文明秘密的殄人，被称为机械师。

然而，殄人在所有人类中的比例，不超过百分之二，能成为狩的殄人，也不到十分之一。因为他们拥有的力量，殄人往往被视为珍贵的资源，而这种“珍贵”的资源，在这座被称为血狮堡的城市里，遍地都是。

即使按照十分之一的比例计算，这位传奇英雄，破魔圣骑士邢跃然所拥有的力量也足以征服一个国家了，何况，这座城市的狩比例也不能按常理来判断。

费云跟着那位叫作丽卡西的小小巫师朝中央城堡走去，费云觉得浑身不自在。

这种感觉好像一块金砖被堆进银行金库里。如果金砖能说话，它肯定会抱怨，这种泯然众人的感觉很不痛快。

“好吧，”费云想，“至少他们这里没有多少机械师，才会大老远地请我来。”

“你已经是团长两个月内请的第四十八个机械师了。也不知道团长到底想要做什么。一点儿风声也不漏。”

四十八个……

费云脸色有些苍白。

这个数目，能够成立一个小型机械师行会了。

这个传奇圣骑士，他到底想干什么？

费云带着满脑子疑问，跟着丽卡西穿过城堡大门，朝正厅走去。

真是，雄伟的城堡啊……

作为一个业务繁忙的机械师，费云也去过各种各样的豪华城堡，包括王宫。但是和这座城堡比起来，它们都只能算小土棚。

这么大的正厅……难道用来踢室内足球的？

突然，费云开始为这个任务的薪水担心——一个要支付这么大城堡的环卫费、水电费、物业管理费……这位怎么也是上个世纪的名人英雄，还有钱来雇人造机械吗？

然后他又想起那几十个行会失踪的机械师，不会因为付不起薪水就被杀人灭口了吧？

他毫无敬意地胡思乱想着，走入了正殿。

当费云正惊叹于厚而软、足以没过脚背的地毯时，听见了一声冷哼。

费云一抬起头，差点儿被吓得坐倒在地。

那个进城时遇到的人，络腮胡子，须发苍白，好像一头老狮子一样站在楼梯上，冷冷地看着他，目光好像结冰了。

“新来的机械师很有能耐嘛，以前只听过跑起来像屁股着火似的，一直不太明白什么意思，今天算是见识到说这句话的本尊了。”

“副团长你饶了我们吧，你已经吓跑了七个机械师了，再这样团长会生气的……”丽卡西一脸抓狂，转过来对费云说，“这是我们副团长，陶森。”

她悄声地说：“小心点儿，他对机械师有偏见，好几个机械师都被他吓跑了。”

费云听了一阵苦笑，吓跑的，恐怕不光是吓跑了吧？

“……你已经见过他了？”丽卡西看着费云古怪的表情问。

费云耸耸肩：“很不幸，进城的时候就已经见过了。”

副团长……费云心里说，如果他要接下这个任务，日子就不好过了。

在这样尴尬的气氛中，大约有三个人高的二楼上，传来了一阵剧烈的咳嗽声。

“团长！”刚才表情复杂的两位瞬间翻牌一样换上了一副庄严肃穆的表情，整齐的面容好像批量印刷的扑克牌。

这要经过多么艰苦的训练啊，费云心里感慨着，抬起了头。一个高大魁梧的男子俯视着下面，表情森然。他看起来并不显老，似乎只有五十多岁的模样，身体线条分明，似乎一股力量要从体内喷薄而出。虽然离得很远，但是出于对英雄的敬意，费云不好意思用活动透镜组仔细观察他的模样。

费云右手抚胸，弯腰鞠躬。

“久闻传奇英雄破魔圣骑士大名，终于有机会一睹风采，实在是三生有幸。”他一脸敬仰地说，“没想到殿下近百岁之龄，身体却如此强健，看上去绝不过五十岁，如果不是亲眼所见，很难相信殿下看上去如此年轻，风采不减当年大破异殄之时啊。”

费云还想接着说，突然发现身边丽卡西一脸怪样，好像要抽风一样的表情，而副团长一脸坏笑，好像面部肌肉被打了结。

他听见一阵好像要把肺吐出来的剧烈咳嗽，这时候费云才发现，那个男人的嘴丝毫没有动过，声音是从他背后传来的。

他定睛仔细看过去，发现站在他的角度，那个威猛的男人正好挡住了另一个人的身影。

那个人佝偻着身子， 浑身瘦小地蜷缩在一起，猛烈的咳嗽好像要让他单薄的身体散了架。整个人已经皱得好像一个放过季的茄子，头发稀稀拉拉的只剩下几根。

所谓老掉牙、半截身子进了坟墓，就是这么个意思。

费云不禁浑身出冷汗，用询问的眼神看了丽卡西一眼，丽卡西尴尬地点了点头。

这不是拍马屁拍到马腿上了吗……如果非要形容的话，那该是错把大便当生日蛋糕送上去了……

费云咽了口唾沫。

宇宙在上，这趟血狮堡之行会变成什么样子啊……

费云在城里的旅店里安顿下来。

这个叫西冷的旅店虽然不大，但是内部装修很豪华。当丽卡西带他进来时，那个年轻漂亮的女老板热情却不献媚地招待了他。这证明她早就习惯接待城主的客人，这多少让费云舒服了些。

按理该让请来的客人住在城堡里呀。无论在什么地方，机械师也是贵宾啊，他底气不足地想，即便这座城市的殄人一抓一大把。

丽卡西把他送来之后，转身不见了踪影。虽然有很多疑问，但对方看样子是什么也不想说。费云把行李丢在一旁，整了整行头，倒在了床上。

还有什么比躺在软绵绵的床上更让人舒服啊。

费云迷迷糊糊地睡去，半睡半醒间，一切蒙胧而遥远的时候，突然听到一声天崩地裂般的巨响，整个世界仿佛全都碎成了石块。

他猛地惊醒，如同梦魇一样，昏暗中，他看见一个毛茸茸的白色巨型怪物站在窗前，正朝他扑过来。

“啊！”费云一声尖叫，一脚把被子蹬开，顺势踢向那个怪物。趁它挥手甩开被子的时候，费云翻身滚下床，朝门口跑去。

一地的楠木碎屑，虽然没有完全清醒过来，却让费云感到心惊。

这可是非常昂贵的厚楠木做的门啊，都碎成这个样子啦，不会要我来赔吧？

他边想边冲出门，身后一道剑辉穿破房间的墙壁从他背后擦过，金黄色的光芒在身后骤现，被剑辉席卷的两面墙壁瞬间爆破，碎成粉末朝外喷了出去。整个木楼一阵乱颤。

在逃命中，费云回头看了一眼，慌不择路地奔跑让他的旋转透镜臂抖得快散架了，虽然成像模糊变形，但是很明显，追杀他的人，是疯子副团长。

他叫陶森。费云还记得，可他到底跟自己有什么深仇大恨啊？

这到底算怎么回事，谁来解释一下吧？

他冲进前廊，透过肩膀上的反射后视镜，看见那老头已经俯身冲锋，速度之快，好像撞在墙上就会变成一片扁扁的肉饼。

费云望了一眼楼梯，觉得五楼实在高得不行。这样跳下去的话，不是瘫痪也得骨折。

他又望了望身后，反手抓握的巨剑闪烁着夺目的金色光芒，剑辉犹若实质，被那东西闪到，瘫痪已算万幸了。

“这是工伤啊！”费云咬了咬牙，大声喊着给自己加油，纵身朝楼下跳去。

费云想在下落过程中拼命抓住什么东西来降低速度，可手臂实在太短了，什么也没抓住。

慌乱中，他很快变成大头朝下的姿态，即将撞上地板的瞬间，一阵龙卷风从地面骤起，巨大的力量阻止了费云掉落的势头，然后旋转着把他就地抛到一旁。

他翻滚了快一条街才停下来，随即呕吐不止。

耳边响起了丽卡西的声音：“老大，我求求你了成不成？我还要跟团长交差呢。这都是第几个了，旅馆都重修多少次了，您钱多送我成不，老修旅馆算什么事儿啊。”

费云在天旋地转中艰难地翻过身，看着不远处不断旋转的两个影子。丽卡西浮在空中，巫师制服的飘带在身边盘旋飞舞。

“闪开，孩子。”陶森说，逼人的力量似乎让整个街道的空气凝重起来。

虽然丽卡西对这样的力量似乎全无感觉，但周围的气流却迅速地湍急起来了。

“老大，你到底跟机械师有什么仇啊？来一个你赶一个，这样我们都很累啊。团长已经对你不太高兴了。就算他们得罪了你，这样也太任性了吧。”

“我不需要向你解释，让开。”

“老大，我再说一遍，不要太任性了，”丽卡西的言辞严厉了起来，“你已经老了，在我面前，除了功勋，我并不比你差什么。”

“是吗？”陶森露出了浅浅的笑容，缓缓地将原本单手持剑改为双手持握，摆出标准的骑士礼。

剑上黄金色的光芒大盛，如小太阳一般。他缓步朝丽卡西走去：“接招吧。”

陶森身形一动，竟瞬间消失无踪。武士能将殄的能量强化自身，除非登峰造极者用能量强化护住肉体，否则光是和空气摩擦的高速移动就足以让自己化为灰烬，连人都看不清的影步本身就带有高温杀伤力，加上那样的剑，光想想自己面对这样的对手就会头痛。

空气骤然冷了起来，费云眼前的空间竟凭空凝结成雪花，丽卡西左手气流犹若实体地高速旋转，猛然间长出一枚小圆冰晶盾。当盾伸前护住胸口时，陶森在风暴中现身，身体周围的高温让冰暴风变成一团浓白的蒸汽。

势如迅雷的一剑被盾挡住，就在剑盾相击之前，盾身突然爆发出一片冰芒，猛然粉碎，朝陶森身体射去。

大局已定，再无闪开的余地。当丽卡西试图乘胜追击之时，冰芒没入陶森身体，径直穿过，陶森竟毫发无损。

残影。

丽卡西一惊，立刻转身回首，看见陶森已越过数米向费云追去，一剑，就要砍下去了。

来不及再搞什么花样了，她的力量充盈右手，一下炸开了右胳膊的制服。

剑已至费云眼前。

“鸣雷！”

一声惊雷乍现，狠狠地劈在陶森和费云之间，陶森的剑电光闪耀，被狠狠地击中，但这样的一击并未将他击垮，他浑身一震，停了下来，然后转身不见了踪影。

“你不可能时时刻刻守在他身边。”陶森苍老却中气十足的声音传来。

丽卡西松了一口气，降到了地上。刚歇了口气，突然发现费云目光呆滞地盯着她，她低下头，才看见右臂衣服爆开，露出了大半个肩膀。

“下流！”她骂道，冲上前狠狠地给了费云一巴掌。

他还傻愣愣地盯着看。

“闭上你的死鱼眼！”她又是一巴掌。

他还盯着。

丽卡西来回打了五六巴掌之后，突然明白过来怎么回事儿。

费云浑身麻痹，那道闪电就落在自己面前，不提雷声，光那股电流，就足以让学者型的机械师瘫过去了。

天啊，被打得鼻青脸肿的费云心想，请问我是在参加凄凉悲情杯血狮堡赛区总决赛吗……

“我的孩子，加油吧！和完成工作之后的酬劳比起来，这些定金实在算不了什么。”那个皱巴巴的破魔圣骑士用气若游丝却带着无比威严的口吻说，“等你把我交给你的任务完成后，你会得到比你想象中还要多的赏赐。”

当时他真被那一袋上百枚的金币迷瞎了眼。费云恨恨地想，那家伙的潜台词是不是这样的——当然，这首先要你能活到任务完成。

他是不是把那个老英雄想得太仁慈了？就算是传奇圣骑士，被人反拍马屁，至少有些不爽才对吧？说不定，那个副团长的袭击得到了老头子的默许。

“别胡思乱想，”丽卡西好像看穿了他的念头，“团长是很好的人。”

“很好的人，怎么个好法？”

丽卡西一副不知从何说起的表情，挠了半天头发。

“他对部下很好啊，从来不摆英雄的架子。”

“哦。”

“他对百姓也很好啊，税收得很低，执法也很公正。”

“哦。”

“他的政策也很仁慈，人们过得很舒服。”

“哦。”

“他还免费开办学校让孩子们上学，用自己的钱办了图书馆，让人们免费借阅。”

“哦。”

“……你能不能不‘哦’啊？这样还不算很好的人吗？他还是大

英雄。”

“你真是一个很有表达能力和概括能力的美女巫师，”费云动了动眉毛，说，“大英雄，收税很低，免费办教育，免费办图书馆，为人和蔼，办事公正。听起来好像圣人啊。”

“他本来就是一个圣人。”丽卡西严肃地说。

“好吧，我们还是说说副团长吧，他跟机械师有什么仇啊？”

“我不是很清楚。”她说，“他以前从来没有跟机械师有什么过节，之前接待的机械师还是他一手负责。一个月前，他突然性情大变，把团长请来的所有机械师全赶走了。问他原因他也不解释，之后，来一个他吓跑一个。毕竟是团长出生入死的亲信，团长也不好太责难他。”

“一起出生入死？”费云瞪大了眼睛说，“他们俩年龄差不多？”

丽卡西的表情有些惨然：“没错，副团长比团长小五岁。”

“那，那，那怎么……”

丽卡西深深地吸了口气：“五十年前的战争中，团长受了重伤，否则，以他的力量，绝不会老成这样，连个常人都不如。”

“那，那个人呢，就是那个……那个……长得很高大的人。”

丽卡西扬起眉毛嘲笑地看了费云一眼：“贴身管家，卡西雷。”然后补充了一句，“这人很让人讨厌，本事没有，拍马屁倒是很在行。团长老了。”她叹息道，“我走了。你休息吧。”

她转身离去，费云想了想，又把她叫住了。

“等等，你知道团长陆陆续续请了这么多机械师，要做什么啊？都和我干一样的活儿吗？”

丽卡西摇了摇头：“不知道，到底干什么，团长没说，副团长也不清楚。”

“那，卡西雷呢？”

丽卡西迟疑了一会儿：“这个——我说不准。”

她离开之后，费云躺在被搞得一塌糊涂的房间里，望着黑洞洞的屋顶。

迟暮的英雄，愤怒的副团长，傻乎乎的女法师，拍马屁的内务总管，还有一大堆谜题，这真是一套够古典的组合。还有，这个破魔圣骑士要的那套超大功率能量压缩器用来干什么？毁灭世界？

第二天醒来，费云正式开始工作了。机械师就是这么一种生物，他们号称上古科技的传人，他们至高无上的目标是将神秘的上古文明知识碎片拼成一幅完整的图片，整理出从上古文明毁灭到黑暗时代中的百年历史画卷。虽然打着这样高尚的旗号，但他们实际上是靠帮人维护、组装、设计、制造机械为生，用来自上古科技残片的知识换取生活费，用赚来的生活费四处游历，寻找更多遗落的上古文明知识，用这些知识换取更多的生活费，去游历更远的地方……简言之，是一群边打工边赚旅行费的自助游爱好者，随时转职成古董商、盗墓贼、算命郎中……

虽然他不明白这个雇主到底要干什么，但他既然要能量压缩器，那就给他做一台就好了。不过，那么大功率的压缩器真的是从未见过，它的功率，相当于一次性吸收一万个普通“狩”的力量，然后在一秒内投射到一个硬币大小的范围。

这么大的能量，如果没有吸收端的话，会引发大爆炸吧。他旁敲侧击地问，这样大功率的使用，极有可能让机器内部因高温导致机器失灵，邢跃然淡然地说，没关系的，这样就可以了。

这让他更加不安。

下楼的时候，旅店的漂亮女主人对他点头微笑，似乎并不介意昨天那场大战对旅店造成的损失。“休息得还好吗？有什么需要，随时找我。”

“挺好的，”这让费云浑身不自在，四处张望，想找点儿话题，“哎，你的旅馆墙壁看起来很有特色嘛。”

费云说的是实话。昨天来的时候已经是黄昏时分，没来得及仔细欣赏这个豪华的旅馆。这个充满洛可可风情的旅馆装饰得小巧精致，贝壳形的弧线随处可见，让这个小旅馆看起来像一个乖巧温和的小妇人。在粉红色的暧昧气氛里，唯一看起来不和谐之处就是它的墙壁，略带粉的天蓝墙壁上露出一块块泛黄褪色的小斑。

女主人一脸郁闷："我不知道是怎么回事，昨天还好好的，今天起来就成了这个样子，好像什么把墙打成筛子了。"

昨天晚上……费云有些冒冷汗，这跟他没关系吧？他打着哈哈赶紧离开。

按照费云的要求，城主给他找了一个空旷远离人群的仓库作为工作室，一开始给他配了助手，费云却拒绝了。技术秘密算是机械师的个人隐私，即使行会也无权询问，他也不想透露给随随便便找来的助手。

所以，这么大的工程靠他一个人解决。

不光是技术机密，他也不希望别人看到自己工作时的样子。

按照普通人的理解，机械师是一群怪人，背着工具箱，带着活动透镜组，满手机油，拿着扳钳干着活儿。

这和事实出入很大，当机械师真正工作的时候，不该让普通人看见。

费云看着这个满是零件和设备的房间，一下子平静了下来。

同样是殄人中的精英，可以控制殄能量的狩、武士和巫师拥有以一敌百的力量，而机械师往往被视为学者型的普通人，仿佛他们并不拥有力量。

事实上，只是机械师从不在外人面前展现力量，仅此而已。

费云静立了片刻，像一尊木桩一样，闭上眼。他吸了口气，垂下的指尖上闪烁出浅蓝白色的电光。抬手，地板上散落的零件突然间如被注入了生命一样，哗地跳跃着腾空而起，悬浮在空中。

费云依然闭着眼，双手伸向前，样子很像装神弄鬼的神棍。那些大大小小铺满地面的零件好像被看不见的绳索吊了起来，他动了动手指，电流在指尖攒动，朝那些浮空的零件连了过去，虽是电链，但每个指尖仿佛各自寻路一般，用一种奇特难以理解的规律将零件连接起来，精准到没有任何一个零件被两道电链通过。

原本随意浮起的零件迅速飘开，却被不知从何而来的力量拖拽，聚集成几个小群。这时候费云才睁开眼，看着自己的成果，微微笑了笑。

每一个小群都是独立组件所需的零件。如果一个个地手工挑拣、分类，光这个工作就得需要一两天才能完成。

机械师放弃了单纯的力量，将力量融入对机械的控制中，控制机械，就好像控制自己身体的一部分。

仿佛万千个看不见的小精灵一起为他工作，齿轮旋转，螺丝转动，不同的部件拼合起来，如童话里神奇的矮人工匠，眼看一大堆乱七八糟的零件就这样慢慢组合、成型，好像一株株疯狂生长的植物变大、成熟。

这样的工作画面，仿佛指挥家舞动着指挥棒，音符随着他的手挥舞跳动，奏出一首华美的交响乐。

一天的时间，在工作中很快过去了。

黄昏时分，在空中“舞蹈”了一天的零件已被组合成了八大块，虽然工艺粗糙，夹杂一些乱七八糟的管子和接头，但可以从中看出设计的精巧与复杂。

费云站了一天，腿脚已发麻，浑身酸痛，看了看今天的成果，他自言自语道：“按这个进度，还有三天，就可以拿钱走人了。”

正在浑身放松的时候，突然听见背后传来一个男子浑厚的声音。

“了不起，不愧是大陆屈指可数的顶级机械师啊。”

这声音吓得费云浑身一抖，有人站在身后，自己居然毫无知觉，也不知道他来了多久。不过，若对方有恶意，自己恐怕已经死了一万次。

他转过身，看见一个高大魁梧的男人。

邢跃然的贴身管家，叫什么来着……

对方笑着伸出了手。

“您叫……”

“卡西雷，费大师，很高兴认识你。”

虽然被丽卡西说成是靠拍马屁爬上去的，但是必须承认，他举手投足之中透露着一股亲切且高贵的气息，而且，这家伙长得很帅。

这，可真让人讨厌。

“不知道有什么事情找我？圣骑士先生又有什么吩咐？”

“与团长无关，是我有些私事找你。”

一个素不相识的人，第二面，就有私事……实在不像什么好事情。

费云回到旅馆已经是深夜了，打算懒洋洋地洗漱上床，然后把一星期没剃的胡子刮干净。连续几天的远行，好不容易到了这里，昨夜却又搞得一塌糊涂完全没有时间。

他拿出用具到了卫生间，开始在手上涂肥皂的时候，看了好几眼镜子里的自己，终于发现了不太对劲的地方。

胡子，明明长了一个星期，昨天还拉拉碴碴的胡子，现在全没了，不见了，脸光滑得好像刚刮过一样。

费云愣了好久，开始努力回忆这天所做的一切，早上起床还看见自己的胡子，怎么到了晚上，它就不见了呢？

他搜索各种可能性，梦游？幻觉？自己剃过忘了？

这真是……见鬼了。

他晕晕乎乎地回到床上，难以理解发生了什么。

今天晚上的事情不太对劲。

那个贴身管家，卡西雷，更是如此。

他到底知道些什么，他又想干什么，真是一件耐人寻味的事情。

不过，很明显，他不光会拍马屁那么简单。

基本上来说，在这个世界上，如果有什么事情不正常，什么故事难以理解，而且并非添油加醋的谣言，那么你可以把原因归于殄。除了与生物共生且为其提供能量的殄以外，还有很多很多的殄以其他形态存在。有的殄侵入生物之后彻底改变了寄主原来的遗传特性，构造成了另一种生物，会奔跑的树林，会吃人的苔藓，靠吃石头为生的虫子……除了这些大号的家伙，更多肉眼看不见的小家伙，它们拥有各种神秘奇怪的特性与能力，它们创造奇迹，也创造灾难。

奇迹，还是灾难，这是个问题。

是的，费云现在闹不清，眼前这事儿算奇迹呢，还是灾难。

一个晚上过去了，消失了一天的胡子，又哗啦啦地长出来了。

看上去，确实是他记忆中长了一个星期的样子。

昨天晚上，是梦吗？

他疑惑不安，为了让自己不再为此困惑，他痛苦地破例在早上刮了胡子。

健康杂志上说，早上刮胡子会让胡子长得更快啊……

当他下楼的时候，他再次惊讶地发现，昨天看起来斑斑驳驳的墙壁竟然变得崭新了——略带粉色的天蓝色。

“墙壁……重新粉刷过了？”

老板和他一样一脸困惑。“没有啊，我什么也不知道，今天早上醒来，又恢复崭新原样了。”

两个人面面相觑了几秒，老板打破了沉默：“挺好的，省了一笔粉刷费。”

这铁定跟殄有关系。

费云一边朝工坊走去，一边想。

每个机械师都是一部大型百科全书，但是，但是……这些百科全书的查找速度很慢……

他慢慢回忆到底什么样的殄可能先让墙壁褪色，还能把胡子变没，经过一天后还能变回来……

褪色和剃胡子……这两种能力……怎么看都不挨边儿嘛！

他心不在焉地打开工坊门，门打开的那一瞬间，一道黄金色的剑辉从门缝中一闪，朝他面门袭来。

间不容发，来不及考虑，他的双手淡蓝电光乍现。

“就凭你的手也想挡住我的剑？”一声冷笑传来，费云的手一紧，双手衣服袖口下突然弹出一臂长的金属短刃。双刃在面前交叉横挡，一声闷响，剑辉化作无形。

“看来，小瞧你了。”黑暗的空间里，陶森慢慢现身。“能挡住我一剑的人居然去当机械师，太屈才了。”

“我知道又是你。”费云说，因为被逼出手，他的脸色很难看。

他看着陶森满脸杀气的样子，想起昨天晚上贴身管家卡西雷对他说的话。

卡西雷的房间很豪华，咖啡味道很好。“陶森有反叛之心，想悄悄除掉团长取而代之。”结束了寒暄之后，他对费云说。

“为什么跟我说这个？”费云放下手中的咖啡问。

“我希望你能帮我们除掉他。”

“开玩笑吧？”

“不，我很认真。团长虽然觉察到了，但毕竟是他出生入死的兄弟，他不肯下手，我们作为骑士团的成员，也不能下手，所以，只能拜托你了。”

“怎么可能，我只是一个机械师而已。”

卡西雷盯着他，看了很久，说：“大陆有一个传说，记载力量之源秘密的苍之卷散落在各地，其中有一份在破魔圣骑士的血狮堡里，但是破魔圣骑士本人却不曾拥有它。那么，”他笑了笑，“它到底在哪里呢？”

费云一惊，沉默了很久：“可我只是一个机械师。那头白狮子的力量你是知道的，我怎么可能杀得了他。”

卡西雷没有争辩：“你回去好好考虑一下吧。”

当费云起身走到门口时，又被叫住了。

“这可是邪恶的阴谋，你不能告诉别人哦。”

是啊，如果费云现在出手杀了陶森，不但这个邪恶的阴谋得以实现，而且他还算是正当防卫呢。可是，怎么解释一个并不出名的机械师居然能把堂堂血狮团的副团长杀死呢？

“对不起，各位观众，陶森先生追杀我的时候不留神踩到香蕉皮了。要知道，人体实际是很脆弱的……”

那么，现在是使出真功夫，全力开打吗？

陶森第二剑袭来，费云只觉得周围的空间好像一座山压了下来。

算了，还是转身开溜比较合适。

费云纵身跳起，跃入陶森挥出的剑域，眼见就要被斩成两半，他左手短刃一挡陶森的剑，右手短刃在剑尖上一推，那挥出的巨大力量被短刃一击，费云就好像一只乘风而去的小鸟，高速地飞了出去。

这也算是“一剑击飞”吧。费云边朝远处飞去，边微笑着对陶森挥手告别。

眼见追击费云无望了，陶森站了半秒，转身朝工坊里走去。

黑乎乎的大房间，透过门缝不断闪现金黄的闪光，传出乒乒乓乓的巨响。费云眼睁睁地看着这一切，却止不住那股带离自己飞驰的力量。

“住手啊！我的劳动果实！”

一个大过足球场、高得让人眩晕的大厅。

所有人，费云、丽卡西、陶森、卡西雷以及团长全部出席。即便如此，这个大厅还是空旷得惊人。

所有侍卫都不在，看来算是家丑不外扬了。

在这个家丑里，费云一个外人站在其中，还担当着核心角色，这让他觉得非常别扭。

“我……”他吞吞吐吐地说，“我是不是应该出去一下？”

“不，费先生您就在这里。”邢跃然声音微弱，然后他咳嗽了两声。

“陶森，你和我出生入死多少次了？”

“……数不清。”

“是的，数不清，为什么你要一而再、再而三地妨碍我？你觉得我老了，没有力量了，不配当你的团长了，是吗？”

“不，”陶森神色复杂地说，“我从来没有这么想过。我的命是团长给的，团长永远是团长。”

“你虽然名义上是副团长，但从几年前开始，无论城堡还是血狮团实质上已经交给你了。我一直对你很放心，我以为很了解你，认为我死后，这一切可以由你继续发扬光大，没想到几年的时间，你就已经等不及了吗？你是全团最强的力量，你想杀我，谁也阻止不了。来吧。”

陶森持剑跪地：“陶森从未有此念头。”

邢跃然用了很长时间来平稳自己的呼吸。

“你回去反省吧。直到我通知你为止，不要离开你的家。”

陶森站起来，缓步离开了大厅。

“费先生，这些金币作为小礼物，表示对您的歉意，从明天开始，您在城堡里工作吧。这里不会有任何人打扰你。”

费云没提出异议，点了点头接受了。

威严和力量不同，不会随着岁月而丧失。

没有人打扰，工作开展得异常顺利。

他又花掉了一天时间，追回两天前的进度，接着往前赶。即使按照邢跃然的要求，一个一次性的能量压缩装置也是相当复杂的，他不得不花更多时间设计不同方案并进行多次尝试。

第三天，他发现了异常的状况。

不是他制造的能量压缩机状况异常，而是他工作的房间状况异常。

城主给他安排的房间是城堡上部靠外的大屋，根据他的保密要求，朝城堡外的窗口开得很高，也很小，很像监狱的天窗。房间的墙壁很厚，除了门，没有别的开口。整个房间用花岗岩砌成，厚而坚固，墙壁被精细地打磨过，整个房间的青色墙壁和地板显得整洁细腻。

虽然是一个空房间，但是巨大的空间和纯青色的环境让人有一种踏入幻界的迷离感。

至少第一天是这样。

等到第三天清晨时分，他走进房间，看见一束阳光从上方的天窗射入，像一条金色缎子般穿过整个房间，照在了墙壁上。在整个黑暗的房间里，只有那巴掌大的一块亮着。

那巴掌大的一块墙壁，原本是细腻的纯青，现在却变得斑斑驳驳，有的小块或突起或凹下，有的小块泛灰。

他干了两天的机械加工，不至于把这个房间搞成这样啊，就算有的地方被他撞变了颜色，撞凹了，这还能突出来，这是怎么回事儿啊？

他疑惑地将地上一个灯管隔空吸了过来，用手上的电流将其点亮。房间里一下灯火通明。这时候他才发现，整个房间几乎都是这个样子。

虽然墙壁都变得乱七八糟，但是很意外的是，却乱得很均匀。费云把零件丢来丢去的地方并不比他没用过的地方更糟糕。

这个……很像他住的旅馆那天褪色涂料的感觉……

费云有些惊异地走出了房间，试图在别的地方也能找到这样的痕迹。他沿着走廊走了很远，却没有发现任何类似的痕迹。

他一路东张西望地在城堡里走着，等到费云撞上卡西雷的时候，已经不知不觉地走出了很远。

“费云先生。”卡西雷轻轻地退后两步，让费云站稳，说道，“那天跟你说的事情，您考虑得怎么样？”

费云抬眼看清是谁之后，笑意盈盈地说：“你想让我们在这里商量这个问题吗？”

卡西雷闻言一笑，侧过身做出一个“请”的动作，带着他绕过走廊，朝总管的私人办公室走去。关上门，让费云坐下，卡西雷不紧不慢地给他倒上一杯咖啡，自己也坐下。

“那么，我前天跟你说的任务，你现在愿意接受了吗？”

“谈不上愿意接受，”费云回答，“关键是，怎么让我相信你说的是真的呢？”

“我觉得，自从你来以后所看到的、所遭遇到的事情，陶森的反叛之心已经表露得很明显了吧，一而再、再而三地公然反抗团长命令，甚至想杀了你，这些行为还需要证明吗？”

费云摇了摇头：“不，我要确认的事实不是这个。”

“你是说……苍之卷？”

费云面色严峻地点了点头。

卡西雷露出他招牌式的浅笑，就好像两个密谋者彼此心领神会一样。

“苍之卷，传说中上古文明毁灭之时，最后的一批智者用尽全部心血掌握了殄的秘密，他们将这些秘密记载下来，希望能帮助后来的人们复兴没落的上古文明。可惜黑暗时代很快到来，苍之卷和大多数知识一样被毁灭殆尽，只有少量的残片遗留下来。据说，苍之卷上记载了殄到底是什么，它们从何而来，它们有什么样的特性，它们有哪些种类，人们该如何利用它们，殄人如何从殄中汲取能量使用，普通人怎么变成殄人，殄人怎么恢复为普通人，以及大量殄能量使用的技巧和秘密。

“换句话说，这是记载这个时代终极秘密的书，能够得到完本的人，可以说已经打开了通往成神之门。”

费云点了点头说：“你能证明，你手上有的就是苍之卷的残片吗？”

“不好意思，我不能证明这一点。”卡西雷坦然地回答。

“不能？这句话什么意思？”

“是的，我不能证明。要证明我有苍之卷残片，我只能把它展示给你，但是在机械师面前，我实在没有信心保证给你看过之后，还能再从你手上拿回来。”

“那你要我怎么来相信你的话？”

“你只有试试看了。”

“因为两句没有证据的传言，我就要乖乖地听你吩咐？”

卡西雷点了点头。

“没错，就是这个意思。你也可以把这当作一场赌博。如果你输了，你被我利用了一次。如果你赢了，你会赢得你梦想的珍宝。何况，以你的实力，我未必有勇气欺骗你。我的命虽然不值钱，但是对我来说，还是很珍贵的。”

费云沉吟了片刻，站起身，盯着卡西雷的眼睛说：“好吧，我信你一次，这场赌博，我下注。如果我赌输了，陪葬的东西会有很多。”

说完，他转身离去。

当最后一颗螺丝旋入机器之后，费云长长地喘了口气。

终于完工了。超功率能量压缩机的复杂程度超出了他的想象，他不得不反反复复尝试数次才有了能够正常工作的设计。为了解决各种烦琐的细节问题，他光试做样机就做了五台。

这样一来，工期拖到了一周。

不过想到三天前的晚上，副团长陶森的麻烦已经彻底地解决，至少让费云安心了许多。

今天晚上圣骑士邢跃然为他准备的宴会上，估计会传来副团长陶森服毒自尽的消息。反省期间，羞愧自尽，这是多么让人悲伤又无奈的人生故事啊。

宴会上，他就可以拿到这个机器的酬金了，数目大得够他吃好几年。

当然，比起酬金，卡西雷手中的苍之残卷到底是什么样子，这让费云倍感兴趣。

就在今晚了。

他将机器展示给圣骑士邢跃然，给他讲解了机器的使用、注意事项以及维护的方法。圣骑士并没有太大的兴致，几乎等不及便接下了装置。

宴会，晚上七点开始。

城堡的宴会厅虽然比起正厅已经小了很多，却依然宏伟华丽。侍卫带着费云穿过灯火辉煌的长廊走向宴会厅，一路讲述城堡饰物的光辉来历：西雷国王赠的壁灯、卡西里大公送的壁挂、菲冷女王送的地毯……

这么不协调的一堆昂贵货，费云皱着眉头想，好像是卖杂货的商店啊……

推开餐厅的大门，一群人已经坐下静静地等待了。

团长在首位，卡西雷站在他身侧，次席空着，剩下的坐满了身着制服的血狮团成员。他扫了一眼，眼熟的很少，只认识丽卡西。这么多人到场，对于一个机械师的收工宴会来说，会不会太过隆重了啊？

这样的场合实在不适合他，他只能点头微笑。

费云被指引着在上席坐下，团长举起了酒杯。就在他要说些什么的时候，贴身管家卡西雷轻轻地说：“副团长陶森还没有来，要不要再等等？”

年老的圣骑士拧了拧眉毛。

“不等了，随他去吧。”

他平稳了一下气息，说：“我今天，在这里举办这个宴会，是为了庆祝尊贵的客人——机械师费云先生成功地为我制造了一个重要而复杂的仪器。”

团长对费云点头致意：“我知道，你们可能觉得我有些小题大做，为了这么一个机器，居然召集了全体高级团员。你们觉得莫名其妙，不知所谓。”

所有的人都一动不动地看着圣骑士，有些惊讶。堂堂破魔圣骑士，会用这样的语气说话，是一件令人很意外的事情。

“我的梦想已经等待了太久，直到今天才终于有了实现的可能。我，破魔圣骑士的荣耀已经没落了半个世纪，我们今天要将它重新拾起。

“荣耀，归于血狮骑士团！”

仿佛突然年轻了几十岁一样，他站起来，举杯，然后全团成员齐刷刷地站了起来。

“荣耀，归于血狮骑士团！”

一时，呼声震天。

圣骑士轻轻地压了压手，声音平静下来。

他伸出握着酒杯的手，向着费云致意。

“我们的成功，直接归功于您，伟大的机械师费云先生。”

突然得到的盛大礼遇让费云一下不知所措，他傻愣愣、满面通红地站了起来。

“不，您太客气了，我没有做什么……”

宾主互敬，觥筹交错。虽然是一屋子不需要食物来填饱肚子的殍人，但大家开怀畅饮，大口吃肉，大碗喝酒，放纵地享受这样的一餐。

这里东西的味道，实在是比外面的饭店好吃太多了。费云狂塞乱吞，味道把自己感动得几乎泪流满面。

在一片醉酒的欢声笑语中，突然，宴会厅的大门被猛地撞开了。

大家一愣，目光齐刷刷地盯着闯入者。

那是一个普通侍卫，制服胸口是白底的盾。他气喘吁吁，不知道跑过了多远的路，粗重的喘息声在大厅里回响。他停在圣骑士面前，半天说不出一句话：“团……团……”

“放肆，没看到这里是高阶宴会吗？谁允许你任意闯入的！”卡西雷厉声斥责。

“团……团长，副……副……”他咽下一口口水，“副团长在家里自杀身亡了！”

刹那间大厅里一片肃静。

大家愣在当场，然后面面相觑。

“你说什么？再说一遍？”卡西雷问道。

“陶森副团长，今天我去传令叫他参加宴会的时候，一直叫不开他的房门。后来，我们撞开了房门，发现副团长已经死了。医疗官确认说是服毒自尽，已经死了三天。”

“你怎么知道是自尽？”

“侍卫说四天内没有一个人靠近房间，门窗都是从里面封死的，没有打开过。”

卡西雷转过身，朝向团长，虽然他的目光掠过了费云，但是没有丝毫停留。

“团长，这该怎么办？”

团长坐在椅子里，过了好久，有气无力地说：“宴会到此为止，大家散了吧。”

然后他又对侍卫说：“去把陶森的尸体送到我这里，我等着。”

人们纷纷散去，他们看起来满心疑惑，却始终保持安静，步伐也寂静无声。

宴会厅很快变得空空荡荡，只有团长和他的贴身管家卡西雷，还有费云。

“费云先生，您……”

卡西雷一脸疑疑惑的表情望着他。

“对不起，圣骑士大人，您应该知道，机械师是学者，有丰富的医药毒素和生理鉴定知识，如果您不嫌弃，我愿意留下来帮您鉴别到底是什么毒药，以及副团长到底是不是自杀而死。不是在下夸口，我想，凭我的知识，一定比你们团里的医疗官更具权威。”

圣骑士稍微考虑了一下，点了点头。

大约过了一小时，陶森的尸体被运了进来。卡西雷屏退了侍卫，屋里只剩下他们三人。

陶森的尸体冰冷，原本轮廓分明的身体现在已经柔软无力，发青瘫软的身体好像只是一个平凡的老头。

费云用询问的眼神看了看圣骑士，他点点头。

巨大的房间，三个人，一具尸体，杯盘狼藉的长桌，一片寂静。

卡西雷知道，当他在费云面前提到苍之卷的时候，一切开始按照他的计划进行了。这个名字具有无法抵挡的吸引力，没有任何一个机械师听到这个名字不会乖乖听话的。

当费云再次出现在他面前的时候，他已经知道对方的回答了。

果然，第二天晚上陶森就“服毒自尽”了。

合情合理，这都是符合逻辑的事情。承团长厚恩，从无名小卒走上副团长高位的骑士，屡次三番抗命不遵，团长宽宏大量却屡教不改，对于命令就是神旨的骑士团，这是最大的罪行。而闭门反省，对于视荣誉为生命的骑士来说，他已被打入了地狱。

自杀是最好的解脱。

一切顺理成章。

当得知死讯之后，费云留下不离开的请求，让卡西雷惊讶了一下，随即恍然大悟。

没错，机械师的鉴定要比医疗官权威，只要他说是自尽，全团上下，可还有人敢出言怀疑吗？

卡西雷看着费云装模作样地检查起陶森的尸体，那些从他衣服缝隙里伸出各种各样、稀奇古怪的机械臂，电弧与针头在尸体上攒动，有点儿吓人。

他有些无聊地摸了摸鼻子，看着身边那个佝偻着身子的老头，心想，想在我手心里挣扎，恐怕不是那么容易的事情。

刹那间，蓝色光芒与金光骤现，几乎将整个巨大的宴会厅吞没。

卡西雷一惊，转过头，只见原本躺在担架上的那具尸体腾空而起，右拳金色光辉大盛，光芒如一个实质的巨型拳套从陶森手上长出，猛地朝他头顶怒挥过来。

他慌忙伸手阻挡、格挡，陶森的斗气眼见就要击中，却被硬生生地炸开，散落的光芒勾勒出一个很淡的紫色椭圆球形。喷薄而出的斗气将地板砸出一个凹陷的圆坑来，卡西雷被推出三米才勉强止住身形。

陶森的身体微震，然后一个俯身冲锋，身形消失不见。下一瞬间再出现的时候，只见他回手一拳抡向卡西雷的胸口，虽然有力场护体，但卡西雷还是像一个足球被狠狠地击飞出去，穿过整个宴会厅，撞在对面墙上，坚固异常的花岗岩墙体崩塌，塌出一个大洞。

“放肆！”一声断喝传来，“陶森你胆大妄为到了这种地步了！”

陶森身形一滞，转过身犹豫地望着团长。

“别管他！”费云叫道，“他被控制了，不立刻杀死那家伙，就没机会了！”

陶森这才反应过来，穿过墙上大洞朝外追去，费云也立刻起身，朝外面冲了过去。

刚动身两步，那道墙再次轰然破碎，另一处炸开一个硕大的洞来，不同于刚才的冲击力，这次完全是被斗气击垮，花岗岩碎成的石粉到处弥漫，整个大厅陷入一片迷蒙。

虽然看不清眼前的东西，但是狩对于能量的感觉很敏锐，两股大团的能量在高速地纠缠撞击，放出耀眼的光芒，好像浓雾里绽放的烟火。

如费云所料，卡西雷的力量并不在陶森之下，两记突袭的痛击之后，卡西雷慢慢地表现出足以与陶森正面较量的力量。

陶森是在战争中浴血成长起来的骑士，正面的力量比任何技巧更加重要，所拥有的是强有力的标准骑士勇力。而卡西雷虽然同为骑士团的人，在他的血色狮子制服之下，所表现出来的，却是另一种力量。

一击即退，在剑风中高速穿梭，依靠速度和虚招寻找对手的漏洞。

这绝不是在战场上两军对垒的技巧。

这个人，就是以单人对抗与高手生死相搏为目标训练的。换句话说，他是一个杀手。

以同样的力量，陶森缠斗下去极为不利，他的消耗要比对方大。

而且，谁知道陶森与对方是否拥有同样的力量呢？

费云一个闪身，加入了战团。

机械短刃瞬间而出，如同臂上长出一双锋利的手，贴身而至，朝卡西雷后背刺了过去。

对方一闪，扑空。

这时候，传来一声团长大喝：“丽卡西，陶森诈死叛变，杀了他！”

费云大吃一惊，仔细搜索，才发现被尘埃笼罩的过道远处，有一个茫然无措的身影。

她当时，正走到被打碎的墙壁对面。

丽卡西稍有犹豫，冲了进来。轻轻一挥手，狂风掠过，一屋的粉尘一扫而空。

一切清晰可见，陶森正一拳挥空，卡西雷从斗气缝隙中蹿出，在空中绕过一个可怕的锐角弧线朝陶森体侧踢去。在防卫的空当之下，陶森被踹得翻滚而去，撞到墙上，然后再弹落到地下，像是受了轻伤。

费云跃起，朝卡西雷的身体刺了过去，短刃上的电光闪现出明亮的蓝白色，攒动着不断朝卡西雷闪烁。卡西雷勉强回身阻挡、格挡，刀刃虽然没有近身，但是强大的电流却窜上他的手臂，让他浑身一震。

“杀了他们两个！丽卡西，动手！”这番大吼实在不像是那个要进坟墓的老头能发出的声音。

虽然丽卡西有些不明就里，但命令就是命令，疾风如刀刃一样向费云卷来，他随后挥出的左手竟好像打在了一堵绵软但极厚的墙上。

费云不得不丢下卡西雷，先去对付这个突然出现的傻姑娘了。

他很想跟她解释，团长被那个拍马屁的卡西雷控制了……可是，在这样的战场上说出来的话，谁会听呢？

只有刀说出的话，是任何人都不得不听的。

费云双刃蓝光暴涨，径直朝丽卡西扑上来，丽卡西一惊，向后闪离，一个火球向费云袭来，费云毫不迟疑地迎击上去，双刃攒动的电流交织成一道网，好像套住篮球的球网，在空中一甩，将火球朝卡西雷身上抛去。卡西雷不得不放弃朝陶森进攻的企图，对抗火球，一声沉闷的爆炸声之后，卡西雷站在原地，而原本滚在地上的陶森再次站了起来。

眼见火球无效，丽卡西在身边不断地凝结出拳头般大小的光球。与炎热属性的火球不同，魔法飞弹是单纯由能量凝结成的纯能量球，虽然没有附加的异能属性，但是也难以抵抗，因为需要凝聚能量的缘故，飞弹数量与巫师能力有关，一般成熟的巫师可以一次释放五颗魔法飞弹。

丽卡西身边的魔法飞弹已经多达数十颗，她看起来好像一棵挂满灯泡的圣诞树。那些魔法飞弹在她身边高速旋转，形成一道纯能量的风暴护壁。一旦被卷进去，恐怕会被那数十颗飞弹一拥而上，打成一个人形筛子。

费云望了一眼陶森的状况——很不好，好像一只和蜜蜂搏斗的熊。他的巨大力量一拳拳挥去，可惜最多只能擦到对方的一个边角，卡西雷好像无视物理惯性一样，以可怕的身手在陶森身边纠缠，因为高速的运动而显得防备虚弱，只要被打中一击就会粉身碎骨，可是那一击始终没有打上去。陶森被纠缠得开始有些浮躁了。

他必须赶快解决丽卡西这个愣头愣脑的傻姑娘。

数十颗飞弹风暴般旋转着，发出呜呜的咆哮声，费云正不知该如何下手，突然间这些飞弹像烟花一样炸开。

从飞弹风暴的严密遮挡之下，她再次现身，手持力场制造成的闪电长矛，在风暴散开的瞬间朝他掷来。

好战术啊，先用飞弹风暴迷惑，争取时间凝聚极为耗能量的闪电长矛，一般人先被飞弹风暴吓得头晕目眩，散开那一瞬间，再直面雷霆万钧的闪电长矛，就算反应快得能躲开，但被散落四处的飞弹左右夹击，估计也变成了电烤蜂窝了。

下次一定能出奇制胜。费云毫不犹豫地对着袭来的闪电长矛冲了上去，双手短刃突然变成蓬松的网绵状，将轰鸣的闪电长矛撕成碎片，瞬间吸收。丽卡西尚未明白发生了什么，费云已经逼至眼前，蓬松的金属网绵触及脸上的瞬间，丽卡西略一抽搐，怦然倒地。

失去控制者的魔法飞弹立刻湮灭于无形。

这时候，陶森已经危在旦夕了，他身体已经多处受伤，虽然没有怎么流血，但体力不支，斗气和战术开始涣散与混乱。

卡西雷返身又是一击，陶森退后数步，几乎单膝跪倒在地。眼见胜机已现，卡西雷毫不犹豫，收住了满是虚招的幻步，将能量凝聚起来，准备给他致命一击。

陶森一直在期待这一刻，但当这一刻来的时候，他的力量却已损耗殆尽了。

卡西雷冲了过去。

陶森的斗气再次凝聚，他却没有力量再次躲开，只能勉强迎击。

当卡西雷距离陶森还有三米多的距离时，陶森的双臂挥了出去。

卡西雷讥笑起来："你以为还有……"

瞬间，他的瞳孔放大了。

在他起身之时，他没有看到费云一把抓起餐桌上盛放烤全牛的巨大餐盘，在爆鸣的电光下将其拉伸成一把长剑。卡西雷只看见一把闪着冰蓝色的剑从一旁极速飞来，分毫不差地赶上陶森挥舞的双手，长剑被那双手一抓，然后趁势朝卡西雷的胸口斩去。

暴涨的金色剑辉和蓝色电光瞬间贯穿了他的身体，血浆和焦黑的粉末溅出数米远。

过了两秒，陶森才放下剑。

"没错，我是以为还有剑。"

"到底，发生了什么？"

当破魔圣骑士邢跃然迷惑地望着他们的时候，费云觉得无语。

有点儿像孤胆英雄独破黑社会魔窟之后，外面才开始响起警铃的感觉。

副团长陶森从头到尾讲述了整个事情的经过，邢跃然才恍然大悟。

"这几个月，我觉得混混沌沌，什么都记不清了，看来，是不知什么时候被催眠了。”他悲哀地叹息道，“果然已经老得不成样子了……”

他对费云说：“实在抱歉，让你卷进这么大的麻烦里。你救了我，也救了整个血狮骑士团。不知道该如何感谢你。”

“不用客气了。”费云说。

所谓苍之卷残片只是骗人的幌子，光知道这个，就让他觉得浑身乏力了。他有些意兴阑珊，只想早点儿离开。当然，这是在取了自己该得的酬劳之后。

站在他身边的丽卡西的表情有些惭愧。

“对不起，团长，我没有搞清楚状况，差点儿帮了卡西雷。”

“别自责了，孩子，让你出手，不是我的命令吗？如果要怪罪，也该先怪罪我。”他拍了拍丽卡西的肩膀：“他以我的名义制造了可怕的武器，试图用它征服大陆。幸亏有你们。”

“不过，费大师，你怎么知道卡西雷控制了我，这一切都是他的阴谋呢？”圣骑士疑惑地问。

丽卡西、陶森闻言也盯着费云，费云一脸苦笑。

“总有些小伎俩吧。”

那天晚上，当他从卡西雷房间离开的时候，对方并没有发现，在桌子的背面，贴上一个只有纽扣大小的小东西。

费云回到工作室，从衣服领口下面伸出一个小小的耳塞，里面传来了上百米外房间内的声音。

由于隔着数层厚厚的花岗岩，电波传送起来很困难，嘈杂的声音让他搞不清楚是跟别人说话还是自言自语。

“一切按照计划进行，那只螳螂，就这样被踩死吧。”

“人，总以为自己很聪明，可惜不过两三句话就被骗得服服帖帖，一句苍之卷的谎话就可以耍得他团团转，倒有些无趣了。”

“不过，邢跃然倒还算有趣，不愧是五十年前的破魔圣骑士，要把他抓在手心，得费掉我多大的力气啊。如果收成没有肥料多，那我不是亏大了啊。”

一阵座椅响动的声音，开窗户的声音，风声。

“何必苦苦挣扎呢，我的圣骑士啊，你就不能乖乖地当一个听话的傀儡吗？”

“我——已经快等不及了，还需要多久，这个任务才能完工？”

于是，当天晚上，费云潜入了陶森的宅子，给他“下了毒”。

“可是——可是——我不明白，副团长怎么会和你结盟？他不是跟机械师有仇，来一个赶走一个吗？”丽卡西问道。

“你说错了。”陶森说，“我并不是和机械师有仇，而是发现，那个男人有些不对劲的地方，他在密谋什么。只是团长的反应很奇怪，对他听之任之，我只好做出一副和机械师有仇的样子，来一个赶一个，间接破坏他的计划。”

丽卡西惊讶地望着他。

“那你也太狠了吧？上次那个，那个机械师，被你打断了快十根骨头啊！”

陶森面如死灰。丽卡西识趣地转换了话题。

“啊，那，那，可是副团长向来不喜欢跟人解释，他怎么会和费云结盟呢？你们是什么时候搭上的？”

费云笑了笑。

“当他被我打趴下的时候，就跪着哭求我，让我帮忙，说：‘救救团长吧，救救血狮团吧！’那个可怜相啊，嗯……”说着歪了歪嘴。

“去死！”陶森一拳抡了过去，费云轻盈地闪开了。

“那是我让你。”

丽卡西疑惑地看着两人。

“还记得那天早上我在外面工作的时候，他来工房找碴儿吗？”

丽卡西点了点头。

“他毁了我一天的工作。”

丽卡西有些迟疑地问：“然后你就把他打趴下了？”

“没错。”

“那是我让着你的。”陶森强调道。

“要不要再来打一次？”

“来啊？”

“瞧你浑身是伤的样子！”

两个人斗着嘴，团长打断了他们。

“好啦，费云先生，感谢的话我也不多说了，我会在之前许诺的报酬上再加倍。您能留下来多住两天，让我好好来表达谢意吗？”

费云苦笑地望着宴会厅。

“不了，谢谢，我明天就要离开。”

“……好吧，机械师是将旅行视为生命的人，我也不多留您了。希望您一路保重。”

费云在城门口与大家道别。

来的时候，他那么慌张地躲避陶森的追杀，来不及欣赏这座破魔圣骑士统治下的殄人之城的全貌，就匆忙地闯进这座城市。

站在山腰的城门口，正午的城市犹如一盆沸腾的小米粥，散发着无尽的活力。

他紧了紧身上的背包，对陶森和丽卡西说：“走啦，你们保重吧。”

两人挥了挥手。

“带着那么多金子，小心别被抢了。”陶森说。

“要是有机会，回来看看我们。”

“好的。”费云说。

他挥了挥手，道别新结识的朋友和新认识的神奇城市，在树林夹道中，越走越远，身后的城市慢慢变小，那些喧嚣和吵闹慢慢地听不见了。他又一次独身一人，朝别的地方走去。

他没有目标，也不知道下一站会在哪里停留，只要向前走就好了。这个世界有各种各样的人，各种各样的故事，他要把自己遇到的故事编纂起来，朝自己想得到的东西前进。

虽然走得并不快，但还是慢慢地翻过了一座山，再也看不见血狮堡的任何东西了。

这个城市，好像在他的世界里湮灭了一般。

突然，他觉得不安。

这种不安不是与并肩战斗的人离别，不是由于孤独一人的寂寞，而是在大脑的深处隐隐地觉察，有些东西不对劲。有些什么问题被遗忘尚未解决，那些东西在费云的脑子里开始翻腾回旋，拼命将自己拧入一个满意的因果循环，找到一个合理的答案，而不是独自被抛在一边。

费云停下脚步，闭上眼，试图将那个翻腾的记忆抓在手里，看看到底是什么。

首先，他到底制造了一个什么样的机器？那个机器，到底是用来干什么的？

一个超大功率的能量压缩机，五米长，四米宽，两米高，这么庞大的东西，只要使用一次就会瘫痪掉，作为武器，它能拿来干什么？只要发动一次，那个超密度的能量如不加解离，会引发可怕的大爆炸。不过，用这么大的东西做一枚炸弹，怎么用？他们可能找到一个把那样高密能量稳定得像箭一样射出几百千米去的方法吗？更何况，那么强大的启动功率，从哪里找来那么多能量源呢？那样的能量相当于在一瞬间将上千狩的能量全部抽空啊！

其次，他在城里连续遇到的神秘事件到底是怎么一回事儿？

褪色又恢复的旅馆墙纸，消失后又长出来的胡子，还有那个会变成斑点诡异的花岗岩墙壁。前两者异变一段时间之后又再次恢复，而那堵墙壁，直到整个工程完工，都没有变回原样，似乎还有些更变本加厉。如果这是一种殄，那这到底会是哪种？他一时在大脑资料库里竟找不到合适的答案。

除此之外，似乎还有更令人不安的东西存在。他想抓住它，却在潜意识里抵抗着，不敢接受这样的事实。

另一个疑问……他内心拼命地挣扎，想要把它说出来。

另一个疑点是血狮骑士团团长。

破魔圣骑士——邢跃然。

如遭雷击一般，他突然意识到他害怕的是什么。

“这几个月，我觉得混混沌沌，什么都记不清了，看来，是不知什么时候被催眠了。”费云想起邢跃然的叹息，“果然已经老得不成样子了……”

他说被催眠了，什么都不记得，却清楚地记得请自己来做什么东西，记得之前数次答应他增加酬劳，还记得他对丽卡西下命令杀死他们。

对于一个被催眠控制的人来说，他记得的东西也太多了。

费云心里一阵恐慌，战斗结束后，破败的宴会厅画面突然浮现在他面前，这时候，他才想起当时被忽略的细节。

精致的座椅、餐具和食物出现了斑点的诡异场景，华丽的长桌某处褪色甚至腐朽，银质闪亮的烛台中，一支蜡烛泛灰发黑，盘中一把橙黄的香蕉中竟有一只半截褪成了青绿色。

他终于在这数个异常事件中找到了共同点。

这一系列事件——褪色的墙壁，消失的胡子，异变的花岗岩，还有诡异的宴会厅——虽然东西林林总总，变化稀奇古怪，但它们所有的变化，都是与时间状态有关。有的老化，有的会变成从前的样子。而这样的变化都和两个东西紧密相连：第一，异化的东西最近都与巨大的能量有接触，如旅馆里的墙壁变化和陶森的偷袭，胡子、花岗岩、他制造的机器，宴会厅里发生的异常现象和激烈的生死搏命。第二，相关的事物都和血狮骑士团核心成员有过密切接触。

这时候，费云终于找到了足够的信息将这个秘密从自己庞大的百科辞典里过滤出来。

传说中极为罕见的殄——“扰时”。

殄，是无穷尽的能量源。它们不必像普通的微生物一样去捕食，寻找能量。因此，它们没有因为饥饿而死的压力，它们进化出了千奇百怪的特性。尽管如此，“扰时”也是极为罕见的神奇种类。它不仅朝外部释放能量，也不断从外界吸收能量，然后，在它生长的小范围内，它所依附的物体状态会发生极为奇妙的变化——老化或者还原。如时间在那个范围内出现了湍流一般，然后等所吸收的能量渐渐消耗光，又会恢复到原来的状态。根据吸收能量的多少，时间扰动的强度和持续的时间会发生相应的改变。

“扰时”是罕见的殄，没有道理像这样到处都是，除非，有人收集、培养它们。

费云终于明白，破魔圣骑士订做那么强功率的能量压缩机用来做什么。

这个人已经疯了！

他惊恐地想。转身，身形一闪，消失不见了。

原地传来一阵爆鸣，急速升温的热空气卷起一阵龙卷风，显示出他朝血狮堡狂奔的踪迹。

还来得及吗？

恸哭之城。

来到山顶，便看见了城中主堡内，如恶魔之翼张开的血色光纹，铺展到整个城市，将整个血狮堡化成一个巨大的光茧，微微地搏动着。

即将破茧而出的，会是一个什么样的噩梦呢？

费云冲入城市，几小时前还繁华如梦的都市，现在却如被致命瘟疫扫荡过的荒芜之地，遍地瘫倒着枯瘦的干尸，还有气息尚存的人拼命挣扎，却被无形的力量将体内的能量抽取，结成一道道殷红的丝带，朝主堡飘然而去。

没错，这是一个殄人之城，这里有上万的殄人，而这些人，拥有可怕的能量。所以，邢跃然需要一个功率惊人的能量压缩机，将如此强大的能量压缩在一起，再一瞬间注入扰时中。

他已经太老了，老得唯一的念头只希望年轻起来。

费云想起他在宴会上说的那些话。没错，他已经等这一天等得太久了，他陆陆续续找来那么多的机械师来为自己的计划制造不同的组件，然后创造出这么一个恶魔。

费云抬起头，这个可以将全城人的能量疯狂吸走的装置，不知道又是哪位高手的杰作。这样的水准，绝不在自己之下。

他感到自己的能量一丝丝地被抽走，不得不尽全力抵挡强大的吞噬力，满城痛苦的悲鸣声，如堕入地狱一般凄惨。

他看见了丽卡西，那个姑娘失魂落魄地瘫坐在地上，不知所措地看着这个死神出没的城市，她甚至没有抵抗吞噬自己能量的力量，血色的光带急流般地朝主堡内涌去。

费云一把拎起她来，拼命地摇了摇她，好像一个巨型的娃娃一样，丽卡西用迷离的眼光看着他。

“清醒一点儿！”费云大喝道，给了她一个耳光。丽卡西这才稍微有了些反应。

“这到底怎么了？”她问，“卡西雷不是已经死了吗？”

“没时间解释了。”费云抱住她高速地朝主堡奔去，“控制住你的能量，陶森呢？他去哪里了？”

“副团长他回主堡向团长复命了。”

主堡城门伸起，深而高的护城河挡在他们面前。费云没有降低速度，右手探出，两道闪电瞬间将两条拉起城门的铰链熔化成铁水，城门轰然落下。

离秘密越近，那股吞噬的力量就越大。

费云开始还以为需要费什么工夫去寻找那个巨大的机器，进了这里，他才明白，不必了。

肉眼清晰可见，千万条或大或小的血红色能量带朝地下源源不断地涌去。

“那条道通往地下？”他问丽卡西。

“她不知道。”身后一个声音回答。回过头，费云看见楼上的陶森手握长剑。

“那你带路。”来不及再打招呼，费云径直说。

“我也不知道秘道在哪里。”陶森说着，一跃而起，剑芒暴涨，径直从五六米高的露台下跳下，朝他们砍来。

地面轰塌，烟雾爆起，整个场面陷入一片迷茫不清的境地。一阵风，将碎成粉末的地板碎片全部卷走。

“不知道路，那就开辟出一条路。”陶森坚定地说，“走吧，一切总会结束。丽卡西，打起精神来。”

陶森的坚定感染了丽卡西，很快，她就控制住了流失的能量。

被击碎的地板下，是一条狭长的秘道，没有灯火，但是夺目的能量如一个血色的太阳光芒四溢，将下面的一切映得通红。

那是一个复杂且硕大宽广的地宫。

他们走下那条长长的隧道，巨大地宫中，整体都被一台大得可怕的机器填满了。

很难形容这是一个什么样的机械，好像一堆随意拼凑的玩具，既没有统一的外观风格，也没有标准的摆放连接格式，显得不伦不类。就好像这么一座宏伟的建筑，它有哥特式的高耸的顶，下面是东方式的飞檐，用钢筋做主体，然后墙壁糊上窗户纸，大门是酒吧的木挡门。

这是一个由若干毫无联系的机械师分别制造的风格迥异的零件连接起来的怪物，有的部位，甚至必须用钢丝铁架悬挂支撑才能拼合在一起，无数导管随意地挂在外面，好像一个被划破肚皮散落一地肠子的僵尸。

看到这样丑陋的怪物机器，费云有一头撞死的冲动。

这简直是在挑战机械师审美的极限。

尽管难看到了无法忍受的地步，但是费云不得不承认，从功能上，这台机器很强大。可怕的能量在这里凝聚起来，如一个深红泛黑的球体，将整个机器包裹其中。

陶森剑芒猛地一亮，朝那台机器挥去，剑尖还没挥过去，就被费云手上放出的电流猛地一击，剑招再也使不下去了。

“你干什么！”陶森后退两步才化掉费云的电击。

“冷静一点儿好不好？”费云说，“这么庞大的能量，被我做的那个该死的东西一压缩，如果你就这么打开，压缩后的能量无处吸收释放，在这里炸开，别说整个城市，周围几座山都会化成灰！”

“那怎么办？”陶森问。

“拆了它。”费云说完，在巨大的吞噬压力下艰难地展开自己的能量，这台巨型机器上无数支撑和悬挂用的支架纷纷“啪”的一声断开，无数连接用的导管和线悬浮起来，向四周展开。

像一具泡在福尔马林里内脏拉杂的尸体。

费云忍不住用这样恶心的比喻形容眼前的场景。

这时候，想要搞清楚每个部件是干什么用的太困难了，何况每个机械师不会随意透露自己的秘密，哪是一时半会儿就能弄明白的。

费云要找到的，是自己的那个部件的接口，将它切断，阻止能量继续压缩，才能让整个机器停下来。那些尚未压缩的能量没有太大稳定性，很快就可以消散。

不过，他的部件是核心构件，要从这外面拉拉杂杂的接头里找出连接，实在不是一件容易的事情。

他不得不从大致安全的位置拆开装置，甚至有一两次触发了巨大的能量，又费了极大的力量才将它们塞回去。

当终于找到一根熟悉的导线时，他几乎高兴地跳起来，从乱七八糟的线卷里，费云将这根线拉了出来。

“斩断它！”他对陶森叫道。

剑如闪电，导线应声断开。

机器的轰鸣立刻变了调，原本凝聚的发黑的血色光芒开始涣散，迅速地从光球的外层剥离、膨胀，决堤般地朝外面涌了出来。

大得可怕的压力将三人朝着秘道冲了出去，尖啸着，然后轰然一声巨响。

整个地面掀了起来。

随之他们撞在城堡的墙上，落下。因为事先护住了身体，所以没有什么大碍。

急涌而出的能量冲天而起，一瞬间，将整个城堡顶部和粉碎的地板一起抛了出去。厚达半米的花岗岩砌成的城堡在这股巨大的能量冲击波面前如纸糊的玩具一般。

在这股巨大的能量涌动下，这个城堡瞬间破碎化为废墟，随后，开始显现出诡异的异变。泄漏出来的少量“扰时”在能量的浇注下，开始搅动城堡的时间状态，整个城堡废墟犹如飘动的幽灵之城，不停地闪耀着各个时期不同的状态，城堡上的花瞬间绽放，又骤然枯萎，宠物猫顷刻间变化褪去皮毛，再化为胚胎。一切如一个恐慌的幻景，变得飘摇而无规则起来。

就连陶森也显得惊慌失措起来。

“这是怎么了？”

“不要为序幕过分惊讶，否则你会喘不过气来的。”费云沉声说，小心地四处望着。

他应该成功打断了这个机器的运行，费云不敢肯定的是，打断的结果是什么样的。

他们站在废墟顶上，下面已经是烟尘漫天，什么也看不到了啊……

费云不敢叫丽卡西把下面这些浓得像糨糊般的烟尘吹开，就好像一个押上全部赌本，不敢开盅的赌徒。

静立了足足有十分钟，大家一言不发。

下方飘动的浓厚尘土骤然收缩，凝集起来。

一头金发的男子低着头，一手横探，手中握着一把泛青的石质巨剑，挺立在残破无比的城堡废墟中。

在这个世界上，总会有很多人声称自己多么希望亲历五十年前那个战火纷飞的年代，一睹那些英雄的真颜，甚至不乏大言不惭者，号称要和那个传奇人物在他们的全盛时代较量一番。

费云在心底开始寻找那些自己见过的大言不惭者的名字，想象卖门票来让他们进行这场超越时空的挑战。

当他的浮动透镜组里清晰地显示出那个男人的面目之前，从身边陶森的眼睛里，他已经确认了那个人的身份。

传奇英雄，血狮骑士团团长，破魔圣骑士——邢跃然。

八十三岁，家产无数，有巨型城堡、名车、地产、爵位，未婚。

从望远镜里看，他很年轻，很帅气。

费云咽了口唾沫，看了看己方的三人，三对一，就算这样，能打得过这个神话般的传奇人物吗？

“那是，团长吗？”

丽卡西疑惑地问。

“没错，正是他。”

“这是，怎么一回事儿？”陶森盯着下面，问道。

“我很想详细解释，就怕你们团长不肯给我时间。”费云说，“长话短说，我们都被骗了，你们团长才是阴谋的首脑，他将整个城市里人们的能量聚集起来，让自己恢复年轻。全城大半人，都是他的祭品。”

他刚说完这句话，只觉得背后一冷，排山倒海的巨大力量向他袭来，只来得及反手一挡，整个人好像被强棒击出的本垒打一样，失去控制地飞了出去。

费云撞破了三道墙壁，才停下身来，浑身的骨头像散了架。

怪物啊！费云脑海里的声音尖叫，直觉让他拼命地想逃。

眼见同伴遇袭，丽卡西和陶森立刻出手拦击，平地里一声雷炸惊起，剧烈的闪电朝邢跃然身上劈下，却轻轻地从他身侧划开了。这一击让圣骑士的身体稍微一滞，陶森一剑，朝着他胸口挥去。

邢跃然并不阻挡，却突然转过头盯住了陶森的眼睛，神色严厉，一声断喝。

“你在干什么？”

陶森这一剑，硬生生地收住，在邢跃然胸口前戛然止住了。他神情恍惚，有些不知所措。

“干掉那个机械师。”邢跃然命令道。

陶森没有动弹，疑惑地看了看团长，又疑惑地看了看狼狈不堪的费云。

“干掉那个机械师！你干什么呢！没听见吗！”邢跃然怒吼道，犹如一头雄狮般孔武有力。

陶森略一犹豫，提剑，跃起，浑浑噩噩地朝费云扑了过去。

一剑斩下，费云格挡的双臂震得发麻。

“你疯啦！你在干吗？”费云抓狂地吼着。

陶森一言不发，接着第二剑又朝他横挥过去，那样的力道没有看出是做戏或者是手下留情的样子。费云紧张地一跃而起，躲过剑辉的威慑。

“清醒一下！”费云大吼道，“你被催眠啦？”

邢跃然轻轻地挥手，将丽卡西射出的寒冰喷射挡在一边。

“放弃吧，聪明的机械师，他没有被催眠，他很清醒。只要是我的命令，他绝对不会违抗，他的生命是我给的，他的力量是我传授的，他的一切都是我赐予的，就算现在我让他死，他也会立刻从命。他是我的人，这一点永远不会变，无论我说什么，他都会照办。他会杀了你，或者，你先杀了他。”

邢跃然伸手，好像一个大功率吸尘器一样将丽卡西喷射出来的剧烈冰寒吸成一团，随手朝丽卡西丢了过去，丽卡西慌张地一挡，冰球在她面前炸开，片刻之后，雾气散去，她的脸冻得发青，头发还挂上了霜。

邢跃然没有再补上一击，只是微笑地看着狼狈的丽卡西，完全没有把她当一回事儿。

“我的孩子啊，你是团里年轻人中最有才能的人，或者说，是整个团里力量排前五名的人才，我喜欢人才，跟我去重新光复我们的荣耀吧。”

丽卡西坚决地摇了摇头。

“不，想都别想！”

“为什么？你不是我的团员吗？我记得，你不是很敬仰我，我说什么，你都照办吗？”

“因为那时候，我相信你是一个英雄，一个好人，你说的话都对，但是现在，你只是一个恶魔。”

“那你要干什么？杀了我？杀掉你的团长？”

丽卡西犹豫了片刻，坚定地回答。

“没错，我要杀了你。”

“你能做到吗？凭你这点儿力量，恐怕连破我的皮都困难。你只能白白死在这里了。这样的做法难道不是愚蠢的吗？”

“愚蠢的正确与聪明的错误之间，我没有别的选择了。”

“很好。”邢跃然点了点头，一转身，右手的石剑以超乎想象的速度朝丽卡西拦腰斩去。

剑如闪电，在丽卡西回过神之前，剑已直指腰间。

冰芒乍现，像一朵盛开的莲花般在剑触身前爆射而起，在剑端凝结，剑势略微一滞，哗的一声，将冰莲斩成碎片。

这么一瞬间的缝隙，丽卡西已经闪开，邢跃然的剑只是划过残影，他收剑时，又一颗冰莲在剑锋爆开，将剑势再一挡，一只颜色发蓝的炎火球急速破空而至，正打在冰芒两次炸开的位置，将那朵冰莲瞬间融解，一个剧烈的爆炸从剑尖炸开迅速朝外由蓝退成紫色，再化为普通的红色。

从几百度到上万度，火焰的颜色从暗红，一直变成蓝白色。任何简单的东西强大到一定程度，都将失去原来常人习以为常的面目。

火焰褪去，冰冻之后的剧烈温差，将邢跃然手中的凝成的石质巨剑炸得粉碎。

浮在空中的丽卡西尚未来得及感受成功的喜悦，就看见下方那半截巨剑已被手放开，缓缓落下，她还来不及寻找这柄残剑主人的踪影，就感到头顶上万钧重压袭来，她立刻朝右侧闪去，刚刚起身，却看见右边一拳以血红色的斗气反身向她抡过来，而她正面迎接上去。

没有任何悬念，丽卡西像一只断线风筝一样飞出去，对着地面撞了下去。

费云依然不知道该拿陶森怎么办才好，他原本希望能三人一起对抗那个年轻的破魔圣骑士，现在竟然反过来，他和丽卡西一起对抗邢跃然和陶森了。

全力相搏，费云有信心将陶森击垮，可是光凭他自己和丽卡西对抗那个神一样的男子，这不是开世纪玩笑吗?

于是他和陶森两人彼此心事重重，不知如何是好地纠缠着。

不过，就算这样，陶森也没有丝毫手下留情的意思。那种爆裂性的金色剑芒，就算沾了边，那也是自己身板上这点不多的肉就要和地板一色了的结果啊……

看到丽卡西高速坠落下来，费云不得不全力一击，甩退陶森，侧身朝丽卡西飞去，在半空截住了她。

然而，圣骑士的力量之大，费云这样的一接之下也如遭雷击，控制不住身形朝地面撞去。

轰然巨响，像天外流星一般，已经破烂不堪的地面被生生砸出一个凹下的半球形。费云狼狈不堪地抱着丽卡西躺在中心。

没有喘息的余地，他们必须尽力反击。没有再去考虑如何战斗，二对二的战斗，实在没有胜出的机会。

先解决陶森。

他们分开，然后朝陶森袭去，费云双刃伸长，达到一臂的长度，直取陶森面门，陶森正要跃入他双臂间的空当，迎空一雷，朝他脑门劈下。

剑势如虹，一怔之下，陶森只有阻挡格挡之力。

“你别犯傻了！”费云击中瞬间断喝道，“他已经不是你所敬仰的那个英雄了！只是一个为了自己将千万生命献给恶魔、用来换取青春的无耻小人而已！”

“你不明白。”陶森低声说。

“我是不明白。”费云另一剑作势劈下，感到对方手头力量加强以应之时，他突然旋身而起，扭体转到陶森背后，一剑砍了下去。陶森眼见被骗，收力不及，干脆全力向前一扑，险险地避开了这一击。

“等我明白了，灵魂都转世了！”费云怒吼着，“你这个白痴，不管他过去是怎么样的英雄人物，是不是有恩于你，是不是拯救过世界，看看今天他所做的一切，还有一丝往日的英雄之气吗？”

陶森虽然躲开了这一击，但是将后背暴露在了费云面前，前方有丽卡西的魔法控制，背后有费云的双刃，他无论如何也躲不过接下来的这一击了。

果然，冰箭如雨般袭来，陶森朝旁一闪，将自己送到了费云等待已久的刃口上。

两剑，分指脖子和腰间，陶森已经完全没有挣扎的余地了。

“搞清楚你手中的剑是为何而挥舞的，为了你自己还是为了什么别的东西，什么是骑士精神，难道你还不如一个新入团的新兵明白吗？”

“如果你想明白了，就和我们一起战斗，否则，我就杀了你。”

陶森面色惨淡，露出痛苦的表情，浑身颤抖起来。

陶森张嘴，还没有说出自己的答案，费云浑身一颤，来不及收手，便失去控制地腾空而起，远处对面的丽卡西刚面露惊讶之色，突然间，也手足无措地朝上飞去，两人在空中撞在一起，瞬间，犹如一柄血红的巨锤从天空激挥而下，两人狠狠地朝地下摔去。

这一击，让整个城堡有些微微的颤抖，费云和丽卡西直接穿透地板，坠入地下密室中去，被击穿的地面纷纷粉碎，哗地掩埋了下去。

圣骑士缓缓从空中降下，将倒在地上的陶森扶了起来。

“你做得很好。”他的声音那么平静，听不出一丝刚刚激烈战斗过的痕迹。

费云和丽卡西倒在废墟之下，浑身鲜血。从巨大的花岗岩废墟下爬出来，几乎耗尽了他们全部的力气。

圣骑士降到地底的废墟上，微笑着看着两人鲜血淋漓地爬出来，匍匐在他的脚边。陶森站在圣骑士身后，看着他们，神色复杂，面容更加惨淡了。

“怎么样啊？”圣骑士说，“两只小虫子，这场英雄游戏还好玩儿吗？”

“一般，”费云吐出嘴角的鲜血说，“就是环境条件差了点儿。”

“刚刚恢复力量，第一次杀人就是你们两个，这实在没有太大的意思。丽卡西，我再问你一遍，你还愿意当我的手下吗？今天的事情，我可以既往不咎。”

丽卡西看着他的眼睛。

“不，我死也不会把灵魂卖给恶魔。”

邢跃然叹了口气。

“很好，那么费先生，你呢？你如果愿意加入我们血狮骑士团，你可以直接接替丽卡西的职位，这个大陆上机械师不多，我绝不会亏待你。”

“加入你们？然后呢？”费云说，“一起去征服世界吗？”

“征服世界？”圣骑士一愣，随即大笑起来，“怎么可能有这么幼稚的想法？恰恰相反，我要继续当圣骑士，血狮骑士团依然是勇猛无敌、维护正义的血狮骑士团，我们就像五十年前一样，再次出现在人们的视野里，为人类而战。”

“我……不是很明白。”

“很简单，我并不想征服世界，只是想恢复自己的力量而已。虽然牺牲了这么多人，但是他们的牺牲，会换取更多人的幸福。你以为我幼稚到堕落为魔王的地步吗？魔王是不会有好下场的，就算他永世无敌，人们也会唾弃他。只有拯救人类的英雄才会永垂不朽。”

“你这样牺牲城民的生命，难道就没有一丝羞愧和不安吗？”

“没有，那是不可能的。他们的牺牲并不是单纯的付出。人们既希望被保护被拯救，又不希望付出，可能吗？”

费云埋下头，一言不发。

“怎么样，你考虑好了吗？”

费云深深地吸了一口气。

“那么，你要怎么向别人解释今天发生的事情，今天的灾难是怎么回事儿，你恢复青春又是怎么回事儿？”

圣骑士露出了快乐的笑容。

“再简单不过了，本来，今天应该是卡西雷用阴谋诡计试图牺牲这个城市的子民来召唤恶魔，不过既然卡西雷昨天被你杀死了，那么今天就是一直窝藏祸心的同谋丽卡西贼心不死地召唤恶魔。正好，昨天他们俩还一起战斗过。而我，破魔圣骑士邢跃然，虽然本来已经病入膏肓，半截身子入土，但是为了阻止恶魔的罪行，再次受到了神赐之力，恢复了青春，一举消灭了恶魔一党。”

“这样的谎言太愚蠢了吧？”费云哑然，“这样愚蠢的故事，人们可能信吗？”

“为什么不信？”圣骑士笑道，“恰恰相反，人们希望看到的就是这样的故事，英雄的救世主受到神的祝福恢复青春，恶魔虽然强大，但是敌不过正义。人们喜欢无敌充满神力，可以将任何邪恶力量消灭的英雄，教会喜欢一个能证明神迹的活标本，国王喜欢一个站在自己身边吓唬那些图谋不轨家伙的强大力量，所有的一切都会愿意接受这个故事。一个故事的好坏不在于它是不是合理的，而在于人们内心中是否渴望这个故事的存在。只要有这个愿望，再愚蠢千万倍的谎言也会被当作事实载入史册。”

费云沉默了片刻，凝神抬头。

“识时务者为俊杰，我加入你。”

圣骑士闻言一笑。

“好，血狮骑士团欢迎你，从现在开始，你就是团中位列七席的机械师。”

丽卡西震惊地看着费云，说不出话来。

“别这样看着我，我不是骑士，只是一个到处旅行的机械师，没必要把性命牺牲在莫名其妙的地方。逝者已矣，死者无法复活，报仇也于事无补，不如想着怎么把现有的东西拿去为活人做些什么。”

“说得好。”圣骑士鼓掌。

“这么一来，犯下罪行的人不用为自己的罪受到惩罚，那么谁做什么也无所谓了。只要犯错之后的‘改过自新’，所有的罪都可以化为乌有了吗？”

费云耸了耸肩，不再理会丽卡西，转向邢跃然。

“但是我还有几点要求。”

“说。”

“第一，我希望能得到一定的行动自由，需要的时候，我希望能脱队独自行动。”

“只要在非战争时期每年不超过三个月，这点没问题。”

“谢谢，还有第二点，”费云说着，突然一声断喝，“就是现在，动手！”

圣骑士一惊，丽卡西和他一样不知发生了什么，立刻转过身。

斗气暴涨，圣骑士没有丝毫犹豫地一挥手臂，排山倒海的巨大力量朝陶森推出，陶森来不及反应，丝毫无法抵挡这样的力量，远远地飞了出去。

这时候，邢跃然才发现，陶森身体有些僵硬，表情似乎也是茫然的。

身经百战的圣骑士也不回头，抬身而起，朝远处跃出，这时候，才惊觉周围的空间好像被什么东西笼罩。他回头，看见费云的脚下，紧挨着他腿部的机械零件一个个熔化，从他背上伸出肉眼难以察觉的细丝，像蜘蛛网一样朝他飘来，已经将他周围的空间整个包裹了起来。

细丝在一瞬间猛地变粗，然后从各个角度朝圣骑士刺出无数个尖刺，好像一个地狱刑具。一时失察让邢跃然有些惊惶，不知其中还暗藏什么样的力量，他的动作迟疑了片刻。

刹那间，一个巨大的装置冲破废墟中的石块，升到了费云手中。

“忏悔吧。”他说。

深黑色的光芒从费云手中爆射而出，如破壳而出的凤凰，将这个圆形装置炸得粉碎。

然后，这道光芒淹没了圣骑士的身影。

尘埃落定。

破魔圣骑士邢跃然如同雕像一般站在那里，一动不动。

巨大的能量穿体而过，但似乎穿过的是影子一般，并没有如费云所愿那样将其撕得粉碎。

如果那样，他的下场似乎还要好一些。

费云亲手制造的能量压缩机残留的高压包能量一泻而下，像难以形容的美味一样将邢跃然身上残留的“扰时”再次激活。那些之前被仪器装置约束，协调一致赋予他青春肉体的“扰时”瞬间活跃起来，强大的能量让它们穿透了邢跃然身上原本将其阻挡在外的力场，纷纷附在他身上自顾自地运转起来，不在同一协调时间朝后逆转，犹如炸开的烟火朝四面八方各自散去，将圣骑士的肉体撕成一片片混乱的绦絮。

他站在那里，肉体一块苍老，一块稚嫩，泛灰的皱皮被包围在紧致红润的皮肤当中，强健有力的肌肉四周满是褐色的老年斑。半枯半荣，犹如妖魅。

费云和丽卡西爬了起来，浑身酸痛。陶森也浑身是血，一瘸一拐地走了回来。

“结束了。”费云对陶森说。

陶森埋着头，一句话也说不出来。

“对不起，我……”

“行了，别说了，我不怪你，也不想跟你讨论是非的问题。一切由你自己去考虑。”

费云转向邢跃然。

“你知道为什么会输吗？”

圣骑士艰难地抬起头：“因为我中了你的诡计，怀疑了陶森。”他的声音依然年轻，却带有老人的气声和混浊，听起来非常难受。“如果不是那样，你的小伎俩怎么可能是我的对手。”

“没错，开始我以为，凭我们三个，和你有一搏之力。但是，我错了，我们三个加起来恐怕也伤不了你分毫，你的力量实在是太可怕了。”费云说，“如果在五十年前，无论赌上什么样的好运，我们也只有死路一条。可是，今天这场战斗，你输在自己身上。你已经不是五十年前那个内心充满力量的人了，虽然你的剑依旧锐利无比，但是你没有那个可以挥舞的内在力量。五十年前，你身边的每个战友都是可以托付性命、全心全意信赖的人，现在，他们没有变，但你已经不是可以信赖他们的人了。

“你已经丢失了信念，即便是对你忠心耿耿的，无论你变成什么样都会乖乖服从你的陶森，你也不再信赖了。所以，你输在这里。你的心里已经空了，随时可能垮塌，我只是找准机会打下去而已。”

圣骑士没有反驳。

“我不明白，你到底是想要得到什么东西。”费云疑惑地说，“你拥有的还不够吗？荣耀、财富、地位、光辉的一生，最后，为什么非要给自己制造这么一个丑陋的结局呢？当年那个可以为人们的利益牺牲一切的圣骑士，到底怎么了？是被别人诱惑，还是被别人控制了？”

圣骑士沉默了几分钟，慢慢地回答。

“英雄只有一个宿命，那就是在战场上光荣牺牲。

“英雄可以为拯救苍生而死，可以死于阴谋，可以死于毒药，可以死于恶魔之手，可以丧命于迷宫，可以为拯救同伴而死，但他却不可以老去，不能作为一个普普通通的人，不能一点点衰老，一点点丧失被吟游诗人传颂的力量与形象，继而被人遗忘，变成一个愚蠢无能，连上厕所都需要人们搀扶的老头子。”

他抬起头，看着他们。

“你明白吗？你明白我的感受吗？我拯救过世界啊，可我现在连自己的裤子都提不起来了。

“我的那些朋友，大巫师瑞尔德拉、剑圣卡尔、亡灵巫师莫妮卡，他们都在战斗中牺牲了。然而，他们每一个人都得到了远高于我的荣耀而被后世纪念。为什么？因为他们最美丽、最强大时的形象和荣光被死亡铭刻在历史卷轴上，他们不会像我一样衰老。人们提起他们的时候，会想起卷轴上那些最美丽的样貌和最勇猛的战斗姿态，而我呢？人们最先想起的是一个在城堡里，需要别人搀扶的老头子。

“于是我被遗忘了——”圣骑士费力地挥了挥手，“当我年轻时，建立这座城堡，大陆上所有的王，所有的领导者来到这座城堡参与欢庆，西雷国王送来壁灯，卡西里大公送来壁挂，菲冷女王送来地毯……那时候所有的人都尊敬我，如同尊敬他们的父亲一样。现在呢？五十年之后，可还有任意一个微不足道的王来这里参加我的生日宴会吗？我老了，我被抛弃了。”

“你感觉到寂寞了。”费云说。

“是的，我寂寞了，我想像过去一样骑着骏马奔腾，像过去一样浴血沙场，回城接受人们的欢呼与祝福。我想变年轻。”

“然后，卡西雷带来了‘扰时’，还有怎么使用它的知识。”

“然后你就用了它？”

“不，我犹豫了五年，直到我终于老得快走不动了。”

“那个卡西雷到底是什么人？”

“我不知道，五年前，他出现之后，我派人调查过他，然而没有任何结果，他好像是从空气中冒出来的一样。他给了我‘扰时’和这个机器的总体设计，交换的代价是——当我恢复青春之后，每年有三个月，我要听从他的命令。”

“他手中的确没有苍之卷吗？”

圣骑士摇了摇头，咳出一口血来。

这副身体已经无可救药了，很快，这个传奇英雄就会这样死去。

陶森走上前，扶着他，圣骑士对着陶森惨然一笑。

所有人就这样沉默了。

抬起头，烟尘散去的天空，一片如水的淡蓝。

时间绝不停留，这个世界上，所有人的痕迹最终将被时光冲刷而去，如这片无边的蓝天一般，不留下任何印记。

天空没有痕迹，但，我已飞过。

空　颜

一

四月的时候，大陆的天气开始转暖。这一年的结冰期长得有些离谱，直到这时候才开始回暖。

安静了四个月的大地开始以惊人的速度重现生机，那些植物几乎以肉眼可见的速度生长起来，姹紫嫣红，将陶亚岛涂上一层油画般的浓重色彩。

每到这个时候，住在陶亚岛对岸小村里的洪震会格外地开心。因为在一年中，只有四月的时候，他的父亲才会回家一趟，和自己见面。

洪震的父亲洪战是陶亚岛的巡岸护卫。

虽然陶亚岛不是一个太大的岛屿，离大陆海岸也只有不到几千米的距离，从洪震家坐小船过去，不过是大半个小时的事儿，但岛上礁石丛生，峭壁林立，那些难以落足的地方，成了动植物们的乐园。几百年前，陶亚岛曾是一片贫瘠的绝境，这里遍布光秃秃的礁石，连让植物扎根的土壤都找不到。大灾变之后，被殄侵蚀而生的大量新生物种占据了这里，它们不需要食物，生命力旺盛得可以在绝壁上扎根，很快把这里改造成了一片色彩斑斓的世界。随后，才有人陆续来到这里。

此后，人们不得不和这些生命力旺盛的生灵争夺空间。大多数生物，即使被殄侵蚀成为殄或者半殄，也只是静静地生长，人们要做的只是把这些繁殖速度过快的家伙从自己的房顶、门缝、水缸和头发里面清理出去。殄的侵蚀也创造了一批强大和凶暴的生灵，要从这些怪物的尖牙利爪下保护自己，需要一批勇士。

洪震的父亲就是这群勇士中的一员，在他繁忙的工作中，能回家常住，也就只有四月中的一个星期而已。

这一年，四月已经接近中旬，洪震还没有盼到父亲回家。

这不免让洪震有些不安，从四月的第一天开始，他就开始期盼父亲回来，十天就这样过去了，依然无人归来。

洪震曾经见过父亲在岸边礁石上和来自海中的巨兽勇猛战斗的场面，生死一线的战斗让他对那份工作的危险印象深刻。不过，他深信一点：父亲绝不会在那样的战斗中倒下。所以他从未担心过有一天父亲可能无法回来。经过十天的等待之后，这种从未有过的怀疑，开始一点点地从他的心里长了出来。

到了四月的第十一天，洪震的等待已接近绝望。整整一天，他都一惊一乍，外面每一声响动都能让他从突然激动重归失落。到了晚上，洪震决定第二天就上岛去寻找父亲。

下了这个决定之后，洪震很早睡下了。整个晚上，他睡得并不安稳，外面的海潮声好像女妖的低吟，让他不断地从一个又一个噩梦中惊醒。

不知过了多久，洪震醒来，发现自己的冷汗已经浸湿了棉被。他便从床上爬了起来，让自己折磨得不成样的神经稍微舒缓一下。

就在这时候，他听见了推门的声音。

当时正是半夜，屋内几乎是漆黑一片。只有海面上的月光透过窗户，隐隐地照出一个模糊的轮廓。推门的声音很轻，像不愿打搅人似的，从推开的门缝里，冰冷的月光拉出一条长影，真像一具骷髅。

洪震坐在床上叫道：“爸爸，是你吗？”

没人回答。

他又叫了一遍，依然没人应声。洪震开始的时候，还有些刚刚醒来的浑浑噩噩，连叫两声没有回应之后，他的头脑才开始清醒过来。

他这才察觉到有些不对头。父亲洪战早就在陶亚岛养成了大大咧咧的习惯，向来不拘细节，就算半夜，也常高声谈笑，这种轻缓推门，不出声响的做法，根本就不是父亲的风格。

这一下，他慌了起来。从床上一跃而起，再次叫道：“爸爸，是你吗？”

这时候，门外传来一声低沉的回答：“嗯……”声音像舌头被咬了似的，含混不清。

洪震疑惑地朝外屋走去，一个魁梧的人影迅速地走进屋内，顺手轻轻地关上了门。

“爸爸？”洪震叫着，“你怎么半夜回来了？”

对方没有回答。

洪震只能看清一个身形的轮廓，那副高大魁梧的身材正是父亲。不知为何，向来话多的洪战这会儿居然没有搭理自己的儿子。

洪震走上前，一边问道："爸，你饿不？"一边准备点油灯。火星刚刚打着，父亲却一口气把它吹灭了。

"先睡吧。"他父亲的声音有些异样，"我累了。"

虽然觉得奇怪，但洪震见父亲疲惫不堪，也就没再多问。

"您先休息吧。"他对父亲说。

这时候，月亮从云层的遮蔽下透了出来，一缕月光从窗户照进来，让洪震看清了父亲的脸。

洪震先是一愣，然后爆发出惊恐的尖叫，撞破房门，从屋里连滚带爬地逃了出去。

月光从敞开的门中映了进去，苍白的光线下，是一张像融化了的蜡似的脸，一张黏在一起没有面孔的脸。

二

塔林镇的位置在古大陆东面近海的平原，在上古时代的地图上，那里是辽阔的草场。如今，塔林被城墙似的树林牢牢包裹起来。这些被殄侵蚀过的树木盘根错节地纠缠在一起，早已经不是几百年前的绿色，那雪似的苍白把这片平原填满，像是地壳运动中，被轰然抬起的一整个巨大高原。

在这高原之中，还有一两条峡谷，为了不被这些疯狂的植物吞噬，人们想尽办法在这样的丛林里开辟了道路，并且不惜成本地维护着。这是人类在这样的世道中生存下去的依赖。

这个世界就像是一个营养过剩的培养皿，殄基生物满满地铺长了出来，不仅顶起来上面的皿盖，还爬出了试验台。即便如此，人类依然顽强地从里面挖出一块块空间容纳自己的生活，艰难地支撑起每个聚居地之间细细的道路。在这样的环境下，人类依然顽强地梦想拥有整个世界，为自己划分版图，努力在殄基植物的缝隙里找到每一丝可以占据的空间。

时值五月，“丛林世界”的树木生长得愈加旺盛了，蔓生的枝干和象耳般大小的树叶长得遮天蔽日，这些人工造就的峡谷也被挤占得狭窄起来。

虽然通行不畅，但从另外一个方面来说，这样的丛林倒也遮蔽了烈日。如果不是这样，这样的季节还穿着长袖长裤，费云怕是早就热得在地上烧成灰了。

一路在阴暗又苍白的狭长小道中前进，有时候，费云觉得好像走在一个硕大无朋的怪兽肚子里，一路从咽喉朝肛门前进，身边不断拍打自己的树枝就是肠道皱襞上的绒毛。

老实说，这样的想法让他有点儿恶心，每一次，当他试图遗忘这样的念头时，这种想法就缠得他越紧。

直到通道渐渐开阔起来，终于能见到前面的小镇，不爽了很久的心情才稍微舒缓下来。

当他踏出密林，走进几米宽的隔离带时，一个致命的念头从他阴暗的幻想中爬了出来。隔离带是人们为了阻挡树木生长挖下的防线，里面填满了水泥钢筋，以及一切能阻止植物生长的灵药，甚至还贴有杀生神的灭命符咒。

于是，隔离带呈现出一种不同于殄林的苍白，也不同于小镇地面的青灰，而是一种脏脏的褐色。

当自己从那峡谷走出来，迈入小镇，简直就像是……

啪的一声，费云狠狠给了自己一个耳光，打得自己眼冒金星，终于把那个阴暗的幻想从脑子里打了出去。在几个镇民诧异的目光下，费云露出一脸怪异的笑容，转身朝镇里走去。

半个月前，从机械师行会的快递通讯员手里，收到两封信。

第一封是这样：

电池：

到我家来一趟，有事儿要你帮忙。

这信没有署名，右下角只有一个小小的不规则焦痕。

这封信让费云摸不着头脑，但很快又收到了第二封。

电池：

我家在塔林镇，自己查地图过来。

右下角还是那个小小的不规则焦痕。这焦痕是火焰灼烧而成，两张信纸一重叠，焦痕叠合得完全一致。翻开两封信的背面，第一封信邮戳上的日期是四月二十一日，第二封信却是四月二十二日。

能在不同时间，用火焰烧出一模一样的痕迹，这种操纵火焰的本事实在令人惊叹。另外，邀人来自己家这一件简单的事儿，还要在第二天才想起忘记说明地址，这种迟钝的本事，比操纵火焰的本事更让人叹服了。

当时费云正在内陆，等赶到这里，已经花了小半个月的时间。

在信里，对方并没有说清楚自己家在塔林镇的具体地址。当然，这样的要求，对一个连让通知别人来自己家，都需要两封信的人来说恐怕太过苛刻了。好在塔林不大，费云既然已经花了半个月才赶到这里，也不怕再走遍全镇去找写信的人。

镇虽然不大，但倒也颇繁华。钟塔、路灯甚至广播，不少上古时代的遗产还能在这么个小地方看到，实在难得！费云甚至还见到了一辆不知道修补了多少次，冒着滚滚黑烟、缓缓驶过的汽车，一个秃头老人得意扬扬地坐在抖得像筛子似的车内，朝外投出无所事事的目光。

在镇上逛了大半圈之后，他在西面注意到了一座颇为奇怪的房子。那是一个小宅，从外面看，大约有五六间屋，和周围的房子都隔开了。房子的门只要看了一眼，就绝不会忘掉。那是一道纯金属质地的光洁大门，除了一体的把手，没有任何装饰，但表面却满是五彩流溢的花纹。花纹很自然，不是人能做出来的。

那是金属被加热到接近熔点，然后在空气中冷却退火后留下的彩纹。

费云走上前去，推开门。门虽然是金属打造，却并不重，轴承估计很久没有润滑了，发出尖锐的吱吱声。

屋内陈设简单，随处可见纯金属质地的家具，奔放的流线造型让整个房子显得冰冷，却又充满了生机。这些金属制品足以表明房子主人的财富——自从金属冶炼和加工技术没落以来，质量高的金属就身价百倍起来，在这个时代，要运输这些分量不轻的东西，更是一个大难题。这些金属家具光泽冷艳，不管是材质还是加工技术，都相当高超。

这些家具的价格，绝不是普通人能承受的。

不过，哪里又会有普通人在家里摆这些奇怪的家具呢？冬天冰冷，夏天滚烫，这不是找罪受吗？

费云还没来得及多看屋里两眼，房子的主人就被吱吱声引了出来。

那是一个穿着清凉的女子，上身小吊带，下身是齐腿根的短裤，加上不高不矮的身高和纤细的腰身，一个曲线十足火辣的美女。不过，女子的头上顶着足比她肩膀还宽一倍的帽子，从费云的角度看去，挡住了鼻子以上的半张脸，只露出一张樱桃小嘴。

费云见了姑娘，转身朝门口退了出去，一边退一边在嘴里念叨："对不起大仙啊，饶过我吧，我什么也没看见啊，不要生吃了我……"

一张铁镇纸迎面飞了过来，费云一侧身躲了过去。

"这么久没见面，你还是那么没正经啊？给我滚进来！"

那个看不见面目的姑娘双手叉腰，怒斥道。

费云闻言温和一笑，答道："这么久没见，邬一一还不是戴着那顶老妖婆帽吗？你家可真阔气啊。来点儿吃的，我快饿死了。"

"我说，你不是抠门儿到省了半个月的饭钱，就等着在我家补一顿吧？"这名叫邬一一的姑娘问道。

"我是那种人吗！"费云委屈地大叫。

邬一一瞪了他半天。

"你说这话，以为我今天第一次认识你吗？"

有米，人就是不一样。

费云一边想着，一边风卷残云地扫荡着一桌食物，像是饿了几年没有吃过东西一样。

"这个辣椒炒得不错啊！茄子有点儿老！牛排按摩时间不够长啊……吧唧吧唧……"

“少废话，有吃的就不错了。”邬一一歪歪倒倒地半倚在躺椅上，在桌子对面说道，“怎么样，觉得我家还不错吧。”

“除了觉得你钱挺多，该借我点儿以外，实在不怎么样。”

“你不是觉得我这个实在不怎么样，你是觉得，这个叫‘家’的东西，实在不怎么样吧？”邬一一笑笑，幽幽地说：“好了，不跟你废话。跟你说正事儿吧。”

费云满嘴塞着食物，埋头发出呜呜的答应声。翻译成通用语大概是：“说吧，听着呢。”

“半个多月前，有一个十五六岁的小男孩儿，流浪到我们镇上。”

“一个‘甜润’？”费云口齿不清地问。

“废话，不是殄人，小孩子能一个人穿过森林到这里来？他说自己住在南面的渔港新阳，当大家问他为什么离家流浪的时候，他讲了一个很奇怪的故事——我说，别光吃啊，你在听我讲吗？”

费云本来就是头也不抬，这时候半个身体都俯在了桌子上。

“好辣好辣，下回记得少放点儿辣椒啊……”他边吃边叫，像是毫不理会邬一一讲了些什么。

见他没有答话，邬一一嘴角一拉，轻笑着一掌拍向桌面。这动作优雅而舒缓，像是轻轻抚着桌面，但这一姿势才一起手，刚才还埋头猛吃的费云突然从桌上一跃而起，向后退出足有一米多远。

那一掌落在桌面上，虽是轻若无力，但那钢质抛光的桌面上却突然间爆发出熊熊烈焰，满桌子的牛排果蔬，刹那间爆炸，碎片化为火星朝周围射去。顷刻之间，整桌享用到一半的美食化为灰烬，除了亮得鲜红的不锈钢桌子和餐碟，什么都没剩下。

后面传来一阵嘁里哐啷的乱响，费云后退过猛，撞到了墙边的储物架上，一大堆乱七八糟的金属制品迎头砸了下来，打得他嗷嗷地叫唤。

好不容易等他停下叫唤，从杂物堆里爬出来，费云大叫道：“我不过吃口饭没答你话，至于把我烧毁容吗，你脾气怎么越来越奇怪了呀？”

“吃我做的饭，听我打听的情报，还敢不理我。我看你小子是活得不耐烦了。”虽然说着这样的话，邬一一却巧笑着，像一朵微微绽放的鲜花，那表情和话的内容丝毫不搭调，“下回你要是再敢听我说话不搭理，就把你绑在铁板上，生煎了。”

“我在听啊！不就是小孩说爸爸晚回家好几天，半夜回家，却变成了一个无面人吗？”费云抖了抖身子，重新坐回去，刚一沾座，就又跳了起来，“烫死了！我说你是诚心的吧，干吗家里的东西全是钢制品。”

“瓷器容易碎，木头、塑料遇火就着，你说我还能用啥？”邬一一叹了口气。“少废话，你听说了？”

费云等被火燎过的不锈钢椅子凉了些，才坐下。他看着邬一一，脸上原来那种傻里傻气的轻浮表情瞬间消失，眼睛一亮，随后又无神了。只在一瞬间，他像是换了一个人。

“在路上听说了。”

“既然你都听说了，怎么样，有什么感想吗？”

“假的。”

“假的？”

“当然了，你想想，一个小孩离家出走，总要给自己找点儿理由。被喝醉的父亲打骂啦，不干活儿被训啦，这一类的事情太多。这些理由对小孩儿来说是天大的，但是对外人来说，却没什么大不了。于是，为了让别人得到一个满意的理由，证明自己离家出走的正确性，他们就不断把那些原因放大，加上听来的故事，就编成了这么一个东西。你不是就为这事儿千里迢迢把我叫过来吧？”

“这么说，你不相信这事儿了。”

费云耸耸肩：“当然了。你要为这种白痴的事叫我来，可要付给我误工费、劳务费、伙食费……”

“少废话！”邬一一那张精致乖巧的脸突然变得凶神恶煞起来，“再废话老娘活烤了你！”

吼完这句，她马上又变回了原来的模样。“如果，我这里有证据证明那是真的呢？”

“什么证据？这明摆着是小孩子骗人的借口嘛，智商不到五十并且同情心属于育龄妈妈级别的人才会相信那是真的……”

邬一一盯着他的眼睛说：“有人委托我调查那个无面怪物，开价二十万。”

费云咽了一口唾沫。

“美女，我有告诉过你，经过权威人士鉴定，我的智商只有四十九，并且都说我同情心泛滥到蟑螂都不愿意踩死……”

三

一路向南，花了四天时间，邬一一和费云就到了传闻中小孩的家乡——新阳。

新阳曾是一个大港，盛产海鲜。据说在上古时代，方圆百里的海味都是出自这里，那时候的新阳车水马龙，不到凌晨，就被渔民和鱼贩们挤得水泄不通。自从殄引发了大灾变之后，这地方就衰败了。人类对海味需求大幅降低，再加上运输条件严重退化，如今，这里已变得无人问津了。

在海边，新阳的风很大。风里总是带着一种淡淡的腥味，像腐烂的海产，空气中的沙尘也重，时常让人觉得难以呼吸。这时候，费云就很羡慕邬一一头上那顶巨大的帽子：既防风，又可以挡住海边强烈的阳光。海边卖的帽子又粗糙又丑陋，他实在没有勇气戴上。

两人找了一家饭店，要了一些新鲜蔬果补充维生素，顺便向老板打听那个孩子和他父亲的事情。新阳如今是一个小小的村庄，要打听一个人，想必也不会太难。

果然，饭店那中年发福的老板一听他们要打听离家出走的孩子，脸上立刻换上了厌恶的表情。

“你是说村北老洪家吧？那小孩儿今年十五岁，有个老爸常年不在家。他们都是……那叫什么来着？不需要吃饭的人——”

“殄人。”邬一一答道。

“啊对，就是不吃饭的人。”说到这个，老板脸色明显不太自然，“那小子大半个月前不知道跑哪儿去了，他爸回岛上去了，家里没有人。”

一下就落实对方的身份，对这样的顺利进展，邬一一很高兴。

“我想打听一下，你们有没有注意到，他爸爸上次回来以后，有什么不正常的地方吗？”

“不正常？”老板看了两人一眼。“那男人一直就不正常！他什么时候正常过？”

“怎么说？”费云说，“能详细说说怎么个不正常法吗？”

“仗着自己天生异质，投奔鬼岛，在鬼岛当卫兵。亏他还是我们土生土长的新阳人，脸都给他丢光了！”

“鬼岛？”

老板伸手朝海上指了指，两人朝海上望去，远远地能看见一个黑色岛的影子。

“就是陶亚岛，不过附近的人都叫它‘鬼岛’。”

“鬼岛？”

饭店老板看了看店里，这时候正没什么生意，于是他搬个凳子过来，坐在两人桌边，跟他们讲起了鬼岛的历史。

十多年前，鬼岛是一个无人的荒岛。灾变之后，岛上长满了奇怪的植物，各种凶猛诡异的动物也栖息在那里。从来没有人敢登那岛，出海的人就算靠近那岛，也常遇怪事儿。

十年前的一天，一个衣着华丽的奇怪男人到了新阳，执意要到鬼岛上去。无论大家怎么劝阻他，他都不听，最后买下一条船，自己驾着上了岛。那人年纪大约三十岁出头，举止颇有派头，大家都以为这趟冒险必然有去无还，谁知一个星期之后，他居然又开着船回来了。

然后，那个奇怪男子开始开出高价招募殄人。很快，从外地陆陆续续来了不少家伙。在那个奇怪男人的带领下，他们占据了鬼岛，在那里开荒。半年之后，他们围垦了鬼岛的边缘地带，在那里修建房屋，住了下来。

那时候，新阳人都还为有了这么一群邻居而感到高兴。尤其是这群邻居都不是普通人，个个身手不凡。海边总是时常会出现奇奇怪怪的怪物，有了这么一群邻居，大家觉得安全多了。

果然，自从他们在岛上住下来，那些常侵袭海岸的怪物都被他们拦了下来，新阳一下平安了许多。可惜，这样的好景没有持续多久。

一群身手高明的人，不可能仅仅是为了住在一个地方而住在一个地方。他们之所以在一个偏僻而危险的小岛盘踞起来，一定有某些目的。

而这些人的目的，就是当海盗。

这群人开始劫掠来往四周的船只，连自己的邻居，新阳的人都不放过。

十年间，军队多次试图围剿他们，无奈鬼岛海域本身环境复杂恶劣，加上这群人天赋异质，身经百战，那些养尊处优的官兵远远见到对方的战船就开始后撤。每次围剿过后，鬼岛的规模就扩大一倍。

那小孩儿的父亲，就是在三年前，加入了鬼岛的海盗。

说到那孩子的父亲，老板脸上满是鄙夷。那男人成了新阳的污点，村里人提起他，甚至比提起鬼岛更加厌恶。

不过，那个男人很奇怪，自己在鬼岛上待了三年，却偏偏不把儿子接过去。他的家还留在新阳，儿子还在这里生活，每年两人只有四月才见面一次。

虽然村里人憎恨这个男人，但也拿他们没办法。毕竟，鬼岛势力强大，这些小渔民惹不起。虽然是一个小孩子，但毕竟也是殄人，没有习武，却力大无穷，旁人也奈何不得。

后来，也不知道发生了什么，半个月前，那孩子突然不见了。他父亲四处寻找，几天前，有人见他又回了鬼岛，并没有跟自己儿子在一起……

听完老板的讲述，费云和邬一一的一桌食物也被扫荡干净了，于是问明了那个男人的家，便和与老板作别了。

那个孩子的家在渔村的最角落。渔村别的房子都挨得很近，唯独这里离所有房子都很远。

那是一个非常普通的小房子，费云和邬一一仔细检查了一番，没有发现任何可疑的迹象。

“怎么样？”邬一一问。

“我想，事情已经很明白了。”费云回答。“和我先前猜测的一样，根本就没有什么无面人，只不过是孩子离家出走编造的理由而已。”

“我可不这么想。”邬一一说。

“还不够明显吗？父亲当海盗，一个人留守在家。全村人都看不起父亲，于是也看不起他。连房子都被孤立在这么偏僻的角落。听老板的口气，这孩子平日也一定受够了村民的歧视。孩子心里一定满是委屈，只有一个亲人，一年也只能见一次。况且，父亲的身份也不怎么光彩。这样的压力，就连大人都难以承受，何况还是一个孩子。本来父亲是他唯一的精神支柱，如果再从父亲那里受到什么委屈，他必然再也无法支持下去了。”

听了他的话，邬一一点了点头。

“明天上岛。”她说。

“什么！”费云吃了一惊，“你没听到我说什么？”

“我听到了呀。”邬一一回答。

“既然你听到了，那你还有什么理由，要相信那个无面人的存在呢？我不明白，对于这件事情，你为什么这么热心？这里面，有什么你没有说出来的原因吗？”

邬一一没有说话，她沉默了一会儿，脸色凝重起来。

“因为……害怕。”她慢慢地说。

“害怕？”

“对，害怕。你应该明白我的意思。我和你认识多久了？五年？那个时候，我还是一个普通人，更早之前，你也只是一个普通人。从普通人变成与殄共生，获得力量，然后呢？我们将来会变成什么？”

“绝大多数殄人和常人的差异就是不需要吃饭而已，他们的后代也是这样。”

“绝大多数殄人不会有上千度高温，更不会在体内融合一件金属武器。”邬一一笑道，“绝大多数人和殄的融合在几百年前的大灾变中，由他们的祖先完成了。”

“你担心，自己将来会变成怪物？”费云说，“还不如担心你将来嫁不出去比较实际一点儿。”

邬一一深吸了一口气：“我问你一个问题啊，你觉得，在这里跟我拌嘴，能换回二十万的委托金吗？”

“那么，明天上岛。”费云立刻换上了一副坚定的职业表情，“收到！”

四

虽然陶亚岛跟新阳只隔着几里，却似乎是完完全全的另一个世界了。

新阳是典型的海岸村落，沙滩平地上除了偶尔能望见的树，就是一马平川。陶亚岛上，却是树木丛生，红树、角榕、椰树以及怪模怪样认不出类别来的植物蔓生纠结，两米多高的草上蹿出许多灌木，即使是在岸边，也难找到一条下脚的路。

既看不见前方也看不见脚底地穿行，邬一一只能跟着费云。他俩登陆之前，远远地只觉得这岛上五颜六色、颜色绚烂得如印象派油画；进了岛内，只觉得一片片浓厚的色彩让人头晕目眩。这些奇怪的植物很少还带有正统的绿色，不知是何种生物细胞器的颜色把它们弄得乱七八糟。

如果单纯是这样的草地，两人并不会觉得为难。身为机械师，费云体内藏着一具刃甲，可以轻易地把这些草切除，开出一条道来，邬一一更是操纵火焰的大师，烧出一片火径不过是举手之劳。但既然是秘密潜入海盗基地，大张旗鼓，不会有什么好下场。

二人穿行了半天，终于走出岸边的密草，眼前开阔了起来。穿越林地之后，能隐隐地看到海盗修建的宫殿。宫殿用巨石砌成，虽是在这小岛上，却显得气派大方。如果是普通人，在这样一个被各式各样殄生命盘踞的岛里，占据一块栖身之地实属不易。但是这个岛落到这群殄人海盗手里，他们不仅轻易地清理出这个岛上绝大多数的空间，还在上面修建了城堡，他们的实力确实不容小觑。

虽然邬一一向来自称自己的力量在大陆上稳居前百分之五，但是也没有自信能对抗这样一支海盗部落。

“我们是打算混进城堡，找到那小孩儿的父亲吗？”费云问。

“不，”邬一一没好气地回答，“我们打算大张旗鼓地冲进去，两个人神勇无敌地把几百个海盗歼灭在守卫森严的城堡里。”

两个人出发之前花费了不少真金白银，才从那些提起名字就面带恶意的村民那里搞来那个男人的姓名和照片。

洪战，岛岸护卫，并不参与真正的海盗劫掠工作，也就是说，只是一个打杂的小弟而已。

“没错。”邬一一说，“我们先要弄明白他们守卫的时制，还要搞清楚城堡的地形……”

“真是一个大工程啊。”费云埋怨道。

两人一边说着，一边朝林内走去。这树林里，海风显得格外凉爽怡人，也不知道从哪里来的鸟叫，脆生生地在耳边响着，似乎离自己很近，却看不到鸟的影子。

这鸟叫得悠扬婉转，声音更是悠长不息。邬一一四处张望了好久，也没有找到声音的主人，一时兴起，学着声音也叫了起来。邬一一本来就声音清亮，倒也学得三分模样。

这鸟和人一唱一和，声音越来越近。费云忍不住失笑，说道：“也不知道是什么笨鸟，能被你勾到。”

邬一一白了他一眼，继续叫着。

声音越近，越显怪异起来。不见林间的响动，鸟叫声却越来越靠近两人。这声音似乎就在耳边响起，周围却不见一只鸟影。

费云顿感事有蹊跷，回身抓住邬一一的手。

“别叫了！”

邬一一也觉得怪异，立刻听话噤声。那鸟叫却不见停，两声高鸣之后，不见呼应，突然安静了下来。

这安静持续了数秒，突然又传来一阵悠长的千回百转的尖锐啼音。声音高亢异常，不再像之前那样缥缈无踪，两个人这下才听出了声音的来源，当下心里一冷。

这声音不是来自树上，而是从他们脚下传来！

来不及细想那是什么东西，费云左手一把抱住邬一一的细腰，右臂肩部一根金属破体而出。那金属机械像是蜈蚣一样，由无数环节构成，两侧是锋利的尖刃。它向上探出数米，牢牢地刺入一棵大树的枝干之中，然后猛地一拽，把两个人拉出几米外，落在不远处的树旁。

刚才他们落脚的地面瞬时隆起，石块和沙土拱向一边，先是探出一个巨大的钳状物，然后约有三米多宽，一米多长的巨大螃蟹样的东西爬了出来。

那东西先是抖落了一下身上的沙土，然后两只眼睛伸了出来，四处探望，盯住了这两人，突然双钳高举，再次高叫起来。

费云只觉得自己是在做梦。一只巨型螃蟹，张开那裂缝一般的嘴，却发出了犹如万鸟齐鸣般的吟唱。只觉得数万个道不明的音符协奏在一起，让他的身体为之颤抖。

“这是什么？”邬一一脸色苍白地问。

“不要问我，也许是某种殄侵蚀了的黄鹂，然后又被螃蟹吃掉了……”

其实这样的事情并不算少见。殄在侵蚀整合了某种生物的遗传信息后，再与别的生物整合，变成一种奇奇怪怪的东西，并不是什么稀奇的事情，不止两种生物，就算三四种、七八种整合在一起的殄也有人见过。但是像这样，鸟的声音和螃蟹的体型弄在一起，实在是没有办法不让人觉得诡异。

两个人和那只怪物螃蟹对峙着。

“怎么办？”邬一一问，“它会攻击我们吗？”

“根据我的知识，”费云答道，“螃蟹这东西很少主动攻击人类。只要我们不威胁它，它应该很快就会离开……”

话刚说完，螃蟹停止了鸣叫，一个钳子朝他们那边直拍了过来。

两人大惊，费云反应比较快，转身就跑。邬一一见他跑了，也紧跟着追了上去。

“你不是说它不会主动袭击人吗？”

“我说的是螃蟹不会主动袭击人！第一，那东西长那么大，如果不是它觉得自己已经不是螃蟹了，就是它觉得我们这样子不算人。第二，要不是你学它叫，勾着它，它能出来吗？”

费云一边辩解，一边心说，这都是哪儿跟哪儿啊，两个人被一只螃蟹追着跑，可脚就是停不下来。

那家伙张开八条腿，追了上来，那巨大的身体从林子穿过，弄得他们身后哗啦啦地乱响。

他们慌不择路地乱跑，这时候，突然又听见身后传来另一声鸟鸣。

螃蟹停了下来。

身后的乱响消失了，费云回过头。

一个影子从树上扑了下来，寒光闪过，巨大的螃蟹被横斩成两段，扑腾了两下，死了。

见怪物被斩杀，两个人才停下来。这时他们才看清那个影子，那是一个孩子，虽然身材高大，但显然不到二十岁。他手握细剑，身上穿着亚麻制成的短装，虽然年轻，但不知为何，却透着一股阴冷之气。

孩子把剑在螃蟹背上擦了两下，收回剑鞘。这时候，他才抬起头来看了看邬一一和费云。

“偷溜上来的？”

费云揣摩着他的身份，还不知道要如何回答，孩子说：“赶紧回去吧，这不是你们该来的地方。”

说完这话，孩子闪身上树，两三纵跃，便消失不见了。

走到怪物尸体前，费云稍微检查了一下，只觉得暗自心惊。

“云，你也算是学者吧！我有个问题……我们跟这个怪物，算是同类吗……”邬一一还有些心有余悸地问道。

“同类？”

“都是殄……”

“……你跟苍蝇都是生物，你们是同类吗？”

“我很认真。”

“我也很认真，姐姐，你和它的亲缘关系不比你跟苍蝇的关系近，放心，你不会变成这样的东西。比起这个，你不如多担心一下，那个孩子，到底是什么人？”

邬一一道：“怎么了？”

“如果只是单说干掉这怪物，你我下手肯定能比孩子更干净利落……”

“我肯定比他利落……你吗？你既然这么有信心，刚才跑什么啊？”

费云不好意思地讪笑道：“我这不是习惯了吗？我不喜欢打架……那你跑什么啊？”

“我这不是看你跑了嘛！”邬一一大叫道。

“……行行行，别废话了。虽然只看了那小子的剑一眼，但是身为一个专业机械师，我敢断定剑的材质非常一般，单纯用剑，不可能这么利落地把怪物的甲壳劈穿的。”

“你是说……”听了这话，邬一一的眉头也是一皱。

“他已经能凝成实体的剑气了。你注意到那道寒光了吗？”

“这么小的孩子？”

“是啊。”费云沉思道，“这么小的孩子。”

“那个孩子……跟我们是同类吗？”

费云郁闷地叹了口气：“姐姐啊，我现在很困惑，你跟我是同类吗？”

这时候，周围传来沙沙的响声。

怪物在林里弄出那么剧烈的响动，除非聋子，哪还有人注意不到？

陶亚岛上的警卫朝这里围过来，六个人形成的包围圈，已经把他们困住了。

“什么人！”警卫叫道，“未经许可闯入本岛，杀无赦！”

费云听见这不是警告的警告，郁闷地拍了脑门一下，然后装出无辜的声音叫道：“我们是新婚度蜜月的夫妻。我们什么都不知道啊！”

听了这话，邬一一一脸黑线。这时候警卫朝他们逼了过来。

费云继续用那可怜巴巴的声音叫道：“我们只是误闯啊。不不，其实，我和她是私奔到这里，她家人已经追得我们无路可逃了，我们不是故意来这里的……”

“把他们抓起来。”为首的警卫毫不理会，叫道。两个持剑的家伙从两边夹了上去。

“慢着。”

邬一一伸手一挡。

“我是乔林小姐的信使，她托我前来给她的父亲，也就是你们的首领——乔远镇先生送信。”说完，她伸手从怀里掏出一个小耳环，在警卫面前晃了一圈。

听到这话，费云眼睛都直了。

警卫看了耳环一眼，说：“对不起，差点儿误会了。”然后他转向费云，问邬一一道：“那，这个男人……”

“哦，”邬一一瞟了费云一眼，看到这男人石化般的表情，便高声说道，“你说这个看起来很蠢的男人？我不认识他。看着傻了吧唧的样子，大概是跟情人约好私奔，然后被对方无情抛弃，导致精神错乱的疯子吧。”

五

无论是城堡还是宫殿，费云在大陆上旅行多年，早不知道见了多少座了。

像这么新的城堡，他还真是第一次见到。

大陆上多数城堡，大多是在大灾变之后，各地割据时修建起来的，到现在多达百年以上，不过，再气势恢宏，也挡不住岁月的风化，豪华的红毯背后，隐藏着摇摇欲坠的墙。

这是一座从开始修建到如今不过十年的城堡，就连大理石墙都还闪闪发亮，木材与石料的温润光泽，绝不是修缮可以伪装出来的。

从另一个角度看，这其实也可以叫作暴发户吧。费云暗暗地想。

他跟在邬一一的后面像个小跟班似的，被警卫队护送，或者说是挟持，穿过城堡的大厅，一路向内走去。

费云心里暗自不爽。邬一一骗了自己一路，说有人出大价钱请她调查无面人。这时候，却突然冒出一句，她是海盗头子女儿的特派信使。

说来也怪，海盗头子的女儿为什么不跟爸爸在一起呢？这事儿又怎么牵扯到邬一一身上，要派她送信？看似乱七八糟的事情跟无面人又是什么关系？费云对这一切一头雾水，这时候又被警卫监控着，他也不能上前去把邬一一拦下来问个明白，只能从心底把邬一一咒个一万遍。

警卫把这两个人的情况通报了上去，一个穿着黑色制服，瘦削得像秃鹰似的家伙听了警卫的讲述，又从邬一一手里接过了耳环，对他们说：“先送两位贵客到贵宾客房，等我通报了大王，等大王有空的时候，再接见二位。”

邬一一听了这话，淡然一笑，道：“不知乔远镇先生有什么繁忙的事情，比女儿的性命还重要？”

听了这话，黑衣管家脸色一变。

“请二位先稍作休息，等我通报了大王，大王自然会接见二位。”说完他挥了挥手，持剑的警卫便示意二人起身，像是被押着一样，押解他们穿过正厅，绕了一个很大的圈子，在一间典雅的偏房停了下来。

城堡的右侧不同于正厅，没有那么高的天花板，也不是大理石和花岗岩砌成，而是大量木质结构搭建起来，看起来少了几分庄严多了些典雅。可见，这群海盗里面也不乏品位不凡的人。

两人被带进一间大客房，警卫推门，把两人往门里一推，然后就从外面把门关上了事儿了。

费云被推了一个趔趄，起身之后，才注意到房间的豪华，流苏落地窗帘，猩红色厚绒地毯，黑木大椅，然后是一张硕大无比，耸立在房间中央的，豪华双人大床。

费云见了这东西，脸色一变，冲向门口，用力砸门道：“等等，你们搞错啦，我们不是那种关系啊。”

“你刚才，不还是说，我们是新婚度蜜月的夫妻吗？”

邬一一一屁股在床边坐下，懒洋洋地问道。

听了这话，费云回过神来，对邬一一大叫：“我说，姐姐，你这到底是怎么回事儿啊？乔远镇的女儿又是怎么回事儿？还什么性命攸关？你这是要我呢？”

他刚说完这话，突然就觉得周围空气中有一股不正常的波动，刚要躲闪，就见周围空间砰地炸响，空气瞬间发生剧烈爆燃，震得他颅腔嗡嗡轰响不断。

“这才叫要你。”邬一一幸灾乐祸地大笑，“乔远镇的事情，不过是细节问题，我可没有骗你哟。”

被这火焰爆炸一震，费云只觉得头晕眼花。

“这还叫没有骗我？你说有人出二十万调查无面人的事情。现在变成了给乔远镇送信。这还不是骗我？”

“我是说了有人出二十万调查无面人的事情，并没有说我们来这里只为了调查无面人。我说了我还帮乔远镇女儿给她父亲带口信，没说带口信的工作报酬就是那二十万。”

费云听了这番强词夺理的辩解，不禁哑然。

“好吧，那你告诉我，这到底是什么乱七八糟的事情，我心脏不好，受不起惊吓。你不会是绑架了海盗头子的女儿，找他要赎金的吧？如果是这样，赶紧给我说清楚——”费云走到窗边，探头出去看了看。“这高度我兴许还能跳下去逃命。”

邬一一大笑，一把将费云拽了过来，拉倒在床上。然后，整个人骑跨在费云的腰上，盯着他说：

“放心吧，小子，我既然接下这活儿，自然有我的理由。你欠我一条命，就算我真的绑架了那个小萝莉，你也要跟我一起走一趟。”

突然被推倒在床，又被这么近距离贴着，费云一时间手足无措起来，满脸绯红。他沉声说：

“相信我，你永远是人，不会变成怪物的。”

邬一一听了这话，一呆。正在这时，大门哗地被推开了。

一个警卫走进来，看着这床上的两人，面不改色地说：

“大王已经准备好了宴席，请二位赏光。”

邬一一保持着那样的姿势，盯着费云，对那个传令警卫说：

“好的，我们马上就到。”

虽然还是警卫带着，但这时候的待遇明显有了不同。那几个讨厌的家伙不再紧紧贴在两人身边，只是走在两三米前，给他们带路。

宴会厅设在一楼正厅旁，和费云一开始预想的那种蛮人食堂颇为不同，虽然宽敞，但也只摆放了一张大型宴会桌，清一色的男性侍从，倒也显得颇有教养的样子。

黑衣管家邀他们入席，对两人说：“大王马上就到，稍候片刻。”也没有提起乔远镇女儿的事情。

桌上还有些小点心、水果和开胃菜，显得很精致。费云坐下，每样尝了一些，只觉得滋味相当迷人，也不知是用什么材料制成。

正在他吃得有滋有味的时候，突然听见一声铃响，黑衣管家扬声叫道：“大王驾到。恭迎。”

费云忙把嘴里的东西囫囵咽了下去，跟邬一一一起起身。

一个身着五彩华服气宇轩昂的中年男子阔步走入宴会厅，黑衣管家赶紧伸手为他拉开椅子，伺候他坐下。

这就是海盗的首领，他们口中的大王，乔远镇。

和费云想象的不同，乔远镇身姿挺拔，仪表堂堂，带着一种难以遮掩的贵族威严，眼露亮光，颇有英雄之色。那身上的衣装虽然华丽，但并不张扬，有一股高雅内敛的王道之气。

唯一不和谐的只有一点，他身上的香水味。那味道和他的气质完全不符，像是一个浓妆艳抹的三流明星，几乎让鼻子窒息了。

“二位就是我女儿的信使？”乔远镇坐定问道，声音朗朗。

“是的，先生。”邬一一鞠躬答道，她朝乔元镇弯得那么厉害，从费云的角度都能看到这姑娘的大片胸脯，这让费云觉得她是在色诱对方。

“我那淘气女儿在两个月前不告而别，也不知道跑到哪里去了。我派遣了两支队伍去寻找她，全都无功而返。不知道她现在还好？”

“禀告首领，小姐她现在一切都好。怕您担心，所以专程请我来给您捎一个口信。”

“叫我大王就好了。既然她没事儿，我就放心了。不知能不能告诉我，她现在身在何处？身为王族继承人，这样到处乱跑毕竟不成体统。”

听了这话，费云一愣。

乔远镇一下就注意到了费云的表情，笑道：“二位大概还不知道吧？我是秦安王室后裔，第二代秦安王嫡长子。当年圣战时，我爷爷征战十载，最后建国封王，国号秦安。虽然国家不大，但也是富裕强盛。可惜，我父亲继位后，周围窥探已久的诸多国家联手入侵，把秦安割肉一样分而食之。直到现在，到我才复兴起来的。对了，还不知二位贵客姓名。”

听了这话，费云又是一惊，不禁想，“复兴”这词儿，用在您身上，怕是有点儿不合适吧。当然，这话是不能说出口的。他们自报了姓名，这第三代秦安王点头示意，黑衣总管传令道：“传膳！”

于是，山珍海味、琳琅美食源源不断地端了上来。虽然三人都是殄人，并不需要太多食物补充能量，但这口腹之欲有着几亿年的进化积累，不是只有几百年历史的殄足以消灭的。邬一一和费云吃了许多，美酒也不会少喝，不知不觉中，时间就过去了。

费云虽然游历甚多，但是品尝美食美酒的机会并非常常都有，忍不住多贪恋了几杯。葡萄酒刚入口的时候倒也爽口，但喝多了后劲不小，费云开始有点儿迷离。

他起身去厕所，刚站起来就打了一个趔趄，于是伸手朝墙边的雕像扶了过去。

刚一触，他就发觉触手处一软。这让他大惊，酒醒了三分。这时候，他才注意到，那并不是什么雕像，而是笔挺站着的警卫。

这顿饭吃了两个多小时，站在他们身后的警卫们，就那样笔挺地站着，连动都没动过一下。加上殇人并不呼吸，这让费云完全没有感觉到背后还有人。

就算是再怎么纪律严明的地方，两个多小时一动不动，多少还是有些离奇了。

这让费云心中一惊。有了这奇怪的担忧，从厕所回来再坐下，就更觉得周围一切古怪了。他晕晕乎乎地透过乔远镇望着那群侍卫，他们的表情僵硬，动作呆板，一时间，这里似乎成了吸血鬼伯爵的城堡，面无表情的僵尸横行。费云只觉得背后发冷。

这时候，冰激凌甜点送了上来。费云仔细地看了看服务生的脸，那面孔比侍卫似乎更加僵硬些，像是一张橡胶面具贴在上面。

正当费云搞不清是不是酒精让自己迷糊了，还是让自己更敏感的时候，突然一股强烈的斗气从身旁爆起。

他扭过头来，见到一把寒光闪闪的细剑从送冰激凌的招待手里拔出。这顿时又让他清醒了几分，出于直觉，他侧身一避，然后才发觉，这剑并不是朝他刺过来的。

冰蓝色的剑气如破空闪电，径直朝坐在主席位的乔远镇扑了上去。这招式迅捷，威力惊人，费云只能看清出剑的刺客裹在招待的衣服下，脸被阴影遮挡着。

费云正要出手相救，就听前面传来一声惊呼："大王小心！"

叫的人正是黑衣管家。只见他左手一拉乔远镇所坐的椅子，将其朝后迅速而平稳推出数米远，右手虚空抓拳，朝那剑迎了上去。

那一拳看不出有什么门道，就在费云以为管家精通空手搏击之时，只听管家一声断喝："冻结！"

一股寒气从他右手冲出，凝成爪状向刺客的剑握了上去。刺客急忙抽剑，但剑尖已被寒气渗入。剑身上瞬间结上一层厚霜，然后一阵细碎的破裂声传来，那细剑像打破的玻璃似的碎了一地。

刺客没有想到，在这么近的距离，自己却连一剑都来不及出手就被击破，一下没有反应了。黑衣管家喝令道："抓住他！"这时候，侍卫才拥上来，把他死死按住了。

“押入牢房，好好审问！”管家吩咐道，然后转向费云和邬一一，“不好意思，让二位贵客受惊了。”

“送二位回房休息。”他吩咐卫兵，这时候黑衣管家已经完全看不出之前他曾经历激烈的战斗。

这时候，费云才注意到被押解离开的刺客，看清楚那个人的脸。

他先只觉得熟悉，过了半秒才反应过来那人是谁。

费云和邬一一对望一眼，都从对方眼里看到同样的疑惑。

那名刺客，正是不久前在森林里将那螃蟹怪一斩两段的少年。

六

回到房间里，费云的酒也差不多都醒了。

“你有没有觉得，事情越来越奇怪了？”费云问。

邬一一答道：“我又不是盲人。”

“我现在脑子里很乱，那个小孩儿是怎么回事儿？你注意到那管家了吗？只一击就制伏了那小孩儿……”

“你觉得，他比你厉害，还是比我厉害？”

费云笑了笑。“我和你都没有那么谦虚吧。”

“有人跟海盗头子有仇，要杀他，也不是什么奇怪的事情。但那个小孩子确实很奇怪。怎么说呢……”

费云说道：“完全没有战斗经验。”

“但是力量并不弱。”

“不像一个十多岁小孩子该有的能力。”

邬一一点头，表示同意费云的看法。

“既然这样，”费云说，“我们现在该怎么办？去找那位离家出走孩子的父亲，还是去找被关起来的那个奇怪的孩子？”

邬一一没有回答，反而一把将费云抓了过去，正视着他的眼睛。

“我必须先确认一件事情。我们和那个孩子，我们和那个管家，是不是同类？”

“我甚至搞不清楚，我跟你是不是同类。”费云回答。

“我不是开玩笑。”

“我也不是。”费云顿了一顿。“我不明白你在担心什么。我曾经告诉过你，我们所说的殄，有两个层次不同的概念，一种是那个神奇地能提供永无止境能量的细胞器，另一种是和这种细胞器共生之后的生物。细胞器一旦和生物进行共生，这个生物的身体就会彻底地发生改变，而具体改变的程度，是无法说明的。你和我的殄化情况完全不同，如果说我们是同类，谁也不知道对不对，至少，我们都在用人类的方式思考行动，所以我们可以认为自己是同类。如果其他人也像我们一样思考行动，那他们也是我们的同类。你到底在担心什么？”

邬一一迟疑了一会儿，说：“那个孩子说，他爸爸原来很正常，但这次，却变成了一个没有脸的怪物。”

“所以，你担心的是，共生在你体内的殄，会一点点改变你，最后也把你变成一个怪物？”

邬一一点了点头。

“……我不敢保证没有这样的可能，但是……相信我，我走过很多地方，看过不少过去的记录资料，见过很多就连你都想象不到的事情，但是一个成熟的殄人会继续进化成一个怪物，这种事情还从来没有听说过。”

“也许，今天你就会听说了。”邬一一听了这话，心里稍微安定了一些，“好，去找那个小刺客。我有一种直觉，事情远没有这么简单。”

“直觉？”见她心情好了起来，费云又毫不客气地开玩笑道，“原来，你知道自己是一个女人啊？”

邬一一倒没有搭理这话，从怀里掏出一张纸来。费云凑上前去，发现竟然是一张此城堡的详尽地图。

“你从哪儿……”他大惊。

“我是信使，记得吗？”

“我从来没听过，信使手上会有目的地详尽的地图。一般给信使的地图只标明几样东西：大门和厕所。”

“那么，我是第三代秦安王女儿的信使，王室信使得到的地图上，不光有大门和厕所。”

宴会之后，监视他们的警卫已经撤走了。即便如此，两个人还是小心翼翼地从房间里溜了出来。

从地图上看，城堡的监牢设置在城堡地下部分，这布局和其他城堡并没有太大区别。绕过大厅和廊道并没有费太多的工夫，倒是通过监牢的时候费了点儿事儿。邬一一用传统的投石问路方式弄出响动来，把看守引了出来，费云撬开了监狱的门锁。锁的构造相当简单，只耽搁了他们十多秒。

地牢里点的是松柏油火把，虽然亮，但带来的丝丝黑烟让这地方显得肮脏不堪。

地牢不大，想必这些海盗的社会规则还没有进化到审判服刑的阶段。和一般的城堡地牢不同，这地方倒是没有多少血腥气和腐臭，大约是历史尚短这地方冤死的亡魂还不够多的缘故。

地牢的前面关着两个被俘虏的政府军，瘦得像骷髅，只能从烂成布条的制服上分辨出他们的官阶。不过费云和邬一一都不领政府工资，对这些吃百姓俸禄又不干活儿的人没有爱，便也不打算救他们出去。

快到长廊尽头的时候，他们俩才找到那个行刺乔远镇的孩子。

那个孩子倚靠在墙上，埋着头，无精打采的样子，像被孩子丢在一边废弃的玩偶。

“喂！”邬一一隔着监狱的铁栏杆叫道，“喂？”

见孩子没有反应。她又叫了两声，看他还是没有任何表示，费云直接卸开了门锁，两个人打开门走了进去。

对他们的闯入，孩子仍然没有任何反应。费云走上前去，试探地推了他一下，那孩子哗啦地倒了下去。

邬一一和费云见状大惊，急忙扑到孩子面前，把他重新抬起来。这一抬不要紧，当孩子的脸迎向火光时，邬一一和费云同时倒吸了一口冷气。

“无面人！”费云忍不住大叫起来。

虽然他这样叫，但实际上这孩子的脸上并不是真正的一片空白。那是一张像是用橡皮泥揉出来的面孔，面部五官轮廓都在，却僵硬失神，像是工厂里流水线下出产的批量货物。说不出这张脸比起常人少了什么，但确确实实像是丢了灵魂。比起这张脸，就连尸体的面孔也要显得有生气得多，因为那脸至少看起来自然放松，而不是奇怪地凝固着。

费云之所以惊呼无面人，正是因为这张脸并不像一张真脸。它适合挂在面具店出售，而不应该长在人的脸上。他和邬一一互望一眼，然后他便示意她退后。

费云集中了一下精神，彻底把晚宴里酒精的影响从体内排了出去。他脱去上衣，只见肩部肌肉一阵蠕动，左右两肩瞬间各伸出了五支金属机械刃。

这机械刃每支约有一指余宽，像剑一样双面开刃，尖端锋利，每支机械刃各有数百节环节套组成，既可以像丝带一样自由弯曲，也可以结成无坚不摧的兵刃。

当然，用最简单的话解释，就像邬一一所说的那样：“又把恶心的章鱼爪子伸出来了……”

四支机械刃架起那孩子的四肢，两支缠住腰部，费云把孩子举到了半空。然后他小心地将另一支机械刃探向孩子面部，随后，机械刃开始解离，从刃口化成细丝状的金属线，朝那个面孔包裹起来，随后七八根金属丝刺进那副面孔。

费云引发电击，用百来伏的电压将电流朝孩子的面孔里导入进去。

这是所谓的无差别刺激疗法。当搞不清状况的时候，电击异状部位总是百试不爽的解决方案，不过，因为是在脸上，所以电压不敢太大。

果然，这孩子受电击的刺激，口中传来奇怪的低鸣之声。片刻之后，更大的变化发生了。

他先是颤抖挣扎，然后从他的鼻腔、眼睛、嘴巴以及耳朵里开始流出乳白色的液体。液体很浓，像黏稠的糨糊，不是流淌，而是爬行着，朝他的脸中央聚集起来。伴随着液体的爬行，空气中飘来一种淡淡的腐烂百合花的味道。

“这是什么东西？”邬一一问道。

“我没有见过。”费云回答。“说不定是纯洁善良的灵魂实体形态……”

他刚说完这句，这些糨糊状的半流体就在面部中央汇合了。然后这东西开始朝外突起，就像这孩子长出了一个硕大的鼻子，越来越大，很快就变得像柚子那样的大小了。随着这个东西的长大，球状外表上开始生出凹陷和突起。也不知是不是想得太多，费云只觉得那几个凹凸起伏的地方，越来越像人的五官了。

邬一一看着这变化，问道：“你有没有觉得……”

“好吧。”像是害怕听见邬一一把这词儿说出口来，费云立刻打断了她。“如果这不是灵魂的话，那么我相信这是一种殄。”

本来是等着他说出些什么，结果却是这么一句不咸不淡的话，邬一一盯着他的脸半晌，说道：“你听说过一个故事吗？从前有个人生了重病，花了十万请了一位医生诊治。医生折腾了一整天，对病人说：‘我现在可以告诉你，你生病了。’”

“我也有一个故事。从前有个人，对医生说，我得了阑尾炎，需要动手术。等上了手术台，切开了肚子，医生发现，他的阑尾没有问题，是没长脑子！”

这两个人正吵着，从地牢外房门口，传来了开锁的响声。

费云跟邬一一太过专注眼前的怪事儿，一时竟忘了小孩儿是个刺客，今晚必然是要被提审的。

费云赶紧停止了电击。电击一停，乳白的液体就像被摸过的海葵，立即缩回孩子的体内。等到费云小心地把这孩子放回地上，那张脸上已经看不出一丝刚才发生过什么的痕迹了。

外面脚步声响了起来。费云跟邬一一火速冲出牢房，关上门，朝监狱尽头的拐角冲了过去。当三个警卫从地牢大门现身的时候，他们正好躲进了拐角的阴影里。

费云小心地从角落里探出半个脸来。他们藏的地方没有火把，在这样的光线下，他并不担心会被发现。他看见为首的警卫打开了牢门，然后，一只手用力地掐了孩子的人中和太阳穴，另一只手抓住了孩子的后颈按了下去。那孩子的眼睛里再次流出一丝乳白的液体。

费云还没有明白这海盗麻利的手法意味着什么，那个警卫也闭上了眼睛。只见从他的眼睑下，竟也挤出一丝乳白的半流质来，像触手一样，向前伸去，和那孩子眼中的液体接触了。

空气中那股腐烂的百合味儿，更加浓烈了。

接触持续了两三秒。那东西各自退了回去，孩子和警卫同时睁开了眼睛。

“大王下令，放你出去。”警卫说。

刚才的事情早已超出费云和邬一一的理解，听了这话，费云差点儿叫着跳起来。邬一一生生地把他摁了下去。

那孩子没有答话，三个警卫转身，带着他走出了监狱。

没有审问，没有拷打。一个不久前刚刚试图杀死城堡主人的刺客，被如此轻描淡写地放了出去。

七

等三个警卫领着小孩儿从监狱里离开后，费云和邬一一才从藏身之地走了出来。

两人面面相觑，一时间谁也弄不清到底是怎么一回事儿。

“我们现在……”费云迟疑地问，“还需要再去找那个海边小村的孩子老爸吗？”

邬一一犹豫了一下，最后还是摇了摇头。

“我觉得，恐怕没有这个必要了吧？”

费云点头道：“好。那么现在，我们要做的事情，就是搞清楚，那奇怪的东西到底是什么。”

“现在……”费云边思考边说，“我们现在亲眼所见，那个行刺的孩子和那个海盗体内都有一种乳白色的东西。如果另外两个一起放走刺客的警卫见到那个东西一点也没觉得惊讶，那两人多半也有。”

“那东西……是一种殄吗？”邬一一有些颤抖地问。

“很难想出如果不是一种殄，那还会是什么东西。”

“但是你不是说……”

“这种殄跟我们的体内的殄，根本不是一个东西，姐姐！这种殄是一种生物，而不是一种细胞器，它是和你、和我在一个水平上的东西。这种殄和那个孩子的关系，好像蛔虫和人的关系一样；而你我体内的殄是一种细胞器，它和我们的关系，就好像叶绿体和绿色植物之间的关系，两者之间是质的不同。我不知道这是哪种古有物种跟殄共生之后的东西……”费云思考着，突然感到一阵反胃，差点儿把晚宴上的饭菜吐了出来。

“怎么了？”

“没事儿，我在想，这不会是蛔虫和殄共生之后……”

邬一一顿觉胃里翻江倒海，连忙打断了他：“别说了！”

她又忍不住问：“所以我不会变成那个样子？”

“完全不是一个概念，那分明是寄生类的生物和殄共生而成的东西，而你是人和殄共生的结果，你怎么会变成那个样子？如果我没有猜错的话，那奇怪的寄生殄假如进入了你的身体……”

邬一一强忍住恶心的感觉：“行了，我知道了。”

“我们一定要抓一些那东西回来，弄明白那到底是什么。为什么这小刺客会被放走，恐怕和这东西也脱不开干系。”费云说。

邬一一听了这话，便取出城堡平面图来：“干完了赶紧收工。这地方太过怪异，实在不适合久留。”

两人稍作合计，确定了行动路线，便起身行动。城堡一层既没有存放财物，也没有什么重要人物居住，守卫并不算森严。根据地图，两人穿过正厅和室内喷泉，偷偷地从花园廊亭翻过去，终于绕到了城堡警卫休息的区域。

看样子，城堡虽然崭新，但是乔远镇对手下的待遇，并不比其他领主好多少。从外面的窗户看，城堡警卫的居室属于许多人同住的宿舍，时间不早了，按照警卫的作息时间表，不少没有轮值的家伙已经睡下，还有三五个闲人围在一起，大声嚷嚷，大约是在赌钱。

费云扫了一眼房间里的人，并没有看到三个在地牢出现的家伙。若不是押解刺客没回来，就是在轮值。

他不知道警卫轮值表如何安排，更不可能满城堡寻人，便回头问邬一一："现在我们怎么办？"

"只是要捕获那种……呃，你知道的？"

费云点了点头。

"好办。"

听了这话，费云正摸不着头脑，只见邬一一双手执印，一团亮蓝色火焰从双手骤现。

费云大惊。在火焰的咒语中，随着力量的增幅，火焰色彩一步步从红转黄，然后变蓝，直至纯白。邬一一的力量他多少见识过，这姑娘能调用这样的火焰并不奇怪，让费云惊讶的是，这姑娘要用这力量干什么？

费云还来不及叫下她，邬一一反手一握，将火焰暂时隐藏起来，便轻轻推开了城堡警卫卧室的房门。

门一推开，几个围着赌钱的家伙立刻回过头。

"什么人？"有人警惕地大叫，当看到一个年轻貌美的姑娘时，语气立刻缓和下来。

这地方好像没有什么女人。五个家伙立刻拥了上来。

"美人儿，从哪儿来啊？有什么事儿吗？"有人轻薄地问。

"你是给大王送信的信使吧？"有人见过邬一一，把她认了出来。

虽然费云还站在邬一一身后，但看这样子，他被当成了空气。

邬一一娇滴滴地说："人家出来看夜景的，一不小心迷了路，各位帅哥可有人愿意送我回房间啊？"

这种恶心的感觉比刚才更胜，费云强忍着才没有吐出来。这话一出，几个家伙争相挤了上来，差点儿打起来。

“我！”“我来，美女！”“还是让我……”“去你的！”

“帅哥，你来吧。”邬一一点了一个看起来比较文弱的家伙。那家伙发出一阵傻笑，推开众人，抓住邬一一的手朝外面走去。

费云赶紧跟了上去，这时候，只听见后面传来一阵叹息，大家纷纷对这姑娘的品位提出严重的质疑。

那被选中的警卫紧拉着邬一一的手，一个劲地问道：“美人儿，你从哪儿来呀？今年多大啦？”

邬一一先是搪塞，等走过了墙角的拐弯，她手中火焰一翻，突然一掌就朝那人的腰间拍了上去。

在这样的距离，魔法力量完全是毫无浪费，全部倾泻在了这家伙的身上。

前一秒，这家伙还沉浸在艳遇的桃色幻想里，下一秒，只觉得一股无法阻挡的热浪冲入胸腔，甚至没有感觉到痛苦，他就失去了知觉。

“外嫩里焦，”邬一一说，“我的新式烤法。”

“可是……可是这并不是刚才那三个人中的一个啊？”费云问。

“试试看。”邬一一虽然这样说，但是口气并不像“试试看”那么随便，倒是充满了绝对的信心。

费云没有问太多，伸出机械刃，按照在地牢里警卫掐小孩的部位，在人中、太阳穴以及后颈脊椎处刺了下去。既然这家伙已经归西，他也就不用担心会有什么损伤，蓝色的电流窜入，尸体一阵颤抖，乳白色黏稠的液体从五官喷涌而出。

浓郁的烂百合味儿充斥着整个过道，液体先是在尸体上凝成一个西瓜似的大球，然后收缩起来，很快只有苹果大小。在那球上，慢慢露出一张面孔，五官分明，就连瞎子摸了后也会说那是一张人脸的样子，只是那张脸毫无神采。脖子的地方，探出一个尾巴来，将头部缠绕起来。

费云强忍着不适，把那东西用警卫的上衣包起来，打了一个密实的包裹，揣进了怀里。

“果然是这样，”邬一一说道，“它不会寄生到身上吧？这到底是……”

“不要问我。”费云打断了她的问题，“比起这个，我更想问问你。你怎么知道，其他人体内也有这种东西。果然是——果然是什么？”

邬一一还没开口，费云再次打断了她：“啊哈，别给我再找什么借口，说老实话，这到底是怎么回事儿。就算我是一个没有直觉的男人，光用那可怜的五种感觉，我也能说出来，你绝对不光是信使那么简单。给我说老实话，到底是怎么一回事儿？”

费云说完，死死地盯着邬一一，一副“今天不说清楚，就别想走”的嘴脸。邬一一和他对视了数秒，突然伸手猛地把他朝后面拽了出去。

费云没有防备，一下摔成一个滚地葫芦。好不容易爬起来之后，他大叫：“你到底在干什……”

话喊到一半，就被硬生生噎住了。他看见自己刚才站的地方，像被万吨巨物压过一样，花岗岩的地板碎裂，凹出一个坑。

抬起头，费云顺着邬一一凝重的视线望过去，只见三个身着制服的警卫隔着大厅正盯着他们。

正是不久前在监狱见过的三位仁兄，他们大约刚把刺客送出城堡，准备回来休息。走到一半，正遇上费云、邬一一以及那具刚死没两分钟的同伴尸体。

费云和他们对视了半天，咽了口唾沫，开口说道：“那个啥……三位好，我们是为和平而来，请不要相信你们看到的，那都是幻觉……”

邬一一听了这话，差点忍不住一脚踢上去。“瞎扯什么！动手！”她大吼。

“……那么，三位朋友，至少我个人是为和平而来……”

八

如果用花岗岩做成砖窑的话，用不了多久，窑就会塌掉。

所以费云现在很认真地担心自己的头顶，随时打算在这房间倒塌的前一秒冲出去。

房间不大，从邬一一身上爆发出的热浪烤在费云身上，让费云觉得自己在一点点干涸萎缩，很快要变成一块小小的肉干。

邬一一双手各执一个火球，那火球欢快地跳动着，随时准备将一切化为灰烬。在这姑娘凝重的表情对面，三个男子持剑一步步地逼近。

“你杀了他？”为首一个精瘦的汉子问道。费云还记得，在监狱里，正是他用乳白色的殄与孩子接触。

“少废话。”邬一一冷笑，“够胆子就来问问我手里的火。”

“暴力是不能解决问题的……”费云插话说。

谁也没有搭理他，问话的人手中剑一挺，整个人突然一跃而起，向邬一一刺了过来。

邬一一右手刚一扬起，却见这人在空中的速度越来越快，竟凭空毫无借力地加速起来，只见那影子忽左忽右，在空中划出了之字形。

虽然彼此都是殄人，不管是魔法还是武技，都是靠催发体内的殄获得无穷力量来驱动，但隔行如隔山，一时间邬一一也弄不明白这样的身手是怎么炼成的。她在心里暗赞了一句，嘴上却大笑：“伙计，你是在这屋里迷路了吗？”

说完，邬一一左手的火球便朝脚下的地面掷去，火球刚一落地，就径直左右展开，瞬间横拦住了整个房间，海潮一般朝前推了过去。墙壁上的火把壁纸之类物品立刻化为了灰烬。

虽然火浪看起来气势汹汹，但威力不大。攻击范围和威力不可能兼顾，这是刚刚接触魔法的学徒就懂得的道理。邬一一并没有打算靠这一击把对方打垮，不过，在烈焰的压迫下，敌人的行动必然受阻，那时候再把一个焰球砸过去，任他是谁也承受不了。

再厉害的殄人依然是一具肉身，躯体的强度经受不起太大的力量冲击。只要实打实地一击，战斗就会结束。

想到这里，邬一一脸上的笑意更浓了。她右手轻提，等着火浪与精瘦汉子相撞之时，一击得手，只见那火墙中突现一个大窟窿。邬一一立刻回身，向左闪过。只觉得一股压力从她右肩掠过，肩头衣物碎成粉末。从背后传来一声闷响，花岗岩墙壁哗啦啦地碎塌下来。

之前，正是这样的攻击差点儿要了费云的性命。邬一一吓出一身冷汗，通过那火墙还没合拢的窟窿，看清突袭者的身形。那人站在原地，身材敦实矮小，他右手伸直张开，稍稍瞄准，又一个无形的炮弹向她袭来。借此声势，精瘦持剑的男子也突破火墙，一剑朝她斩了下来。

邬一一也不退避，右手火焰瞬间由红转蓝，火焰的形状也由球状变为两米余长的矛。男子回避不及，只能硬碰硬地撞了上去。

按说剑以灵动为妙，若是硬碰硬，并非矛的对手。虽是火焰凝成魔法矛，但这千度高温的力量绝不在实体武器之下。剑矛相撞之时，邬一一却是一惊。剑上的能量惊人，对撞之下，竟一点点把火焰之矛压了下去。

魔法师若是让一个剑士近身战斗，只有死路一条。邬一一全力一挑，将这人弹开。对方在墙上稍稍借力，再度扑了上去。

费云也不知道什么时候就站在了邬一一和那名男子之间，那人先是一惊，然后朝费云扑了过来。

费云突然扑倒在地，大叫道:“不关我的事儿啊！我是非战斗人员，根据国际公约不能攻击我啊……”

这个人剑劲刚运至一半，听了这话，一愣，竟不知这一剑是该砍下去还是不该砍下去。

片刻犹豫之间，邬一一的长矛刺了过去。那家伙来不及回手，只能侧身一躲。长矛掠过他的胸口，胸前的制服顷刻间燃烧起来。邬一一正要上前再补一击，却听见耳边风声响起。她立刻回手撒出一片小火星，在自己背后画出一道防线。随后，一个影子便撞了上去。

那片火星虽小，却是凝聚了不少火焰之力，加上空中撒得到处都是，袭击者一撞上就是一片。浮雷似的火花撞上后，瞬间炸开，就像主动式装甲，虽然伤害近乎无，但是延绵的推力将袭击者阻拦下来。那个人手持双刀硬生生被停在半空，毫无防备，只要邬一一全力一击便可以要了他的命。不过，此刻她面前还有一个需要全力应对的家伙，实在抽不出手。邬一一只得回身一脚，连袭击者的面目都没看清就把他踹了回去。

对方，毕竟是三个人。趁二人近战缠斗之时，那个敦实的矮子再次瞄准了邬一一。无论是力量强弱，还是战斗经验，邬一一都明显在他们之上，不过，要同时应对两个敌人，也不是容易的事情。只要矮子能一击击中，就算不能造成太大伤害，也能争取到足够的时间让同伴杀了她。

持刀与持剑的同伴拥上前，矮子看准邬一一和两人缠斗的机会，料定她绝对躲闪不开，手上运足能量，压力弹一发打了过去。

在邬一一防无可防之时，影子一样的费云再次闪现出来。双肩衣服突然撑开、撕裂。从衣服的破洞里，十支机械刃哗地伸展出来，在压力弹的弹道前交叠起来。压力弹与费云的机械刃一撞，全部机械刃一紧，柔韧回缩，轻松地将这股力量化解了。

眼见费云出手挡了致命一击，邬一一心头却是一怒，一脚踹向费云。费云正得意地保持着挡住压力弹的姿势，整个人连机械刃哗啦啦乱响着滚了一地。

“谁叫你插手的！”邬一一怒道。持剑男子见她朝费云发怒，手上破绽大开，立刻冲上前去，邬一一却猛地转过，突然变脸大吼：“滚！”

她右手一放，火焰之矛突然没了操控力，蕴藏在其中的力量瞬间爆开。蓝白色火焰展开，褪成一片鲜红，竟化作凤凰形状，朝精瘦男子扑上去。男子正仗剑抵在近前，火凤凰瞬间把他吞没了。邬一一正打算补上一击，只见红色的火焰中，男子挣扎着从口鼻淌出大量液体。那东西似乎想要凝聚一起，从火里逃出去，谁料，刚刚离开男子的身体就燃烧起来。紧接着，刚才还神勇无比的男子突然像是失去了力量，砰的一声，被展翼的凤凰向后面抛了出去，打在墙上断了气。

邬一一和费云都是一惊。

另外两个警卫见状更是失色，再不恋战，立刻抽身逃离。邬一一和费云面面相觑。

“刚才……”邬一一问道。

“什么也别问我。”费云怒道，“我看到的和你一样多，可我知道的绝对没有你多！”

莫名其妙的事情见得太多，邬一一显然隐瞒了自己不少事情。费云满心不快，只想早点儿离开这里，找机械师行会搞清楚怀里奇怪的殄到底是什么东西。

当然，最重要的，一定要拿到邬一一许诺的十万大洋！费云愤愤地想，这不快不做掩饰地挂在脸上，像一朵漆黑得随时可能下起暴雨来的云。

见费云是真的生了气。邬一一赶紧走上前，换上了一张萝莉似的真诚可爱的面孔。她摇了摇费云的肩，费云扭身转过背去。

“你生气啦？”邬一一问。

费云一言不发，连看也不看她一眼。

“真生气啦？”邬一一沉默了一会儿，说，“其实我是有苦衷的。”

“比如？”费云问。

“比如你好奇心太重，比如你对真相的兴趣大于任务本身。”

“不要找理由了。”费云说。

“那你跟我说说，你身上这套机械爪子是怎么来的？”

听了这话，费云沉默了片刻：“……这么说，你早就知道这岛上不正常？”

邬一一答道：“在我给你写信的时候，我就知道。”

费云问：“好吧，那么，现在告诉我，是谁派你到这里。到底要干什么？”

“确确实实是乔远镇的女儿让我来这里的——”

“你也确确实实只是当她的信使。”费云不耐烦地打断了她，“如果你不想说，现在，我就离开这岛。你慢慢守着秘密和那该死的任务去吧。”

“实际上……不是——”邬一一说道，“我确实接受了乔远镇女儿的委托，但是委托的内容并不是报平安。”

她等了一小会儿，才接着说道：“委托的内容是，救她的父亲，也就是这个城堡的主人，乔远镇。”

九

费云小的时候身体并不是很好，遇到紧急状况，常常是脑部供血不足，眼前一黑。

费云觉得好像回到了小时候。

“啥？”他叫道。

任何一个人大概都会这么叫。

这位秦安国第三代国王，乔远镇是什么人?

根据乔远镇女儿的说法，他是一名没落的王族，是秦安王的后裔。他的爷爷凭借一支殄人大军的力量，征战十年，在版图上得到了一块不小的领土，建国封号。凭借殄人大军和吸引而来的大批殄人国民，秦安在不到二十年的时间，成为远近闻名的强大国家，盛极一时。不过，在他的父亲继位之后，事情有了很大的变化。乔远镇说周围各国联合入侵，将其分而食之，太过简单了。

正如其他世界一样，殄人在常人中的比例极小，殄人既是资源，也是令人畏惧的力量。当一个国家汇聚了比周围普通国家多千百倍的殄人后，这样的力量让别人寝食难安。在他爷爷的时候，周围国家畏惧其武力，不敢妄动。等到他父亲继位，周围国家便再也按捺不住了。周围六个国家联合密谋，继续之前臣服的姿态，各自带亲卫数百人前往秦安国共同朝贺新王登基。毫无防备之心的新国王被切成碎片，一个月内，整个国家从上而下分崩离析。

如今，那个惨死国王的儿子是这座城堡的主人，是一个因割据海岛、劫掠航船和渔民臭名昭著的海盗头目。他是当地政府欲除之而后快的眼中钉、肉中刺。

只有别人祈求能从乔远镇手上获救的道理，哪有要别人救乔远镇的可能?

费云迟疑了一会儿，问道：“救乔远镇，这个‘救’是指……”

邬一一回答：“‘救’，就是救，救命、救人的救。”

费云还是不敢确认："不是救赎，拯救、挽救的'救'？"

"不是。"

费云绝望地投降。

"好吧，别打哑谜了，跟我说说，到底是怎么回事儿？"

这时候，像是从城堡的四面八方，从每个角落，传来"呜——呜——"尖锐的警报声。刚才那两个逃跑的警卫启动了警报，整个城堡瞬间笼罩在尖鸣交织成的恐慌气氛之中。

听到警报，邬一一先是略一迟疑，马上掏出了地图，扫了两眼，一把拉住费云，狂奔了起来。

费云很快注意到：他们并不是朝城堡外跑去，反而是向深入城堡里，深入城堡中央上层的地方在前进。等他开始跟着邬一一爬楼梯的时候，费云叫道："这是干什么？"

邬一一一边跑，一边说："无面人！"

费云叫道："什么？"

城堡里的海盗们这时候本已经睡下，警报声将他们惊醒，他们成群结队地从房间里涌了出来。这些家伙多半还没明白发生了什么，彼此呼喊叫嚷，吵成一片，想打听清楚是不是又有政府军的舰队来围剿了。衣冠不整的、扣着铠甲找兵器的人们乱成一团。

他们要搞清楚怎么回事儿，应该干什么还需要一点儿时间，费云也不敢打草惊蛇，只装得跟海盗们一样，探头探脑地大叫："咋啦、咋啦、咋啦？听说监狱暴动着火了，大家快去救火，别傻站着了！"

这番乱喊还真引得不少家伙朝下面跑去，也没人阻拦他们，问问为什么他们反而朝城堡上层去。费云自己也不明白这是要跟着邬一一去哪里，只好跟着跑而已。

一边跑，邬一一一边说："你想知道，为什么我在这些海盗警卫里，随便找一个出来，体内就有那种奇怪的殄，对吗？"

"当然。"费云一边制造混乱，一边回答。

他们穿过二楼的楼梯，绕过不知做什么用的大型旋厅，继续朝上跑去。

“我们这是去哪儿？”费云问。

“其实很简单。”邬一一说，“从我接到这个委托开始，那小姑娘就告诉我哪些人被不知来历的殄侵蚀，变成了无面人。但是她也不知道那东西到底是什么，只知道那种殄很怪异。所以我找了你来帮忙。”

“我没有听明白。”费云说，“这个委托到底是怎么回事儿？你知道哪些人是无面人。那么，到底哪些人是无面人？”

邬一一听了这话，突然停下了脚步。费云一愣，只见她伸出手来，指着整个城堡从左到右，从上到下，转了一圈儿。

“除了城主乔远镇，上上下下所有人。”

费云听了这话，傻了眼。

“啥……”然后，他明白过来，“这就是你害怕的原因，因为你确确实实地知道了一群殄人变成了怪物。”

这时候，一声中气十足，洪钟般的声音从下面传来：“谁见到一个女人了！还有一个男人跟着她！那是入侵者！抓住他们！”

终于有个头目出来，搞清楚发生什么了。喊话的内容被费云听在耳里，觉得满心的不爽，怎么莫名其妙成了邬一一的附庸了？当然，这命令倒是绝对高效。满城堡的男人中，要分辨出一个女人，实在太容易了。甚至不需要用眼睛，用这几年没碰过女人的光棍们的直觉就可以了。

“妈的！”邬一一大骂道。虽然那些海盗们基本上都待在城堡的一、二层，而他们已经趁着混乱向更高的三层跑去，但是一声令下，之前那些家伙像野兽一样嗅到了她的味道，爬着楼梯，抓着墙壁，甚至凭空蹬地开始往这里跳了上来。

“长话短说！”邬一一一面狂奔，一面透出气来解释，“一个多月前，乔林机缘巧合下，发现了一个秘密。她父亲的副手陈斯鑫，就是那个黑衣管家，瞒着她父亲给每一个加入的战士一枚奇怪的果实。出于好奇，她偷看了果实里到底有什么。”

“乳白的，会从眼睛鼻子钻进人的身体里的液体。”费云说。

“没错。”一个家伙从楼梯边的栅栏上爬了上来，邬一一一扬手，火柱喷出，那家伙尖叫着，燃烧着掉了下去，“加入这里的每一个人，都被管家控制了。他用殄把所有人变成了无面人，把乔远镇当成了一个傀儡。发现所有人都被殄控制变成了怪物之后，那姑娘吓坏了，于是好不容易才找了个机会逃了出来。后来她找到我，请我把乔远镇从怪物管家的控制中救出来。”

费云说：“所以，这些怪物是一个大家族？也可以解释，为什么他们会把行刺乔远镇的刺客放走？放走刺客并不是乔远镇下的命令，而是黑衣管家？”

“说不定，行刺乔远镇本身就是管家的计划。”

他们还没有说几句话，就听到身后的追捕声越来越近了。费云回过头，只觉得自己看到的是一群食尸鬼似的妖魔，仿佛被无尽的饥饿驱使着，朝自己冲了过来。

两个行动迅捷的战士从身后追了上来，追近之后，一跃而起，就要从他们的头顶掠过，拦在他们前面了。

之前和那三人的战斗，邬一一还有些游戏之心。毕竟见了那小孩子的武技，还有黑衣管家的魔法，邬一一对这些被殄二次浸染的殄人战士心存好奇。一方面，想弄清楚，他们到底拥有何种程度的战斗力；另一方面，在那个时候，邬一一已经料到了这次的任务迟早是要和这群海盗当面硬碰的。所以在之前那场战斗，收集情报的作用远大于取胜本身。

两个战士刚在空中接近他们的头顶，分毫不差的，邬一一两个微弱的火花飘了过去，打在他们的胸口上。火花在接触的瞬间向外爆开，那东西内藏的魔力小得可怜，甚至都不需要凝聚力量抵御。但微弱的爆破冲击力却打乱了袭击者的身形。他们的力量正用尽，来不及调整姿态就被冲击推翻，于是哗地就朝下摔倒，滚落在楼梯上，保龄球一样打翻下面一片。

经验与力量在邬一一的身上是一组相当完美的结合。她没有求胜打垮追击者的想法，仅在追捕者试图攻击的瞬间用一点力量阻止。她的目标是城主居所，只有先冲上去，救出乔远镇，才有后话。

她一个人想战胜上百个海盗，恐怕太困难，但要说挣脱，倒是颇为轻松。

火焰的力量在她的手上舞作一片，像是从地狱唤醒的精灵，火柱、火墙，毫无征兆突然爆发的火焰陷阱让那些蜂拥而上的家伙尝尽了苦头。这些攻击和陷阱十个有八个只是徒有其表，但见过被剩下两个真暗藏了力量的攻击击中者的下场，谁也不敢硬闯进去。上百个海盗竟然就这样被硬生生地拦了下来。

那道卧房的大门就在他们头顶。乌木所制的大门样式古朴，简单却颇有威严之气，像是乔远镇从祖辈那里继承的遗产。

这时，从上方传来一声平静内敛的声音："二位，请留步。二位已经打扰到了秦安王大人，还请退下。"

费云抬起头，只见黑衣管家挡在楼梯的中央，站姿稳健，并未携带任何兵器，却带着一股浓重的威压之气。

两人回头望了一眼。如果不立刻将这家伙处理掉，恐怕会被后面涌上来的人群淹没。

"妈的，"费云叫道，"我是一个和平主义者啊。"

十支机械刃齐刷刷地破体而出，他一跃而起，像一只冲向猎物的大章鱼。

这样一个突然腾空而起章鱼似的异形生物，黑压压地扑过来，任何正常人都会出于本能地惊恐起来。但也不知道是这黑衣管家的职业特征，还是被奇异的殄控制失去了人类本性，并没有露出丝毫慌乱之情。

费云的十支机械刃是上古时代遗留下来的异物，在能量的驱动下，全部刃口高频颤动起来，并挥舞出一片密不透风的银光。像一个硕大的光球压了下来，任何挡在路上的东西都会在瞬间化为粉末。

只见黑衣管家的手一展，一片浓白的雾气陡盛，在他面前一张透明的冰盾硬生生地被冻了出来，挡在了费云的刃口。

虽然是上古神器，但也逃不开机械装置的弱点。极限低温对于任何机械都是致命的危险，能从空气中硬冻出冰盾的力量，足以让金属产生疲劳，让机械装置失灵。虽然盾本身并不坚固，但一旦机械刃出现问题，费云就会被打回“非战斗人员”的原形。他不敢冒险，在短兵相接之前，硬生生把机械刃收了回来。

邬一一即刻上前，双手魔力合流，结成一柄亮蓝色的火焰剑，一剑劈上，冰盾立即化开。黑衣管家不慌不忙，扬手喷出一片冰晶。那暴风一样涌起来的寒冰力量只要稍微接触身体，就足以致命，邬一一哪敢怠慢，立刻将手中的火焰之力化开，聚成龙形迎了上去。

费云刚刚落地站稳，机械刃巨大的惯性稍做调整，才让他在突然收手之余不至于摔成滚地葫芦。他见那红龙冲上前去，与冰晶喷射对撞，整个空间中迅速充满了浓重的雾气。在这片浓雾之中，他注意到了黑衣管家向后退了两步。

红龙的力量与冰晶中和，消去得干干净净，彼此没有碰到对方一根毫毛。

这时候，费云突然想起之前那个在火焰中突然死亡的家伙，心中一动，估算了一下自己、邬一一和那黑衣管家的位置，看了看前面的门。

机械刃略一挥舞，一片银光闪动，费云再次向前冲去。黑衣管家面无表情地看了他一眼，并不打算用什么新花样，又是一张冰盾。他的心思很简单，只要再稍拖住两人片刻，不用自己动手，那些海盗们就会冲上来把他们撕碎了。

费云大叫：“一一！”邬一一闻声，立刻一个焰球追了上来。从密不透风的刀刃墙中，一支机械刃突然向后探了出去，触手似的抓住焰球。蓝白色火球迅速集结在刃口上，火焰展开，费云的刀刃墙一下子变成明亮的红色。

机械刃与冰盾相撞，吱吱作响。冰盾迅速化开，黑衣管家见通红滚烫的刃口鞭打过来，不由得又退后两步，然后凝冰成斧状，迎上前去。

刀刃旋风过后，费云突然露出一张大大的笑脸。俯冲向前的身形突然停住，朝一旁荡了过去。

一支机械刃刺入墙壁中，像荡绳索一样把他拉了过去。他掠过邬一一身旁，一把揽住她的腰，两人朝乔远镇的卧室大门直冲过去。

黑衣管家这才发现事情不妙，赶忙飞身向前，只见费云的机械刃掀开乌木大门，闪身入内，在他追近前一步回手关上了门。

一般说来，半夜，一个年轻貌美的姑娘潜入国王的寝宫，会干些什么呢？

费云搂着邬一一冲进房间，顺手锁上了房门。门是用乌木制成的，名字听起来是木头，实际上却是化石结晶，坚实程度甚至在铸铁之上。一时间，倒也不用担心外面。不过，屋里，却让他浑身不自在。

屋里，亮着灯。

闯入贵族卧室的机会，对费云来说并不多。所以，他并不知道是不是所有有钱有地位的人都喜欢这样布置自己的房间。

基本上……什么也没有！

倒也并不是真的什么都没有。房间里放着不少简单的家具，用最常见的石料和木材做成，表面粗糙，纹理混乱。没有任何像样的华丽家具和奢侈品，简朴甚至寒酸得可以和底层平民相比。

唯一不同的是一两件挂着的衣物了，还有那股弥漫在房间里的浓郁的香水味道。

“你确定，没有搞错房间？”费云问道。

邬一一没有答话，一脸疑惑地朝房子里面走去。

拐过门，就是卧房的正室，浓郁的香味更盛了。一张硕大的木板硬床横置于中央，这张床甚至不如他们客房的床好，床上是硬木板，费云一看就觉得浑身上下都被硌得不自在。

这的的确确是第三代秦安王乔远镇的卧室。那个威武的男子坐在床边不远的椅子上，点着不知什么动力的小电灯，手上还拿着一卷文件。见二人闯入，他脸上没有露出一丝意外或者不安的神色，只是平静地放下文件望着两个不速之客。眼睛是深邃的蓝色，让人感觉像是要被吸了进去。

“二位深夜闯入，一定有什么事情找我吧？”

邬一一上前一步，单膝跪下。

“请大王恕我们深夜惊扰之罪，只是情非得已，不得不如此。在下受乔林公主委托，特地前来搭救大王出险境。”

乔远镇沉默了片刻，答道。

“险境？什么险境？”

“请大王不必再隐瞒了。乔林公主已经知道了所有秘密。她撞见了您的副手让手下吞服殄的过程，已经知道管家心存异心，用殄控制了您的部下，准备将您取而代之。所以，她才不告而别，离开这里。”

“我女儿……”乔远镇沉吟道，“她都知道了？”

“是的。”邬一一说，“请您不要再犹豫了。今天晚上的行刺事件已经很清楚了。管家随时可能杀了您。那个小刺客是他们的同伙，已经被放走了。请跟我们走，离开这里，您的女儿在等您。”

乔远镇听了这话，仿佛突然间老了。他答道:“就算我想跟你们走，怎么走？下面已经被团团包围了。”

邬一一微微一笑:“请您放心，要干掉这么多人，我大概不行。但要杀出一条路，倒是不难。”

乔远镇仔细地打量了一下眼前的两人，见了她信心十足的模样，终于点了点头。

“我信你们，走吧。”

外面的乌木大门传来砰砰的撞击巨响，整个房间都跟着摇晃起来。

乔远镇站起来。对响动，他似乎没有任何反应，镇定如初。

“不知大王可还能一战？”邬一一问。

乔远镇摇摇头。

“那么，请退后。”她说完，摆出了一副战斗的姿态。

见邬一一的样子，费云大惊:“等等！”他叫道，“你是想要从这里硬打出去？”

邬一一点头。

“你把这叫作‘逃脱计划’？”费云脸色苍白，“你为什么不把它改名叫‘亲爱的，我活得不耐烦了，把我剁成肉酱’计划？”

“那你打算怎么办？”

费云指了指窗户。邬一一上前推开，高处凛冽呼啸的寒风袭来，冻得两人打了个哆嗦。她把费云拽过来，把他的头拖到窗户外面。

房间离地面大约有六七十米，狂风呼啸而来，让人头晕目眩。

“你打算从这儿跳下去？”

“我打算从这儿爬下去。”费云回答。

外面的撞击声越来越大，房门开始摇摇欲坠。

“到底怎么办？”乔远镇问道。

“爬下去！”“冲出去！”两个人同时喊道。

“不！爬下去！”费云大叫。

门轰然倒下，一片烟尘扑面而来，露出门后严阵以待的黑压压一片不知道到底有多少敌人。

邬一一见状一愣，然后转身朝窗户冲了过去。

“好的，你赢了，爬下去！”

费云只觉心头一寒，伸出两支机械刃，一支抓住邬一一，一支抱好了秦安王乔远镇，一跃而起，朝窗户冲了出去。

机械刃在空中一甩，八支插进了墙壁。在重力作用下，三人高速下滑，机械刃被磨得火花四溅。

窗户上有人探出头，大叫：“他们逃往城堡外……”话还没说完，就被邬一一一个火球打了上去，将窗户炸开，尖叫的人和石块一起从他们身边掠过，飞速朝地面“亲吻”上去。

费云不断调整机械刃和墙壁的接触面，最后，三个人稳稳落地。

刚落地，费云放下乔远镇。缠着邬一一的机械刃却一直不松开，他笑道：“我代表自己和秦安王大人感谢你。幸好你及时放弃了计划，要不这时候，现在的我们估计已经成了肉末，上了餐桌。”

邬一一脸羞得绯红，怒道：“少废话！还记得我们的船停在哪儿吗？快放我下来。”

“我倒是很愿意放你下来。可怕你下来以后又朝着城堡里冲进去。”费云一脸坏笑，“所以还是等我们离开了这里以后再说吧。”

邬一一大怒，火光乍起，扬手对费云的机械刃砸了上去。费云惊叫一声，一挥手，把邬一一远远地甩了出去，撞在了树上。

费云立刻大叫“糟糕”，立马冲到近前，叫道：“你没事儿吧？”

邬一一瞪了他一眼，正要大骂，却见他脸色一变，万分严肃地低声说：“跑！船在东南边！快跑！”

邬一一一愣，不知道发生了什么。见费云脸色严峻，知道事情绝非儿戏。对于费云的本事，她很清楚，这人露出这样的表情，事情一定是危险到了千钧一发的地步。

她心里一紧，虽然奇怪为什么突然丢下千辛万苦救出来的乔远镇，但也不敢再多问，起身开始举足狂奔。

费云也不搭话，机械刃缩回缠在身上，跟在她身后也飞奔起来。

身后很快传来喀嚓喀嚓，树干断裂的声音。声音从远而近，几下就追了上来。邬一一看到了声音的来源，一个影子从空中掠过，在树上轻轻一点，树应声断成两截，影子飞身前去，几个起落，便拦在了他们面前。

两人急忙停住。这时候邬一一才看清了那个影子。

正是他们费了好大工夫才救出来的秦安王，乔远镇。

“你们怎么丢下我不管了？”他问道。

费云大笑着走上前：“啊，不好意思，我们两个人想起有点儿急事儿，实在是火烧眉毛十万火急，一刻也耽误不得。反正您这事儿这么久了，也不急在这一天两天，等我们回去把事处理完了再回来救您吧。”

说话间，他想向前挤。

乔远镇淡淡一笑，手里掠出一道光芒，缓缓凝成一杆长枪。伸手一拦就把费云挡了下来。

邬一一见状大惊。将能量凝结成兵器的形状，并不是什么稀奇的事。她自己就常用魔力凝成兵器外形来近战，但不一样的是，她是一个魔法师，而乔远镇的姿态，却显然是一个战士。虽然力量都来自体内的殇，但是魔法师和战士对力量的调用方式却是大相径庭的。法师将力量外化，以爆炸性的形式释放大量输出能量，而战士却是将力量内聚，强化自己的体魄，将能量依附在武器之上。如果法师是核弹的话，战士就是常温可控的反应堆。按爆发性释放威力的大小衡量的话，战士不可能拥有魔法师那样的输出。

现在，那把光芒之枪却实打实地摆在了他们面前。

邬一一连反抗的念头都很难提起来了。

“这么说……”她问道，“你也早就……”

刚问一半，从乔远镇的眼睛、鼻子、耳朵还有嘴巴，那股乳白色液体迅速地爬行出来，凝聚起来，然后朝他面孔右边伸出去，渐渐结成了另一张和乔远镇一模一样的脸。那张脸和之前所见不同，不再无神，表情惟妙惟肖，它的尾端挂在乔远镇的鼻子里，像是一口被呼出的灵魂。

虽然见过几次，但从未见过如此恐怖的模样，邬一一不禁捂住了嘴。费云倒没有那么惊慌，只是不时地朝后望。

追兵已经赶过来了。

“我很想知道，你是怎么识破的？”乔远镇说，两张脸同时张嘴，不过，只有正体发出了声音，“就连我的女儿也没有发现这点。”

“气味。”眼见没有什么门道可寻，费云也就懒得说废话了，“每次见到这股白色玩意儿的时候，都能闻到一股奇怪的腐烂百合花的味道。第一次见面的时候，你身上就有一股浓得很不搭调的香水味儿，与你的品位差异实在太明显。不过，我没有想太多，怪人嘛，到处都有，一个占山为王的海盗，要是太正常才显得奇怪呢！直到我们从卧室窗户跳下来，外面的风很大，你大概没有注意到这点。之前那股味道只有在液体流出体外时才会闻到，而你身上的味道即使是平时也必须用浓郁的香水才能勉强掩盖，所以我想你大约是母体或者老妖怪之类。”

乔远镇听了这话，点了点头。“原来是这样……我已经和这个味道共处太久了，早就闻不到这股味道是什么样的了。”他的脸上露出一丝落寞，转瞬即逝。

后面的脚步声越来越近了。

“我猜，大概是跑不掉了。”费云说，“如果不介意的话，跟我们讲讲，到底是怎么一回事儿吧。”

乔远镇看着他，没有说话。

“我想，你在这地方，也没什么可以说说话的人吧。既然我们马上是死人，你大可以给尸体们多开发点用途出来。”

听了这话，乔远镇笑了起来。

“好吧。”

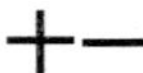

从城堡里追出来的海盗们很快呼啦啦地把他们包围了，火把让半夜的森林亮了起来。黑衣管家从人群中走出来，乔远镇朝他做了一个手势，他便退了下去，站在一旁。

“这个故事很长。”乔远镇说。

“好吧，考虑到我们得站着听，你可以长话短说——”费云答道。

乔远镇的脸上露出了一抹微笑。

“正如你们所知，我是一个没落的王族。很小的时候，就像大多数王储一样，享尽荣华富贵，被迫学习各种各样的知识，以便将来继承王位的时候，能成为一个合格的君主。”

费云的脸突然抽搐了一下，打断了他。

“谢谢，我们都知道王储是干什么的。”

“在我继位前，秦安国被灭了。那时候我才不到二十岁，刚刚结婚，有一个不满周岁的孩子。除了能救出自己和乔林以外，整个家族没有人活下来。我所拥有的，除了自己的女儿，只有手上的一柄剑。大多时候，我手上没有一分钱，如果不是身为殄人不需要多少食物，在许多年前我就成了枯骨了。

“你知道那是什么样的感觉吗？前一秒，你还是一个养尊处优的王子，后一秒，你已经流落街头，不仅一无所有，还要担心会有人认出你来，用你的脑袋换一袋金子。”

“我想，这不是故事的重点吧？”费云说，这故事不知为何，似乎让他格外不快。

“不，这正是故事的重点。我是一个殄人，但并不是身怀绝技、天生异质的那种，只是一个普通的仅可以省下顿饭钱的那种，所以我和乔林像乞丐似的活着。直到有一天，一个人找到了我。

“我不知道那人是谁。他长得像一个普通的生意人，你知道的，提个黑色皮包，在街上行色匆匆，像是在找什么，又像是什么都不关心。当他找到我的时候，我正在给自己找一件能穿的衣服。很明显，他认出了我。这种事偶尔发生，一般来说，我会坚决否认，然后立刻带着孩子逃掉。但是那个人抓住了我。他的力气很大，大概就像我现在这么大。

“他说，可以给我一样东西，让我夺回曾经拥有的一切。听起来很熟悉，是不是？落难的王子遇到撒旦的诱惑，用灵魂的代价换取无敌的复仇力量。他给我一个……”乔远镇比画了一下，“像果子一样的东西。说，我是他寻找的那种人，拥有强大的野心，却没有实现抱负的力量。那个东西可以给我这种力量，但是需要我用野心喂养它。”

“那么，就是……”费云指了指那张白色的脸，“这东西了？”

“对。”

“那么……这到底是什么？”

“他没有告诉我。这么多年过去了，这东西和我的大脑待在一起，我大概认识了它。”

“和……和……”邬一一一下子被吓得结巴起来，“和……什……什么？”

“大脑。它从鼻腔直接进入大脑，与身体的神经系统结合，从而促使殄人调用出正常方式难以调用出来的能量。年轻时候，学的那些乱七八糟的知识还没有全部忘掉。它催化你的身体，让你变得更强大，更有力量，同时学习你的头脑，用野心作为营养。简单地说，这是一种所谓互利共生。”

“我不太……”邬一一说。

“我能听懂。”费云说，“这么说，它是在学习，怎么成为人？”

“成为人？”乔远镇听了，大笑起来：“不，不。它并没有这样的想法。它只是……学着变得像人一样野心勃勃。”

“现在……我有点儿糊涂了。”

“看到这片森林了吗？”乔远镇说。

“嗯？”

“这个地方原来不是这样的。在大灾变之前，这里是荒岛。在殄出现之前，这里什么也没有。然后，嘣！在一夜之间，整个世界都变了。所有的生命都和原来不一样，所有的格局也都改变了。好像……千亿种生物都灭绝了，全新的奇奇怪怪的东西从地下、海里、空中，铺天盖地地冒了出来。它们不需要能量，它们用能量争夺空间，拼得你死我活。

“大概是地球历史上最大的生物灾变。地球历史……上一次我听到这个词是什么时候？十四岁？生生死死，新生、灭绝。多少繁盛一时的生命突然消失，大概只有一种物种一直活了下来，占据着地盘——人。”

“你在说笑话吗？”费云说，“所有人都知道，这是一个被殄占领的世界，被殄林长满的平原，被……”

“被殄占领的世界？”乔远镇突然大笑起来，“被殄占领的世界。就好像，殄是一种物种似的。它们不是一个东西，小子！好像你和马，你们都是哺乳动物，但你们不是一个物种啊！真正的殄不过是一种小得连显微镜都看不到的东西，在你体内给你提供能量，这并不意味着，有殄的生命就成了一种有什么共同利益的东西。你们不也是殄人吗？但你们还是以人的身份和思维活着，你们并没有变成树，或者海里的什么怪物。

“这些各式各样的殄基生物们相互搏斗，占领自己的生存空间，尽量不被别的东西干掉。与此同时，人类和这个时代搏斗了数百年，依然占据世界巨大的底盘，甚至其中大部分都没有被殄寄生，绝大多数的‘人类’只是一种古老的生物而已，而除了人类以外，几乎所有古代物种都已经灭绝了。没有任何一种殄基生物能获得和人类一样的成功，虽然它们的身体远比人类强壮，智慧也比人类发达，但没法取得和人类一样的成功。问题是，人类为什么能成功？”

没等回答。

“野心。因为人类极度地贪婪，极度地难以满足，极度地有欲望。人类身上集中了生命历经上亿年进化选择的终极武器——智慧，以及支配智慧的无法满足的欲望。而这些，正是只有几百年历史，突然出现的殄生命所没有的。它们可能有智慧，有比人类更高的智慧，但是它们却没有支配智慧的欲望。在长达几亿年的进化中，所有的生物都学会了贪婪，学会了尽可能地去占据能占据的一切，当资源不足的日子到来时，它们才能靠储备活下来。它们长胖，生很多的后代。殄的出现改变了世界，它们不再需要能量，不再担心严冬季节，它们太容易活下去了。即便拥有了智慧，这种智慧也太容易安于现状。它们是温室的花，觉得自己永远能适应环境活下去，这些新诞生的智慧没有经历数亿年的进化战争，它们还没学会贪婪，太容易满足，缺乏攻击性，只要占领一座小岛就心满意足。人类却在占领一座小岛以后梦想着征服整个海洋。短短几百年的生存搏斗，留下太多懒洋洋的家伙。要么等待亿万年的进化战争，要么……直接学习来自古老历史的征服者。”

“所以……这奇怪的脸和你们的大脑筑起了甜蜜的小窝，开始过着教与学的快乐生活？”

“它们用力量强化我们，我们用欲望和野心喂养它们。”

“终于有一天，它们学会了所有它们想要的，便会抛弃你们这没有用处的躯体，去建立一个属于自己的‘脸王国’，过上幸福快乐的生活？”

听了这话，乔远镇脸色一变，转身对黑衣管家做了个手势。那家伙刚站上前一步，费云就叫道：“等等！”

乔远镇做了一个手势让管家停下，问道：“你还有什么想说的吗？”

“我想请问一下，您是不是觉得，在这场和殄的交易里，你是一本万利，没有任何损失，却收益不少，是吗？”

“当然，我得到了力量，代价只是一个从来不妨碍我、静静学习的学生。当然，它有时候也会从脸上淌出来，做点儿繁殖之类的事情，只要你不想这事儿，就可以完全当它不存在。”

“那么，如果我告诉你，这场交易，你不但没有得利，反而当了一个冤大头呢？我估计，岛上所有人都是自愿进行这场交易的吧！力量，强大的力量，多么迷人的力量。你们这群愚蠢的冤大头！都被骗了！”费云大叫。

“好吧，”乔远镇说，“我来听听你的垂死挣扎的辩解。”

“我问你，当初你让这恶心的东西钻进鼻孔的时候，你为了得到什么？你想夺回自己的国家。看看自己，你现在在干什么？”

费云不等他说话：“你现在是一个臭名昭著的海盗。荣耀、权力、尊严，你有什么？你有一个伪装成王宫的‘崭新’的城堡，你有一群贪婪无耻、愚蠢残暴的部下。你有了闻者色变的名声。为什么？”

乔远镇刚要开口，费云拦住了他。“不，别来找借口。什么积攒力量准备工作啊，这是必经过程啊。不要自欺欺人了。这不是。这就是你最终得到的东西，你永远不会夺回自己的国土，永远不可能让别人尊你为真正的王。你知道为什么吗？

“因为那不是大脑的同居密友想要的。它们想要得到什么？它们想要学会野心，学会贪婪。所以它们需要你永远保持无法满足的贪婪和欲望。它们不能让你达到期待的目标，它们怕你一旦得偿心愿，就变成一个胸无大志的蠢货，天天躺在床上等不同的姑娘侍寝。它们让你有期待，让你觉得有力量去实现梦想，让你的贪婪和野心有水浇灌，让你有军队，却不让你的梦想成为现实，因为这才是它们需要的。膨胀饥渴的野心，而不是满足。

“想想你的房间，简陋如同贫民窟一样的房间。卧薪尝胆是吧？这就是你得到的一切，你再也不可能朝前迈出半步了。这群海盗可以轻易地把政府军碾碎，你为什么不带领这军队去夺回自己应得的一切？”

“不，”乔远镇有些犹豫地说，“不要妄加揣摩了，这是我的决定，我的想法。这是有原因的——”

“当然有原因，它们和你的大脑住在一起。我小时候，特别喜欢吃手指甲。不知道为什么，就是喜欢咬那东西，不咬心里就不舒服。后来医生说，这是消化道一种细菌需要指甲的某些成分，开了两副药，我再也不想吃手指甲了。那种细菌只是生活在肠道里，现在殄和你的神经中枢生活在一起，多少也会有点儿长进。所以，殄再蠢，多少也能创造点理由出来吧。”

费云的雄辩狂风暴雨似的倾泻下来，不让乔远镇有一丝辩解的余地。随着坚定的词句，乔远镇的心里好像一块玻璃先是有了裂纹，然后裂得越来越大，最后终于哗的一声碎了。

费云又补了一句：“看看你的女儿吧。她在外面流离失所，一个弱女子，在外面穷困潦倒。她的处境和你流落街头的时候有什么区别？你呢？亲生女儿沦落街头，你在干什么？听听你的话，你是以什么样的身份说话？准备复国的王裔，还是一个殄的王？”

“别听他的！”就在费云准备最后一击从心理打垮乔远镇的时候，黑衣管家站了出来。“杀了他！”

“你呢？你这个蠢货！”费云骂道，“你难道就比他好多了？你想要当这个海盗王国的头子，将乔远镇取而代之是吧？看看你！你又得到了什么？穿得像只乌鸦，在城堡里打杂，吩咐点什么？‘记得把地板擦亮’之类？这就是你得到的。你永远不可能成为一个领袖，只是一个可悲的打杂！

“你们，你们所有人。以为得到了力量，得到常人练习几十年才能得到的力量？狗屁！你们什么都没有得到！你们得到的不过是一张肮脏不堪的通铺床，一身臭不可闻的制服，没有女人，没有享受，什么都没有的奴隶生活。这就是你们这场交易的收获！”

费云大叫着。一瞬间，周围叽叽喳喳地吵成一片。

邬一一目瞪口呆，她张着嘴盯着费云不知道说什么好。

趁着混乱，费云靠过来，对她说：“我说什么来着，暴力不是解决一切问题的手段。现在……跑！”

他们把自己围成了一圈，乔远镇一人压在前方，他的部下没有得到号令，并没有近前。之前乔远镇一个人足以让他们俩无路可走，现在，他失魂落魄，被费云的话搞得五迷三道，不知道该相信什么。

费云和邬一一对视一眼，同时一跃而起，两人身影合一，合力朝乔远镇右边闯了上去。

乔远镇虽精神恍惚，但毕竟是领导海盗身经百战的大将。战斗的事情，对他来说与其说是技能，不如说是条件反射。见两人闯来，他甚至完全没有经过大脑思考，身体就有了反应，右手光芒陡升，枪尖突然横长出一个十字，朝费云二人横扫过来。

两人大惊，本想趁着千载难逢的机会冲出去，没想到这家伙不经头脑的攻击反而变得毫无收敛，竟不是要拦住两人，而是要把他们当场击毙。

这力量凶猛异常，又快过闪电，哪还有阻挡的机会？费云闪念之间，只想着抓住邬一一朝一旁甩过去，哪还来得及考虑自己会有什么下场。

机械刃刚刚碰到邬一一的身体，乔远镇背后却突然间寒光一闪。一支细剑从树上射下，径直刺穿了乔远镇的右肩。乔远镇痛叫一声，光枪一下消失不见了。

费云毫不犹豫地抓住缝隙冲了出去，两三步，他们两人就甩开了追兵十余米。

尾声

两人冲出百余米，仍不见追兵赶来，这时候却听见头顶树枝一阵乱响，一个影子落在他们面前。邬一一当下一慌，正要一火球迎上去却被费云拦住。

那影子站起身来，叫道：“快！跟我来。”

树荫浓密，月光照不进来，只有背后隐隐约约的火光能映出些轮廓。光这样也足够认出这个人。

这人正是那个行刺乔远镇的少年，那把细剑的主人。

来不及多想，他们跟着少年一路狂奔，树木盘根错节，这孩子却像蝙蝠一样，在一片漆黑中寻出了一条恐怕白天也很难找到的路。

三个人一直逃到海岛岸边，上了那小船，才稍微安下心来。

身后并不见人追来。

“看来，我的精神攻击奏效了。”费云刚镇定了点儿，就得意起来。

邬一一没有理会他。两个人卖力地划着船，那个孩子坐在船尾，一言不发。

“嘿，”邬一一叫道，“伙计，你不自我介绍一下吗？”

那孩子沉默着，没有说话。就在他们以为这个奇怪的孩子不打算理会他们的时候，他开口问道：“你说的那些，是真的吗？”

深夜的海上，除了一丝月光，沉静得只有浪涌的沙沙声。他问了这句，又不说话了。过了好一会儿，费云才明白是在问自己。

他突然明白了什么，问道：“你要杀乔远镇是因为……”

又等了一会儿，他才回答：“……我父母在海上被海盗杀了……”

“于是……”

“……我偷听到他们的秘密，杀了一个海盗，夺走了他的……那个东西。”

虽然大概已经猜到这一点，但听到这话，费云还是感到一丝悲哀。那到底是一种什么样的殄，以野心为食，以力量为诱饵，就像挂在驴子前面的胡萝卜，诱骗你一刻不停地前进。“……所以他们放你走，而不杀你……”

“很抱歉打扰二位。”邬一一突然叫道，“但是，你们现在是不是应该看看那边？”

费云朝她手指的方向望去，脸色瞬间大变。

惨白的月光下，从那陶亚岛的方向，那片漆黑的海面上现出一条海潮般的白色巨影。白影长宽近数里，无声无息地朝他们这边冲来。

“那是……”邬一一说。

“不！”费云大叫，“你永远不要告诉我那是什么东西组成的！”

“快啊！”三个人同声大叫。费云张开机械刃，探入水中，高速地转动起来，另一边，邬一一的火柱一股接一股地极速喷出，在两股力量的合力下，小破舢板摇晃着，加速地滑行了起来。

这速度并没有甩开对方。加上两个人协调划水有问题，舢板不时左右摇摆，甚至偶尔向一边偏去。

那影子越来越近，虽然费云不愿意承认，但他清晰地看见了水中那成千上万张面孔，那些乳白的面孔还带着一丝笑容，摆动着尾巴朝他们游来。

然后，他们看见了海岸。

当他们疯了一样地弃船，冲上海岸之后。那群“东西”调了头，朝海的另一个方向游去。虽然一片黑暗，但费云清楚，那不是陶亚岛的方向。

“结束了。”他说。

刚说完这话，他就听见身边那孩子传来痛苦的哀号。

两人转过头去，从他的嘴巴和鼻子里，液体挣扎着将自己拔了出来，凝在一起，猛地跃进海里。正当费云惊诧不已的时候，突然感到自己怀里一阵奇怪的颤动，还没想起怎么回事儿，就见一个白球从衣服缝隙跳了出去，落入水中。两个东西略一接触，朝海深处游了过去。这会儿他才反应过来，想要追上去抓一个回来，已经晚了。

回过头，这孩子已经晕了过去。

海上的白影已经渐去渐远。

在那惊魂之夜过去数天之后的晚上，费云才在邬一一的房子里再一次见到她。她端着两杯红酒，有些落寞地坐在天井的台阶上。

在惊魂之夜第二天的凌晨，离陶亚岛的百来千米的一个海岛的渔民发现一条奇怪的白色海流。那海流似的东西朝东面大海深处游了过去，随后再也不见踪影。

陶亚岛的海盗很快散了伙，各自逃命，头目乔远镇不知所踪，听了这个消息，费云就知道，那二十万的委托，自然“打了水漂”，而且是朝大洋深处不知道飞了多远的水漂。

于是，麻烦地跟“委托人”解释的事情自然是交给了邬一一去打理，他把那岛上的孩子送到一个村民家照顾之后，没有等他醒来，便独自离去了。

当他决定离开那岛的时候，自然选择了放弃复仇，去寻找属于自己的生活。

费云接过一杯红酒，荡了荡，轻轻闻了闻。

“我有个问题。”那晚上没有星光，只有一点的暗淡月光，这光景正像那个逃脱的夜晚。

“说吧。”

回想起那个晚上，数百个苍白头颅在水中海潮一般追来的景象，邬一一还是感觉不寒而栗。

“它们为什么……最后为什么离开了。为什么它们没有回岛上，重新寄生回那些人身体里。”

“他说，它们比人更有智慧，看来是真的呢。”费云笑道，“想想吧，当年的秦安国，只是一个殄人的国度而已，就被周围那么多国家威胁，惦记着，非要除之而后快。当人们知道，这座岛上居住着的不仅是殄人，还有被寄生殄二次入侵，控制住的殄人，他们会怎么办？之前他们是一群海盗，之后，在别人的眼里他们就是一群异种妖怪。之前他们是作恶的人，再可怕，人们可以理解他们的行为，知道他们会造成多大破坏，人们害怕他们，但不恐惧他们。而之后，他们是可怕的，人类无法理解的怪物。人们不知道这些怪物在想什么，要干什么，他们力大无穷，他们也许今天安全，明天就会去毁灭世界。于是人们会倾尽一国甚至众国之力来消灭这些可怕的异类，他们确实强大，但是当无穷无尽的讨伐军队到来之时，他们能抵抗得了多久？逃亡，是他们唯一的选择。”

邬一一沉默了一会儿，一字一句地说：

“他们，也很可怜。”

天井的风很凉爽，像是能让人遗忘一切。

邬一一开口说："你觉得，那些人被寄生殄寄生的时候，他们还是人吗？"

"……我不明白你是什么意思。"

"如果他们是被殄左右和控制的人，可他们还觉得自己的意志是自由的。他们被寄生殄影响，偏离了之前的思想行为方式，可他们还觉得自己和普通人没有区别，却不知我们把他们当成了怪物。那他们没有被寄生的时候呢？就像我们一样的时候呢？我知道，被寄生殄寄生和与殄细胞器共生是不同的概念。但我们这些殄人是不是也在和殄的共生中被悄悄地改变了本性，变成了怪物，但我们却丝毫没有发觉呢？殄的成分和人的成分，在我们身上各占多少呢？"

一时间，谁也没有说话，两个人静静地看着夜空，在沉默中喝干了一瓶酒。过了一会儿，费云说："记得他说，贪婪和欲望是数亿年自然进化战争送给人类的礼物。"

"他说过？"

"大约是这个意思吧。大概，充满贪婪和欲望，有想要得到的，有什么东西需要追求，如果还有这样的本能，那么我们还是人吧。多多少少算是吧。"

这一片沉默格外的长。

"说起来，"费云打破了这片沉默，"没有搞到那东西的一点实体实在是很可惜。那种殄太奇怪，像是被什么东西创造出来的，好像一个专程用来学习的机器。那个给乔远镇殄的家伙到底是什么人，我也很好奇。"

"太多的好奇不会有什么好结果。"邬一一说。

"没错，就好像，我不怎么想知道那种殄是怎么繁殖的。"他想了想说，"怎么想都觉得很恶心的样子。说起来，我见过了有智慧的能长得像人的殄，见过了寄生在人体内，能控制人思维的殄，这个世界上，到底还有些什么样子的殄，我将来还会见到什么样的殄，还真是难以想象呢。"

两人品着酒，安静地看着天空。酒喝尽之后，费云站了起来，说道:

“说起来，我记得他说，贪婪和欲望是数亿年自然进化战争送给人类的礼物。”

邬一一迟疑地看着他。

“要么是我喝多了，要么就是你又重复了一遍。”

“既然这样……我想，虽然委托人无力付款，但你还是应该给我那应得的十万酬金。既然贪婪和欲望是自然的礼物……”

云　镇

一

贾晓林今年二十四岁。

如果没有告诉你他的年龄，你会觉得他有三十多岁。他有一张戈壁似的脸，五官像是用刀刻上去的，大嘴，高鼻梁，深眼窝，似乎饱经沧桑，头发长长地在脑后编成一个辫子。如果不是那双太过清澈的眼睛，很少有女人能抵挡得住他嘴角的轻笑。

不过这种笑只是给女人看的。费云初见他的时候，并没有留下太多的印象。

贾晓林倒是记住了费云那张年轻如玉的面孔，按说他不该记住。

在上流社会的宴会上，向来是别人记住贾晓林，而不是相反。

在贾晓林遇见费云半小时前，他还在舞会上与遇见的姑娘聊天，就像所有的男女初见一样，找来有的没的各种话题，好像两只鞭毛虫一样，热情又小心翼翼地互相将触手试探着。

“其实大家总觉得我很老。”贾晓林说，面前的女子尽力维持着高傲，但身体却微微前倾，“如果我真的那么老了，那我不是已经虎啸山林，拉着一群兄弟在山里大口喝酒操着粗话烤野猪肉，那就一定跟那个家伙一样。”他指了指大厅前面，一个醉得东倒西歪的中年人。虽然衣冠楚楚，但是眼角下挑，盯着舞团姑娘们的胸脯，快要流出口水来了。

贾晓林眼前的姑娘掩口轻笑。这样的宴会里总少不了这样的人，平时无论多么正襟危坐，身居高位，一身正气，两杯酒下肚，就露出真正的嘴脸来。

两人相视一笑，姑娘正要说句什么，贾晓林就听见了隐隐从天上传来的低压压呼啸的风声。风声很急，像是利刃掠断树干之后嗡嗡地颤抖。声音渐大，然后一声呜咽似的闷响。

似乎除了他，没有任何人听见这声音。这不祥的声音让他心里一颤，便立刻对身边的姑娘说：“不好意思。”随即起身离开。姑娘不知所措，只能目送他在巨大的大厅中穿梭远离。那么多社会名流和交际名媛，贾晓林一个也没有理会，就这样径直远离，很快不见踪影了。

瞬间，姑娘突然觉得有些荒谬。这荒谬不是说贾晓林突然甩开了她这么一个娇美动人、身家显赫的大美女消失不见，而是关于这种社交宴会本身。云镇区区一个小镇，却有这么多社会名流，几乎夜夜笙歌，宴会不断，名目繁多的宴会到底有几分必要？

这样的想法在她脑子里闪现了一瞬间，就湮灭了下去。

如果你想太多，就会变成一个聪明人，要是变成了一个聪明人，要嫁得好，就困难了。

这时候，贾晓林已经绕过了人群，朝后花园走过去了。

认识贾晓林的人知道，每一次上流宴会他一定会参加。出镜率虽然最高，但是他对人却不怎么热情，倒像是情非得已，不得不来应景一样。如果不是傻子，基本都能猜到他来是另有目的的，至于这个目的是什么，倒是从来没有人猜到。他行踪不定，有时候会像鬼魅一样突然在大家眼前消失不见。

他的目的，隐在宴会的面具之后，在平时，你要穿过大厅，绕过后花园，转过内厅，爬三层楼梯才能见到。只有在宴会上，她才会在大家面前露脸。藏青柳裙，流苏似水，就像一杯桃红色美酒，令人沉醉不醒。无数人想见到那张嘴角含笑的脸上真正的笑容，只有贾晓林如愿。她是宴会的女主人，她的名字叫邱含雪。

问题在于，宴会不仅有女主人，还有男主人。大宅的主人陈立林喜欢大家倾慕那张含笑的脸，但并不喜欢除了他以外，还有人见到那脸上的笑。他已经五十好几，身体残疾，几乎没有办法站起来，人们见到他的时候，他永远坐在椅子上。陈立林就像一头残暴的狮子，随时会把胆敢踏入领地的雄性撕成碎片。

今天，邱含雪没有出现。陈立林说她身体不适，牵连进这张复杂网里的贾晓林光用直觉就知道，事情没有这么简单。

这样的直觉幽灵般如影随形，让他分外的敏感，当那微弱但尖锐的啸声以呜咽的闷响结束的时候，他的心脏好像被什么猛击了一下，胃里一缩。

不祥。

他管不了那么多，也不去想自己是不是正被一头狮子盯着，绕出大厅，朝后面走去。

大宅里，贾晓林比许多人都认识路，就算在没有星光的夜晚，他也能凭着记忆在花园中找到朝后面走的路。他有些焦急地走着。

然后，这片没有星光，也没有灯光的花园，突然亮了起来。

贾晓林的第一反应是，他完蛋了。以陈立林的势力，可以连骨头也不吐地把他吃掉，他只希望邱含雪能平安，还有，自己死得利落些。

等了几秒，什么也没有发生。这时候，他才从身边花木的光影中找到光的来源。不是灯光，不是火把，是天上。

一个大约有房子大，泛着幽幽白光，水母似的颤动的东西缓缓地从他的头顶飘过，像是醉酒一样，左歪右斜地呜咽着，朝后栽跌过去。

这个从未见过的飞行体让贾晓林大惊失色，然后才想到邱含雪所处的险境。那东西正缓缓地，挣扎着坠落下去，如此巨大，足够将整个后宅压成一片废墟。

也没想自己能干什么，自己去是不是送死，他撒足狂奔，朝后宅冲了过去。

贾晓林不知道冲了多久，好像无限长的时间，那东西好像坠落得无比缓慢，他却永远追不上。然后，它撞上了房子。

那一瞬间，没有崩裂的巨响，没有倒塌的扬尘，他看见整个大宅好像瞬间融化了。那些坚硬的砖墙、明亮的玻璃和硬木制成的雕花融成灰色的胶体，突出，拉伸，变形，长出巨大的触手，刀刃群，整个大宅活了过来。

这些突然闪现的凶器顷刻间抓住空中坠落的东西，拉开，刀刃如切豆腐一样切了进去，一阵利落的脆响声。那东西像是有生命的，努力挣扎着试图逃离，大宅的触手越抓越紧，切开，撕裂。

贾晓林被这景象牢牢抓住，整个人动弹不得。他颤抖着，每一次撕裂都让他感觉像是被人在腹部狠狠地打上了一拳。那从不知何故坠落下来的东西低沉地呜咽着，很快被切成若干巨大的碎片。触手毫不仁慈，将这些碎片猛地朝外甩了出去。力道巨大，那些碎片立刻在夜色中消失不见。

一切只用了不到一分钟的时间，那些触手和刀刃就重新融化，大宅的围墙、窗户和房间重新伸展了出来，好像什么都没有发生过。

贾晓林觉得一阵晕眩，无数画面从脑海深处闪现，那个坠落物的样子迅速扑面而来，看得那么清晰，那么真实。

他晕了过去。

当贾晓林重新恢复意识的时候，发现在一片光芒之下，自己被一个影子遮挡着。这光芒温暖、强烈，又不失柔和。影子高耸着，看不见面孔，背着光，贾晓林抬头仰视，影子便显出人形。

这影子如此高大地横亘在他和光明之间，如背负万丈光芒的创世之神。

影子向他缓缓伸出手，如降临之光，然后慢慢张开嘴，说道：“先生，请问，您还需要香槟吗？”

他连问了两遍，没有反应。直到邱含雪从通往上面的楼梯走下来，替他取了一杯酒，那影子才走掉。

他从楼梯台阶走下来，侧过身去，灯光才照出他年轻如玉的脸，贾晓林这才看清他的胸卡。

费云——临时服务生

贾晓林在大厅楼梯下，宴会正到高潮，而邱含雪也刚刚到来。

二

费云从来不是一个好服务生。这就是为什么某些有钱的浑蛋会盯着他，让他一遍一遍问："您需要香槟吗？"却死也不回答。

他知道这一点，不过也不打算做什么改变。

一个不想当领班的服务生不是好服务生，问题是，他为什么要当一个好服务生。如果服务生当得太好，说不定会升成领班，然后有一笔不算太少的收入，逐渐失去了动力，傻了吧唧地朝有钱人弯腰屈膝一辈子。

费云还不知道自己将来要干什么，今天晚上，他刚满十八岁，才刚刚成年。但是他知道，他要去做大事，要去当一个改变世界的人物。晚上的工作忙到很晚。等到收拾回家，已是夜深人静了。

家里只有他一个人。费云的父亲早年去世，而他的母亲从他有记忆的时候就已经不在了。他一直独自生活，自己照顾自己，等到今天，他终于成年了。

这一天，他等了很久，就像等待一扇终于开启的通往无限未来可能的大门。这扇门终于打开的时候，费云迫不及待要冲出去。

费云兴奋得睡不着觉，夜里就开始收拾东西。一个孤儿，家境贫寒，本来也没有什么可以收拾的东西，不外乎几件衣服、两把匕首之类。他早打定主意明天就要离开云镇，因此，还需要一些路上用的东西。

准备到这里，费云的思维突然停顿了。他没有离开过云镇，并不知道云镇的方位，不知道去别的地方要怎么走，有多远，云镇就像是世界上一个孤独的点，不知道该怎么通往别的地方。他也没听说过去过外面的人跟他讲起外面的情况，需要带什么东西。

费云年轻、胆大，并不害怕面对未知。不过，这时候他才发现，关于云镇外面的情况，自己真的毫无了解，甚至好像都没有去过云镇的边上，看过小镇尽头，了解自己想要去的远方是什么样子。

想到这些，他的记忆好像遭遇到阻碍一样，变得混乱起来。过了好一会儿，费云好像从睡梦的混沌中惊醒一样，突然想起一件非常重要的事情。

父亲留给他的信。

这是他父亲去世之前留下的信，让他在成年之日拆开，里面有非常重要的事情。许多年里，他曾经无数次想把它拆开，最后终于忍住了。正是在这样一次次好奇的斗争中，费云建立了对意志力的强大自信，他相信这一点：虽然年轻，但是却能面对一切。

等到了这一天的时候，他却几乎忘记了这封信的存在。

他赶紧把这封信从贴身的口袋里掏了出来。这是一个白信封，上面空无一字。以一封数年前的信来看，信封看着太新了，费云也不知道为何纸张没有老化泛黄。也许正是这样的神秘让他控制住欲望，等到正确的时间才拆开它。

信封没有封住，只是轻轻地叠上。费云小心翼翼地打开，生怕弄破了一点儿信纸，或者弄丢了一点儿藏在里面的东西。

只有一张信纸。

借着屋里的烛光，费云看清了信纸上的字。字不多。

“速来贾晓林处。”

读完这封信没有花掉一秒的时间，之后，他困惑了好几分钟，然后仔仔细细地又用了好几分钟一遍又一遍地看了这几个字。

这是什么？这是什么意思？

费云过去猜想过很多遍，自己会看到一封什么样的遗书，各种可能他都想过，从他其实是某国王子到他母亲跟别人私奔抛弃他，从某地埋着万两黄金到实际他父亲被仇人所杀要他去报仇。

但是“速来贾晓林处”明显不在其中。这是一个太过短时效的命令，绝对不像有效性能跨越数年时间的东西。而且“来”这个字是什么意思？为什么不是“去”或者是“到”？为什么是“来”？

贾晓林是谁，他有一点印象。在上流社会圈里，名气不小，就在今天晚上，他还见过他。但他怎么可能跟自己有交集？一个富豪子弟，跟一个穷孤儿能有什么关系？

费云无论如何也想不明白，也管不了那么多。

他穿上鞋，绑紧衣衫，出门去找贾晓林去了。

“速来贾晓林处。”

好，这就速来。

三

贾晓林要做的就是等待。

应该说，从离开聚会以后，他所做的唯一一件事情就是等待。因为他知道，那个人绝不会不来。他等这一天已经太久，久得好像是从有记忆那天就开始等待一样。

晚上的见面，好像命运的安排，一切是疯狂也罢，地狱也罢，都随他去吧。

他等着，等着，门终于响了。

贾晓林急切地拉开门，站在门口的是费云。

贾晓林先是一愣，然后认出了这个人。

“你……你找我有什么事儿吗？”

费云二话不说，直接从他身边挤了进来，进了屋内。

“现在我来了。”费云说。

贾晓林心中一寒，脑子瞬间短了路，一个名字脱口而出。

“含雪？”

费云一愣，惊道：“啥？”

贾晓林顿时清醒了过来，也叫道：“啥？”

按照贾晓林今晚的剧本，在午夜，会有一个人来敲门，这个人会对他说：“我来了。”但是这个人绝对不是费云。他等的人，是邱含雪。如果要午夜私奔，他绝不会跟一个男人。

“你叫费云？”贾晓林说，“你半夜来我这儿干什么？”

费云看着他衣着整齐，问道：“你不是在等我？”很快，费云又发现屋里那个收拾得停停当当的小箱子，“你要离开这个镇？”

贾晓林不知所措。换了任何人，在私奔之夜，遇到一个不认识男人闯进家里来，他都会不知所措。一瞬间，无数的念头在他脑子里像开闸洪水一样泥沙俱下，陈立林的人？疯子？幻觉？他强撑起力气答道：“我为什么要等你？你到底来干什么？请你马上离开这儿，我还有事儿。”

贾晓林试图把他推出去，但是费云死死地抵住。

“等一下！你真的不是在等我？父亲给我留的遗书，叫我马上来找你。”

“啥？”贾晓林惊疑不定，“你父亲的遗书？现在来找我？你父亲是谁？”

“费秋雨。”费云报出他父亲的名字，“他的遗书上叫我马上来找你。”

“我不认识你父亲。”随着时间的流逝，贾晓林心里越发不安，这突如其来的变故让他措手不及，完全不知道如何应对。费云不知所云的话也让他心惊胆战，心里只有一个想法：赶快把他打发走。无论他是陈立林的前哨，还是别的什么，他都没办法关心了。“请你马上出去，我不认识最近死的任何人。”

“他不是刚死的，”费云辩白道，“他五年前就死了。”

听了这话，贾晓林完全僵硬了，整个人在一瞬间平静了下来。

“……你是说，你父亲在五年前死了，给你留了一份遗书。这份遗书上说，就在五年后的今天，恰巧这个时候，要你来找我。哈哈，我明白了。因为我很蠢。因为我蠢到会动陈立林的女人，所以我也蠢到了会相信这种话。”

费云一头雾水。

“出来吧。”贾晓林朗声说：“你这个连站都站不起来的老头子，连侮辱给你戴绿帽子的人都要别人代劳。来吧，你可以干掉我，但是你不能侮辱我。”

“你……你在说什么？”费云完全听不懂他的话。“我父亲遗书上是说，让我马上来找你。只是到了今天，我才打开它。”

贾晓林冷笑。“你要继续胡编到什么时候？为什么你父亲五年前的遗书你到现在才打开？为什么你父亲会让你来找我这个完全跟你们毫无关系的人？为什么……”

“因为今天我满十八岁，”费云沉声说，“我父亲让我成年的那天才能打开遗书。”

“啥？这简直是……”贾晓林想说侮辱、笑话、天方夜谭。这些词写在了他的脸上，但这个看着一脸沧桑的男人的想法硬生生被面前的孩子打断。

“我不管你怎么想！”费云怒道，“我不管你相信不相信。我不管你今天晚上要和谁私奔。这跟我都没关系！我等了这么多年，等到的就是这么一个指示，来你这里。我不知道为什么我爸会在五年前留给我这么一封信，更不知道你们有没有什么关系。他怎么会知道五年后的今天晚上你要离开云镇，我更连猜都不愿意去猜。但是事情就是这样，我被指示带到了这里，我要离开这个镇，如果你要走，你就必须带我一起！如果我走不了，你也别想离开这里。我说了。”

这小孩子突然如此强硬，不仅让贾晓林大吃一惊，就连费云也被自己吓了一跳。屋里一阵沉默，贾晓林感觉一下被彻底压制住了。没错，他要想神不知鬼不觉地离开云镇，不惊动陈立林，这个孩子的问题就必须马上解决。这样一想，他的口气就软了下来。

“这么说，你不是陈立林的人？”

费云连忙摇头。

虽然这让贾晓林无比困惑，但是他也只有不去想这无法理解的事情到底是如何发生，只考虑尽快解决眼下的麻烦。他沉吟片刻，说：“给我看看你父亲的遗书。如果你说的是真的，我先带你离开这里，之后的事情我们再慢慢解决。”

费云把信从怀里取出来，递给了贾晓林。贾晓林接到手上，脸色便是一暗。

“这是一封新信。绝不会是五年前留下的。”

话一说完，贾晓林一手抓住费云的领口，把他提起来，抵在了墙上。

“你这个骗子。”他也不知道自己哪儿来这么大的力气，竟将费云整个人提在了空中，然后用力往墙上压下去。墙好像都被压得变了形。

“你跟我说实话！是不是陈立林派你来的？”

突然的变故让费云一阵惊慌。从抓住他的力道上，他明显感受到了杀意。他的意识一片纷乱，似乎有什么力量从他的腰间朝背后肩胛骨上涌了上去，无数蛇一样的东西好像从他的皮肤下面蠕动钻行，蠢蠢欲动，马上就要找一个地方破体而出了。

恐惧。

“不！”费云尖叫，“看信！看了信你就明白了！”背上的涌动越来越强烈，似乎不是幻觉，而是真有其物，就要把他从体内撕得粉碎。

贾晓林用另一只手去除了信封，抖开，借着一点灯光看清了上面的字。费云清晰地看他的表情迅速僵化，瞳孔放大，手上力量松了下来，把费云放下，他背上的涌动立刻退去了。

贾晓林仔仔细细地看了这几个字：

“速来贾晓林处。”

好像这是一篇含义有多复杂的密文一样。他抬起头来，一个字一个字地说：“这信上的字，是我的笔迹。”

费云脑子轰的一声，竟不知该做何反应。他听得懂贾晓林在说什么，却无法明白这句话的意思。一封父亲五年前留给自己的信，又怎么可能是贾晓林写的？如果是他写的，他又怎么可能不知道？

“不可能。”这句话脱口而出。

两人面面相觑，竟说不出一句话来，无数疑问像网一样把他们两人纠缠起来，各种各样的怀疑和想法泥沼似的从他们脚底堆起，一直埋到了他们的嘴巴。

这时候，门突然响了起来。

当当，当当，当。

这是贾晓林在今晚和邱含雪约定好的声音。

没有预想中的激动，贾晓林的头脑已经被疑问密密地封上了好几层。他伸手，打开了门。

“宝贝儿，事情有点儿变化。”他说，“我们必须和另一个人一起离开这里了。”

即使这个时候，身穿方便行动的贴身短衣裤，邱含雪脸上还是挂着那种淡淡的迷人微笑。她没有一丝意外，用一如过去温柔平静的语气说："我知道。"然后补充道："我等费云来已经等了很久了。"

四

初秋的小镇，夜晚还是幽幽地发冷。这一天晚上很安静，除了偶尔传来的虫叫，连星光都没有的黑暗像沉沉的盖子似的笼罩着这里。

甚至连脚步声都没有。

贾晓林、邱含雪还有费云三个人两前一后静静地走着，脚步落地很轻，几乎没有一丝声音。这是沉默，并不是安静。

有太多的疑问了。贾晓林和费云像是在梦游一样，有一种不知去向何方的感觉。两个人也不说一句话。

为什么五年前费云父亲的遗书会写着"速来贾晓林处"？为什么在打开这封遗书的当晚正是贾晓林要离开云镇的最后时刻？费云的父亲怎么可能准确地在五年前预知这一切？这封信为什么如此新？为什么贾晓林会在这封遗书上发现自己的笔迹而自己却毫无印象？

邱含雪又是怎么知道这一切？那句"我等费云来已经等了很久了"到底是什么意思？当所有的巧合准确地拼凑在一起的时候，这个"等了很久"到底意味着什么？

没有人敢问。

贾晓林不敢，自己舍弃一切来爱的女人到底隐藏了什么，他不敢知道，他害怕，在他的潜意识里，他似乎感觉到有一些能毁灭眼前一切的东西在脑中涌动。他宁可这样默默地走着，似乎离开了这个小镇，一切都将迎刃而解。

费云也不敢问。他十八岁，几乎一生的梦想都押在这一天，离开这个小镇。他害怕问得太多会毁掉这仅有的机会，而那封遗书像是随时可能破裂的肥皂泡。

只有邱含雪是真正的镇定，心无杂念地朝镇外走着。

沿着横穿镇中央的主道，就能离开这个小镇。大家都知道这一点。再往下，小镇的最外面是什么样子，云镇和外界的交界在哪里，是什么样子的，贾晓林和费云却死也想不起来。他们知道小镇，也知道小镇外面别的城市的样子，可是，小镇边缘的地理情况好像被什么从他们脑海中硬生生挖去了一样，没有丝毫记忆。小镇的记忆是清晰的，越接近边缘就越模糊，终于什么也想不起来了。

但是云镇不大。只要朝外走，总会到外面。

他们穿过两旁都是小房的街道，穿过广场，穿过白天热闹晚上留下一地垃圾的闹市街，穿过他们熟悉的所有地区。周围的房屋开始变得低矮、稀疏，街道也开始满是泥土。

抬起头，朝前看，虽然没有什么光，但是仍然能模模糊糊地瞧见一道高过三人的围墙耸立在前面。围墙有微微的弧线，将整个云镇环抱着。不过这堵高大的围墙却不见一扇门，也没有看见上墙的楼梯。

但只要看到墙，就已经见到了边界，贾晓林和费云都显得有些兴奋，只有邱含雪表情没有一丝变化。

“看你们的了。”邱含雪柔声说。

他们继续朝前走。

先是轻轻地蠕动声，然后是低低地轰鸣，震动突然在他们脚下传来，整个小镇像是睡梦中的巨兽慢慢醒来一样，所有的房屋、墙壁甚至街道突然间动了起来。

他们三个人像是在海啸中的冲浪者一样，瞬间跌入起伏的“波浪”，眼见整个小镇融成一片果冻状的凝胶，又像橡皮泥一样被无形的巨手捏着，变成一个大块，重新塑形。几分钟内，房屋变地面，街道拉伸融缩，广场喷泉般升起，小镇景观像是回熔炉重炼加工的工艺品，完全变了样貌。

他们三个只能紧紧地抓住地面，不让自己被这海啸似的波动甩出去，街道地面变得像橡胶一样柔软，可以抓握。面对这样天地骤变，费云再次感到自己背部涌动的热量像是要破体而出，在体内疯狂钻行，有一种压抑的感觉让他想怒吼，整个脑子像是要炸开一样，他惊讶地发现，除了惊恐，自己竟还有一丝兴奋和喜悦。

等一切平静下来，他们站起身，却发现，自己重新站在贾晓林的房屋门口，好像自己回到了几十分钟之前，除此之外整个云镇毫无改变。似乎三人一起做了一场巨大的梦。

"……我……"贾晓林站起身来，面容惨白，他喃喃自语道："我见过这些……我见过这些。"

邱含雪的表情在这样的黑暗中看不清，费云只能从她平静又充满期待的语气中努力想象这张姣美动人的脸上是什么样的表情，她轻轻地说："没错，你见过，就在几小时前，你还见过，想起来了吧，想起来了吧！"

记忆中的画面瞬间回闪，贾晓林模模糊糊有了之前的印象，但是那些记忆那么模糊，唯一能看清的只有变换融化的房屋。他的头感到剧痛，忍不住捂住脑袋，痛苦地呻吟起来。

而这时，费云也没有关心别人的精力。他朝贾晓林走了一步，这时候才发现自己后背的异常——肩膀格外的重。伸手一把摸过去，费云像是被海葵刺针狠狠扎了一下似的叫了起来。

"这是啥？"

他的背后，从两肩胛骨的地方长出细长触手似的金属质地刃腕，长长地拖在地上。在他一声尖叫中，看不清数量的触手突然有了生命一样活动起来，很快地从肩胛骨缩回到他的体内，消失不见了。

费云从来没有这么惊恐不安，这不知是什么异物就这样进入了自己体内，不见了踪影，还有什么比这更让人恐慌的？

“这是什么？给我弄出来！”他像女孩子见到身上毛毛虫一样颤抖着大叫起来，拼命地抓着自己的肩胛骨，“弄出来！”

“别慌。”邱含雪握住了费云的手。

“别慌？！”贾晓林叫道，一把上前抓住邱含雪的肩膀，“别慌？怎么个别慌法？这是怎么回事儿？看看，整个镇都在动，莫名其妙地我们回到了我们家屋外，我们刚才明明已经走到了镇边上。我们怎么能不慌？含雪你给我说清楚，这到底是怎么回事儿？”他甚至没有叫她宝贝儿，而叫了她的名字。

“我会说的，先别慌！”邱含雪说，“你们难道才发现这个镇子不对劲吗？别去抓了，费云。那不是从外面钻进来的，原来就在你的体内！”

说完这话，她突然身体一颤，突然站不稳，单膝跪倒下去。贾晓林一慌，马上一把扶住她。

“没事儿吧？”

邱含雪甩开了他的手。

“你们两个好好想想。你们在这个镇上待了二十年，从出生就在这里，你们为什么从来没有到镇外面去过。为什么你们连镇边都没去过？但是你们又还知道别的地方的样子，别的城市的情况。既然你们没有离开过这里，那这些只可能是别人告诉你们的。你们想不想得起这些事情是谁告诉你们的？如果他们告诉你们别的地方是什么样子，为什么没有人告诉你们云镇是在什么样的一个地方，云镇周围是什么样子？为什么在这之前，你们连外面那堵城墙都没有见过？”

“整个镇都会活动，我背上不知道是什么东西。你却问我这些无关紧要的问题？”费云叫道。

“这些问题会告诉你，还有其他的问题！”邱含雪说，像是在夜里受了风，咳嗽了两声。

“这个镇有多大？横穿过去不过一小时。这里有多少人？顶多几千个吧？在这个只有几千人的无名小镇，哪里来的那么多社会名流，哪里来的那么多夜夜笙歌？这个小镇的钱从哪里来？吃的从哪里来？人们消费掉的物资从哪里来？你们认识、见过谁有从事生产、种地和制造东西的工作？你们有没有见过这个镇和别的地方进行生意往来？云镇的一切没有任何来源，所有的一切都是从哪里来的？”

一个个问题像机关枪子弹一样打进费云的脑子里，像是打在了一片厚厚的玻璃幕墙上，每一个问题都从这个幕墙上削下一片，透出幕墙遮盖背后的一丝光芒。那背后的东西慢慢地从模糊变得清晰，涌动着，试图将那道意识中的幕墙推倒。

可是，那道幕墙那么强大和厚重，却又像活体一样的柔韧，它一点点地后退，却没有倒塌。

“你为什么要问我？”费云抓住自己的脑袋，痛苦地叫道：“你为什么不直接告诉我？告诉我这是怎么一回事儿！”

“我不能直接告诉你。我不能告诉你，你不知道的事情。你只有靠自己去想明白。”

“为什么？难道你体内里有一颗炸弹，如果你告诉了我，炸弹就会爆炸？”

“差不多。”邱含雪又恢复了平静，声音变得温柔起来，“你只能自己去想，会回忆。努力去想，去回答这些问题，只有揭开这些迷雾，你才能醒过来。你才能出去。”

费云深深地吸了一口气，开始整理这些疑问。

他在这里生活了十八年，怎么可能从来没有去过镇边？他怎么可能不知道镇外是什么样子？怎么可能没有人告诉他外面世界有些什么、外面城市是什么样子？

除非他根本没有在这里生活过十八年，除非他根本就一直生活在外面，外面城市、外面世界的印象才是真实的，而这十八年的记忆是虚假的。

区区小镇哪里容得下这么多社会名流，哪里需要夜夜笙歌？

除非根本一切皆是虚妄，除非这不过是一个编制的幻境。

这个镇没有收入来源，没有物产，没有人生产产品，却有食物，有消费品，有一切。

他们从无处得到一切。何物从无处生有？

答案就要破体而出，费云又感到体内无数暖流在涌动，似乎给了自己力量。他依然知道那些奇怪的触手似的金属融化在自己体内，但他已经不再恐惧，甚至觉得自己能控制它们了。

他不断地在脑海里回想记忆中的一切，回想自己十八年的记忆，他要想起这十八年中所有的细节，要记起六岁时第一次识字的书本颜色，要记起八岁从楼上跌倒时门外闹市叫卖的声音，要记起十三岁初吻时姑娘脸上从胆怯慢慢陶醉的表情。虚构的记忆不可能是无限的，那些被忽视、被假造的细节就像赝品上年代错误的颜料，这些无限细节中的细小错误终将构成一张大网，让那道幕墙在里面碎成粉末。

“你明白了吗？”邱含雪问。

“明白了。”费云回答。

“你的记忆是真的吗？”

“这十八年的记忆皆是虚妄。”

“云镇是真的吗？”

“云镇是不过幻境。”

“是什么让这里的人从无处得到一切？”

费云犹豫一下艰难地吐出一个字。

“殄。”

“你是谁？”

费云闭上眼睛，没有回答。意识分崩离析，坚固的屏障碎裂，里面被封印的记忆慢慢地吐出来，重新填满自己的大脑，体内的暖流兴奋地颤抖。

“你是谁？”邱含雪逼问道，“告诉我，你的名字！”

左右各五支机械刃腕刹那间从费云背后的肩胛骨处破体而出，向上伸展，颤抖，像是在回答这个问题一样。费云深深地吸了一口气，艰难地吐出了自己的名字。

“费云。机械师费云。”

他眼中的稚嫩顷刻间褪去，换上了一双深邃沧桑的眼睛。

五

费云像是从一个很沉很沉的梦中醒来，像是昏睡了数年，刚刚醒来。

他的身体和头脑的一部分醒了，一部分还睡着。他弄不清楚身处何地，不记得自己是怎么来的，不记得自己为什么来。他知道自己在云镇，但是对这个镇在什么地方，这是怎么一回事儿毫无概念。

他洗清了虚构的过去，但是却想不起现在。

他明白了自己是谁，却不知道其他人是谁。

费云仔细地看了看邱含雪和贾晓林。既然没有那虚假的十八年，自然，那封信就是贾晓林写给他的。但贾晓林到底是谁，费云自己到了这个镇上多久，他们之间到底是什么关系，他依然一概想不起来。

邱含雪是一切疑问的关键，她却像是一个水库，所有的秘密都被堤坝挡住，想要开口，却不能。

贾晓林的身份更是一个谜。他又在这个镇上待了多久，他这封信写的是什么意思？他完全还没有醒过来，还被虚构的记忆遮挡着。

但无论如何，机械师费云已经醒了，他找到过去的知识，重新找回了自己的力量，虽然不知道自己面对着什么，但是至少这一切跟“殄”有关。

数百年前，这种无名的微小的细胞器突然间出现在世界上，正如数亿年前线粒体的突然出现一样，改变了极度繁盛的上古文明。最初，它们犹如病毒一般地存在，然后融入生命的细胞内，成为生物细胞的细胞器。这种神秘的存在似乎是从无中产生能量，供给生命体。从此动物不再需要食物，植物也不再需要光合作用，整个生命界的天平瞬间崩塌，连高度发达的人类文明也无从抵御，彻底毁灭，只有一点儿遗迹在数百年之后还残留着。

这东西后来被命名为“殄”。那些古老的物种们拥有“殄”这种细胞器之后，像盛开的礼花一样迅速地发生变异，形成了无数奇特的物种。这些物种完全瓦解了古典科学的分类方式，因为庞大的物种数和难以琢磨的神秘形态和能力，只能简单地被人们唤作“殄”。

只有一种“殄”用过去的古物种名，而不用“殄”这个名字。那就是拥有“殄”的人。

并非所有生物都拥有这种神秘的细胞器，同样，也并非所有人都是“殄人”，虽然只是少数，但是这些人的强大力量和奇异能力再加上人类的固有智慧，让失去上古时代科技文明的人类还能在这个完全毁灭新生的地球上占据一席之地。

这些殄人中，继承上古知识，探寻古代科技文明的学者被称为机械师。

机械师所拥有的力量就是知识。而费云又比其他机械师还多一份力量——融入体内的十支机械刃。

所以，费云有面对这种神秘力量的信心。

“我们离开这个镇。”他说，“这东西阻止我们离开这里，就说明，它的力量离开了云镇的范围就会消失，或者至少减弱。所以，我们的预定目标不变。先离开这个镇。我相信，离开这里，我们的记忆会完全恢复正常。邱含雪，到时候你要老老实实地告诉我，到底是怎么回事儿。”

他轻轻地刮了一下身边的墙壁，仔细地分辨了一下刮下的粉末，看不出什么东西，虽然身边的所有房屋都是殄的一部分，但显然并不是核心。很难通过这些判断敌人到底是什么。

“还是按照原计划。”费云将背上的机械刃收回体内，然后说，“我们朝镇边去。等这东西动起来，我们再想办法。”

他走在了最前，邱含雪紧跟着他，贾晓林落后了两步。

费云一边走，一边说：“好吧，至少现在我们知道，这东西能渗入人的头脑，影响人的思维。只要我们在它的控制范围内，就会受到它的影响。而且它非常大，至少有这个镇子这么大，如果需要，它会动，但是它好像并不喜欢动，除非必要，它一直是静止的。但它盯着我们，对吧？”

邱含雪点了点头。

“谁来给我解释一下，这到底是怎么回事儿？含雪。”贾晓林在后面说，惊恐并没有从他的脸上消失，“你从一开始就知道这个镇是活的？”

邱含雪没有说话，只点了点头。贾晓林一个箭步就冲了上去，抓住了她。

“你在利用我。你只是在利用我帮你离开这里，对不对？你根本就不爱我，对不对？”

费云立刻回身，一把拉开了他。

“爱，爱，爱。这个时候，你唯一想到的居然还是爱。如果你讨厌一个聪明人，那就给他介绍一个爱人吧。”费云耸耸肩说，“你现在要担心的，应该不是她爱不爱你。你爱不爱她都还没搞明白呢。”

“恐怕到城门之前，这东西不会有什么反应，我们不妨先搞清楚这一切到底是怎么一回事。”费云放开了贾晓林，伸手示意邱含雪走到另一边去，用自己的身体把两人隔开，恢复记忆之后，费云虽然身体没有变化，但是像换了一个人，气势已经大不相同。邱含雪在这个过程中没有说一句话。

“我们好好分析一下，到底是怎么一回事儿。首先，既然这个镇上的记忆不可靠，自然，贾晓林关于这里的记忆也是假的。所以，应该说，你爱上邱含雪小姐这事儿，基本是假的。你不爱她，只是你以为你爱她而已，你可能认识她不过几天而已。我问你，你记得你最开始爱上她是什么时候吗？”

“一年前。”贾晓林回答。

“你爱上她那天，她穿什么样的衣服，梳什么样的发型，你第一眼见到她之前，你在干什么？你见到她第一眼，她在干什么？”

贾晓林想了想，突然觉得头痛欲裂，呻吟起来。

“你不知道。这个爱情是假的。那你是谁，你自然也想不起来。现在的问题是——你跟我是怎么认识的。这份‘我父亲的遗书’是你写的，而且是新写的，说明你在不久前还清醒，还能联系上我。你为什么会认识我？你又是怎么找到我的？”

贾晓林像傻子一样看着他，过了好久，才勉强地说：“也许……你是我雇来帮我的？”

费云笑了笑：“好吧，我不知道雇佣费用是多少，我觉得我不是一个在乎钱的人。可以肯定的是，这封信很可能是你从这里发出来，联系到外面给我的，所以是‘速来贾晓林处’。由此可见，你比我早来这里。而且，你叫我来这里的事儿，邱含雪一定知道，对不对？”

邱含雪点了点头。

“这就是你说，你等我来已经很久了这句话的来历。既然清楚了。我要证明一个关键的问题。”费云转过头来，问贾晓林：“刚才我们到镇边尽头的时候，在这个镇开始动的时候，你说，你之前见过这些。你之前见的是什么？还记得吗？”

贾晓林愣住了，说：“……我……我说过这句话？”他已经全无印象。

“果然。这么说，在这里待得越久，受到的影响就越大。我之所以能醒过来，当然了，首先是我的意志比别人坚强。”费云说了这话，忍不住笑了起来，“其次还因为我来这里的时间短。”

他又转过去看了一眼邱含雪：“所以我们一定是在我来的第一时间就试图离开这里。我到这里的时间不超过一天。如果今天不成功，那么就可能永远困在这里。对不对？”

邱含雪慢慢地点头。

“其实，你可以说句话的。”费云说。“你的声音很美。”

他们已经又一次能远远地看见城墙了。

费云深深地叹了口气。

“那么我现在来描述一下整个事情的大致情况。首先这个小镇是一个殄。这个镇能影响这里的人，伪造他们的记忆。你在这里，因为某种不清楚的原因，当然，这个原因在你离开这个镇之后要一五一十地告诉我，你没有被伪造的记忆欺骗，但是却无法离开这里，并且不能告诉其他人你知道的一切。在最近的一段日子，贾晓林来了这里。至于是他自己闯进来的呢，还是被你诱骗过来的，离开这里之前就不得而知。他一定试图带你离开过，但是失败了。不过他设法传出了消息，让我来这里帮助你们。姑娘，你真是红颜祸水，我现在只希望这镇上那几千个人之前不是跟贾晓林一样。”费云挤出一副怪异的笑脸，“姑娘，那些人里可有不少女的。”

“大致情况是不是这样？”

邱含雪又点了头，然后想起来，开口说：“基本上是这样。”

“你是不是觉得运气真好？”费云满脸笑容，“这废柴小子居然带来了我这样的天才。”

这句话刚说完，地下的呜咽低鸣声就响了起来。

费云背后十支机械刃立刻破体而出，这由千百节金属节套串联构成的刃鞭虽然刃口锋利，但是柔软灵活像真正的触手一样。两支机械刃用无锋的一面将邱含雪和贾晓林的腰一揽，就把两人抱了起来。费云双脚骤然发力，向前发足狂奔而去。

周围再度软化，像巨型的消化器官一样伸缩蠕动，将他朝后面推了过去。

另外八支机械刃在费云操纵下转轮似的运转起来，每支轮流刺入地面和墙壁，然后猛力将他拉向前甩过去。这样几个飞纵，云镇就再也拦不住他前进的脚步了。

他到了最外面三人高围墙。

机械刃刺入，牢牢抓住。他能感觉到围墙正在不断向内回缩。费云正要借力将自己抛出城墙外，整个城墙却在一瞬间向上暴涨，一边像海浪一样卷着向他的头顶压了下来。

费云没有一丝惊慌，反而笑了起来。

一堵橡皮泥墙，要在一瞬间拉长，必然会变薄。

八支机械刃超音速地振动起来，切豆腐一样穿入墙体，四周甩动划过，城墙就被切开了一个大洞。

费云带着邱含雪和贾晓林一跃而出，大笑着：“现在我们……”

笑容立刻就在费云脸上凝固了，最后几个字带着惯性迟疑地吐了出来。

“自……由……了……”

寒风呼啸，他站在午夜山脊的边缘，脚下是万丈深渊，落足之地只有城墙刚刚后退让出的窄窄一线。

六

如果把尴尬程度由低到高从一排到十，一个美女走进男厕所的尴尬程度应该能排到七。

而费云现在的情况大概能排到八点五。

山若棋盘，平地之上硬生生拔起上千米，像是被一把锋利无比的巨刃拦腰截断，平台平平整整。

这就是云镇，城墙紧紧围在峭壁边缘，把几平方千米的镇护了起来，像笼子一样，镇上的人谁也没法看到笼子之外的样子，也不知道自己身处于千米高空。

只有今天，原本紧贴峭壁的城墙有一个角落缩回去了一角，在这一角上，有三个石像一样的人凝固在那里。

三个人在寒风中吹了大概有三分钟，费云才小心翼翼地问那两个还被他的机械刃举着的家伙。

“我说，我要放你们下来吗？”

这句话不问还罢，这一问，悬在空中的贾晓林无名火起，一声怒吼。

“这还有落脚的地方吗？”

这句话问得实在。费云站的地方，正是万丈悬崖的边上，只有一道长不过一米多宽不过半米的月牙似的缝。一边是峭壁，一边是会动的高墙。

“现在我们怎么办？”别看贾晓林现在帮不上忙，发火找碴儿倒是一点儿没客气。“掉头回去？”

的确，前面没有路，总不能这样跳下去吧？

费云埋头思索了片刻，抬起头来，轻声地说：“这不对，不可能。”

“什么不可能？”贾晓林问道。

费云机械刃一卷，就把贾晓林举到了他面前，两个人四目相对。

“事情不该是这个样子。如果你给我了消息，让我来救你们，告诉了我位置，我能找到这里，那我不可能就这么简单鲁莽地闯进来。我一定计划过到时候怎么离开的方案！这是一个没有路的悬崖！”

“那你的计划是什么？离开这里的办法在哪里？”

“我不知道！”费云大叫，“我在想！可是我还没想起来！”

“可能你根本就没有计划。”

“不可能！”费云说，“我是一个天才，我不可能这么愚蠢连退路都没有就闯进来。”

“几分钟前，你还以为自己是个十八岁的服务生。”

“但是，我留着一封信，用那封信帮我想起了自己的身份。”

“那是我给你写的信！你为什么不能承认你没有想到退路、没有计划好怎么离开或者你的计划出了问题？”

“不可能！”费云和贾晓林争得脸红脖子粗。

“为什么不可能？”

“因为我没那么笨！我是一个天才。天才根据已有信息会预料到即将发生事情，会做好应对一切可能的准备。”费云怒道：“我不是你！”

“两位……”

“哈，原来你一直觉得我是废物对吧？”

“两位！”

“我从来……”

“别吵啦！”邱含雪突然咆哮起来，“墙在朝我们这边移动！”

两个吵得不可开交的人听了这话，马上安静了下来。

“你们就算以前认识，关系也一定不怎么样。”邱含雪说。

墙在慢慢朝他们移动，并且开始从上面伸展，慢慢弯下来，要把他们吞下去。墙壁上突起一些小尖端，突然像海葵的触手一样射了出来，想要抓住他们。

费云的机械刃立刻发动，将这些触手挡住，切断。

围墙向他们越逼越近，身后是万丈深渊，他们已经无路可走了。

“把我放开吧。”费云听见邱含雪平静地说。这姑娘本来就是悬空被机械刃抱起的，脚下是深渊。

“放开你就摔死了！”费云一边应付触手，一边对她叫道。

姑娘的声音还是很平静：“我知道。我等的就是这个。”

费云斩断的触手块像冰雹一样迎头掉了下来，融化在地上，蠕动着爬回城墙。“想都别想，我既然把你们带了出来，大家就一定要活着离开。”

邱含雪的声音就像她的名字一样，冰冷得没有一丝感情：“相信我，这没有什么不同。”

“有！”费云大叫。

这时候，贾晓林犹豫地问道：“那边……天上那边……有什么东西吗？”

顺着贾晓林的手指，费云催动体内的殄，给自己的眼睛输入更强的能量，用鹰一样的眼神望去。

一个大得超过跃层别墅的巨大物体在远处空中悬浮着，像是一条大船，又像是一只水母，乳白略有些透明的身体一伸一缩，分明是有生命的。

费云一愣，有些迟疑地说：“我好像见过这东西……”

好像感应到了三人发现了它，那个东西整个身体伸缩三次，然后猛地缩成一团，水里扎猛子似的朝他们俯冲了过来。

速度很快，那东西迎面而来，越来越大，就算不用能力增强视力，贾晓林也能看清楚了。

那东西有一些像水母，又有一些像鱼，俯冲下来的时候，原来圆圆扁扁没有明显朝向的身体缩成了流线型，拉出两个大鳍和尾巴的形状。

见到这东西，贾晓林好像脑袋里被什么狠狠地闷了一下，嗡地响了起来。“我也见过这东西……”他喃喃地说。

贾晓林的脑子好像开了闸，无数画面泄洪似的扑面而来，但是要抓住什么却很困难。他想起来，几小时前，在陈立林大宅的后花园见到的画面，想起那个被撕得四分五裂的飞行物正和这个一模一样。虽然不知为何，贾晓林还是感到一阵揪心的痛。

贾晓林想起了什么，而费云则是看这个巨大的悬浮物看呆了。这一迟钝不要紧，身后活动的小镇城墙伸出网一样的触手，朝他抓过来。等费云反应过来的时候，两只手已经被紧紧捆住了。

贾晓林被记忆所惊，整个人如石像般，伴着费云的惊叫声，那个巨大的不知名的飞行体急速冲撞下来，呼啸着掠过他们的头顶，像流星一样狠狠地撞上了城墙。

撼动大地的巨响，抓住费云的触手应声断裂，地面的剧烈颤动把他抛飞了起来。费云也是身经百战的人，立刻甩出机械刃深深刺入地下，把自己拉住，才没有被震下悬崖。

几乎同时，冲击波袭来，巨大的力量将他刺入地下的机械刃硬生生拽了出去。迎着冲击波，费云努力地想要用机械刃抓住地面。刃口在地面划出一道道切痕，三人的重量，在冲击波的催动下拉拽的力量太大，他们一点点朝悬崖滑去。

终于悬崖边缘吃不住力道，碎裂开来。三人尖叫着掉了下去。

不过数秒，在一片黑暗中，一张巨大如毯的东西软软地裹住他们，将三个人托了起来。只是一卷，他们就稳稳地躺在一个大大的软垫中央，然后腾空而起。

像是一个碗，浅浅的弧度凹着，托住了他们。费云站起来，如他所料，那个飞行物接住了他们，载着他们朝远处飞去。

“我想起来了。”贾晓林躺在那里喃喃地说：“我想起来了。”

“我是乘着这家伙过来的。”费云接着说道。

这是一只飞鲷，一只兼有着海洋生物和天空生物复杂血统的殄类，一只成年直径近二十米，被机械师驯化了当作坐骑的飞鲷。

七

“怎么样？我说过，我是一个天才，我一定对可能面对的情况早有准备。”迎着风，费云的头发就像他的心情一样，得意扬扬。

“不，你没有。”贾晓林枕着自己的胳膊，懒懒地说。

费云正要反驳，却心念一动，转过头来。

虽然贾晓林身上在刚才的混乱中被搞得像乞丐一样狼狈，但是他神色镇定自若，透着一丝恬淡。

“你醒过来了？”

“没有全醒，醒了一部分，和你一样。”他坐了起来。

“哦。”

“不过光靠醒的一部分，我也知道，你可没有为所有可能面对的情况做好准备。”

“你凭什么说我没有做好准备？”费云说这话时笑了笑，笑容有些僵硬。“我确实做好了准备。”

“OK。”贾晓林耸了耸肩，又重新躺下，过了一会儿，他才慢慢地说道，“既然你做好了准备，那我们还要在这个地方一动不动地待多久？我们不是应该找个地方降落下去吗？”

费云石化在那里。其实，他早就发现自己无法操纵这只巨大的飞行殄。这只殄友善亲切，但是他却摸不到控制它的门路。费云假定自己还没有想起来，以为过一阵子，就会回忆起来。因为他们已经离开了云镇，按照他的假设，影响他们思维的东西应该只在那个巨大的云镇殄领域内才有效。

可是过了这么长时间，他什么也没有想起来。

“承认吧。”贾晓林说：“你不懂怎么操纵它。”

“我是乘着它来云镇的。如果我不懂得如何操纵它，怎么可能乘它来云镇呢？”

贾晓林站起来，说：“你是乘它来的云镇。但是你不懂得操纵它。它不是由你控制着来的云镇。它是带着你，自行飞回的云镇。”

贾晓林顿了顿，语气突然加重了很多。

“因为它是我的。”

费云的眼睛迷离。还没有完全恢复的记忆被贾晓林的话激活了一些，他努力想抓住它。

“几天前，我路过山下的时候，在酒店里听到当地人说起这个平顶之上的镇子。有很多传说，据说是天堂一样美妙存在，夜夜笙歌的乌托邦。不过，这个传说从来没有被谁确信地证实过。因为这个山太陡，凭人力是绝无可能上来的。所以我驾着飞鲷进了这个小镇。当我发现事情不对头的时候，要让小家伙带我离开云镇，已经不行了。所以我让飞鲷带着我的信和讯息去找你……”

“然后它带着我回到了你所在的地方……”费云慢慢地想了起来。

“然后呢？”贾晓林声音严厉了起来。

“然后……”费云脑子嗡地响了一声。

他想起来了。他想起几小时前，自己被飞鲷稳稳托着，很潇洒地飞临云镇上空。然后那千万支巨型的触手和刀刃在一瞬间向他袭来，将飞鲷切成碎片。他自己直接从几十米高空摔下来，然后失去了意识。

“然后小家伙被你切成了碎片！你既然知道这个镇不安全，为什么还要让它飞得离镇这么低、这么深入镇里面？”

贾晓林的声音已经是咆哮了，费云只能努力地挡住喷向自己脸上的唾沫，一面怯生生地说：“这个，这个……这不是我让它飞的啊。它不听我控制……而且，这‘小家伙’比几百个你加在一起还大呢……它就算切成碎片，碎片也会慢慢汇在一起融合回来。”

贾晓林盯着费云的眼睛，一个字一个字地说：“你是个笨蛋。你可以在刚刚到云镇外面的时候就跳下来！不管怎么说，这不是你考虑到所有可能发生的情况后作出的计划，这是我的飞鲷。你甚至还不会驾驭它。”

“但你会呀。所以这就是我的计划。让你操纵它带我们离开……”虽然被贾晓林臭骂了一顿，费云还是死不松口。

“OK。”贾晓林耸耸肩，没有要让飞鲷飞起来的意思。“那我问问你，你有没有想过，假如你没有把我带出来，那你怎么办？我之前有飞鲷在，都被云镇困住了。你怎么这么敢确定，你就能成功地带着我们离开云镇呢？”

费云一下愣住了。

贾晓林等了几秒，不见回答，又问了一次：“怎么，说不出话来了？”

费云脸色有些困惑，慢慢地说：“不，我是在想，你说得很对。既然之前你有飞鲷在，你可以熟练灵活地召唤驾驭飞鲷，你的条件比我们之前要好很多，为什么你没有成功离开？”

“你是在羞辱我吗？”贾晓林语带讥讽，“好吧，我能熟练地召唤和驾驭飞鲷，不过还是没有顺利逃出来，你虽然只有一堆章鱼爪子，但是你成功地从云镇冲了出来，还带着两个人……”

“不。”费云打断了他的话，面色严峻，“你没有听明白我的意思。我是说，之前你能灵活随意地召唤驾驭飞鲷的时候，你没有逃掉，那么我们现在未必就已经安全了。之前你是怎么失败的，你能想起来吗？既然飞鲷都能离开，你也能给我写信，能带信息让我赶来，这说明你有充分的时间做准备，那为什么你没有离开云镇？这一定有原因，之前到底发生了什么？”

听了这话，贾晓林脸上那副气定神闲的表情也变得严肃起来。

“我……我想不起来。”

他确实想不起来。不仅贾晓林想不起来，费云也发现，他的记忆并没有比之前恢复得更多。

“真奇怪。”费云说，“按说我们已经离开那个镇的领域很久了，按我天才的推测，只要离开那里，这个殄对我们记忆的影响就会消失。为什么到现在我还是没有想起来更多事情？”

“也许你的推断没有那么天才。不管怎么样，我觉得我们应该尽快离开这里。”贾晓林说完，伸出左手，向前一探。随着这手势，费云感到脚下飞鲷身形一缩，收起圆圆如水母的形态，前方凝聚出流线型的头部，优美地伸出两只展开近百米的巨型翅膀，尾部平摆，开始朝前方滑行起来。

“可能上次有什么特殊情况，也许等我们离开得够远，够久了，我就能想起上次的事情了。”贾晓林说。

“帅哥。”费云的声音有些异样，“也许现在该缓缓再关心这个问题了。恐怕现在我们的问题是，你是不是关心你的女朋友太少了点儿……”

贾晓林并没有注意到费云语气的异常。他的感觉已经与飞鲷相连，整个人融化在风行万里畅快中。“我已经醒了，别再开我玩笑。她不爱我，我也不爱她，她只是利用我们离开而已。”

“那也要活着离开。”费云补充道。

贾晓林这才回过头来。

邱含雪晕倒在飞鲷的背上，鲜血从她的眼睛、鼻子和耳朵里一丝丝地渗出，已经在她身下汇成浅浅一摊。

“看来这次也有特殊情况。”费云惨笑道。

“她这是怎么了？什么病发作了吗？”贾晓林见了这副模样，手足无措地大叫。

“你都不知道，我从哪儿知道？”

“怎么办？我们不能让她死，花了这么多工夫才把她带出来。还有好多事情要她给我们解释是怎么回事儿呢！”

“废话！你以为我想让她死吗？”

“怎么办？怎么办？”

费云手忙脚乱地给她擦拭身上的血迹。没有医疗设备，连纱布都没有，邱含雪不断渗出血来，费云有再多的上古知识也找不出救治方案。

只觉得这姑娘的体温越来越低。

这时候，他脑子里突然闪出邱含雪之前的一句话来。

在他们就要从悬崖边掉下去的时候，邱含雪叫他放手让自己落下悬崖，她那时候说：“相信我，这没有什么不同。”

这时候费云一下明白了这句话的意思。

“这没有什么不同”说的是，让她从悬崖摔下去，和带她远远离开云镇都没有什么不同。因为她知道，只要离开了云镇，她就会死掉。

那她为什么要想尽办法甚至诱骗别人带她离开云镇？

这时候，费云哪里还有时间去想那么多为什么。离开云镇，邱含雪就会死，那么要救邱含雪的命自然只有一个办法。

回去。

只用了几秒时间，他就想明白了这一点。

“我操！”费云怒骂一句，“掉头！我们回云镇！”

八

流年若歌，悲若梦。

不知为何，这一路回头，费云平白生出无数莫名其妙的难过和伤感来。

或许是因为如此来来回回折腾了这么久，经历了这么多波折。要说实际过程，可能也并不长，不过是贾晓林来到云镇，试图带着邱含雪离开，但是失败了，然后得到贾晓林消息的费云来了这里，终于三人成功地离开。不过短短数天的事情，不过一个小小的波折而已。可是这短短的波折却给费云和贾晓林的记忆里都打上了长达二十年左右的一个虚假的烙印，让他们有一种数十年人生若梦的幻灭。

现在，所有努力似乎要归于零。因为他们不得不回去。

费了这么大力气才救出来的女人，绝不能就这么轻易地让她死了。

当飞鲷再一次抵达到云镇上空的时候，天已经亮了，下面云镇的全貌在清晨的阳光下清晰可见，这让费云和贾晓林都无法相信自己的眼睛。

他们离开之时，这里是一个小小整齐漂亮的小镇，甚至有不少显得奢华的贵族风格豪宅。现在，从上面望下去，那种扭曲、变形，像是异形巢穴一样地怪异存在。纠缠扭曲的管道从大地中蜿蜒盘旋出，像撕开的腹腔里的肠子；巨塔嶙峋扭曲，在高空朝外面伸出杂乱的怪柱，像是陷入沼泽的探险者绝望地探出手；广场地面一层层褶皱凌乱地堆积着，像是挤压扭曲得惨叫的脸；整个镇子像是疯子自杀前在墙壁涂抹的绝命涂鸦，只是它更大，更立体，更恐怖。

他们俩一句话也说不出来。虽说机械师游历世界，本身就是探寻神秘之处的人，所见早远超越常人的想象极限，但是这样整整数平方千米的场面，倒也真没见过。

这样的震惊只持续了几秒钟，还来不及看清所有，就被恐慌代替了。

视觉的巨大震撼让他们忘记了一件事儿。

这个镇是活的，它会动。

那些巨塔高墙管道广场顷刻间融化，扭曲盘旋，整个小镇倾巢而出，像千万只章鱼触手一样极速朝飞鲷射来。已经转入悬停状态的圆圆的飞鲷这时候想逃离已经晚了。就像章鱼抓捕猎物一样，这些触手死死扣在飞鲷的身体上，将飞鲷拉了下去。贾晓林控制着飞鲷试图努力挣脱，但两者大小太过悬殊，就像一只蚂蚁试图从人的手上挣脱，对抗毫无意义。

费云感到，不是自己掉了下去，而是自己变成了弹弓橡皮筋上的弹丸，被巨大的力量朝地面砸了下去。

在那一刻，费云和贾晓林都以为自己死定了。

在撞上地面的最后一刹那，这个活镇突然托起了厚厚柔软的衬垫。在他们以为自己就要变成肉饼的时候，所有力量都被衬垫稳稳地吸收了。

飞鲷被无数触手绳索一样死死捆在了地上，一丝也不能动弹。

两人支撑着站起来，只用了几秒钟，费云就消化掉了刚才以为必死的恐惧，从牙缝里挤出一丝冷笑。

“怕什么。”他说。“之前只有我一个人动手，我们都能冲出去，何况现在呢？”

贾晓林却没有相信他的豪言壮语。

因为他看到的，不是一个构成整个小镇的杀气腾腾的殄，他看到的，是几百甚至可能上千个像丧尸一样号叫着源源不断地从扭曲的街道里冲出来、从变形的房屋里挤出来、从倾倒的管道中钻出来向他们扑上来的镇民。

“费云，你是一个天才。”他说，“如果你之前早就做好了应对所有可能出现的状况的准备，那你能不能告诉我，我们现在该怎么办？”

从这里看起来，整个镇像是一个巨兽的胃，蠕动着，而那些镇民显然已经失去了常人的理智，像是牵线木偶一样地被这个镇驱动着，朝他们涌过来。他们的行动并不快，却满满地封堵了所有道路，像是一点点收紧的橡皮圈。

“我一定有准备的。”费云眼睛已经直了，努力咽下一口唾沫，喃喃地说。

“什么准备？！”

“我一定有所准备！”费云望着那些越围越紧的人群，这些人发出无意义的呻吟呼喊，盲人似的双手向前乱抓着，状如疯魔。“我一定有所准备！”

“什么准备？！”贾晓林急切地叫道：“如果你有准备，那就快点儿！”

“我在想！”费云的声音几近咆哮。“既然我得到你的信息，那么我一定早就预料到事情远不止这么简单。我一定早就能想到，如果凭借你召唤操控飞鲷的能力都无法离开这个镇，那么这个镇一定有什么超乎寻常的事情。”

“赶快！”

越来越近，他们不得不朝后面撤退。

“我在努力回忆！不要催！我一定早预料到了。既然在第一次依靠飞鲷的能力都无法逃离，那么第二次再依靠飞鲷的能力也不可能逃离成功。所以我在一开始的计划中，就没有打算依靠飞鲷逃离！对，所以我完全没有考虑飞鲷的问题，没有考虑我自己能不能召唤和驾驭飞鲷。这就可以解释了。”

“那你有应对现在情况的计划吗？现在我们该怎么办？”

费云的头脑用尽所有的能力运转了，他觉得有些缺氧，有些轻飘飘的。

“既然我从一开始就没有计划利用飞鲷逃离这个镇，那么选择就只有留在这个镇上应对一切。那我一定考虑过面对这样的情况该如何处理。我没有那么蠢，我一定有计划。”

他们已经被围得无路可退，只能紧紧地贴着邱含雪站着。虽然费云的武器锋利凶猛，但不管这些镇民是永久失去了理智变成了傀儡还是暂时的，他都不敢动手。何况就算动手，他难道能杀上千人？

“我没有那么蠢，我一定有计划。我没有那么蠢，我一定有计划！”费云急切地叫着：“快想，快想！我一定想过被这样围困的情况，必然知道我的武器没有任何用。那么我有没有准备对付这些人的手段？什么手段？怎么用？”

费云想了片刻:“没有，没有准备。为什么没有？为什么没有准备？我没有那么蠢，我一定考虑了这些。”

这些家伙已经摸到了他们两个人的脸，抓住了他们的手臂。

“为什么想不到准备？”费云突然安静了下来，不说话了。贾晓林急了。“怎么办？你到底有没有办法？”

“我没有那么蠢，那么……”费云慢慢地说，“如果我没有对此做任何准备，那么这只可能是一个意思。”

他停止了抵抗，任由这些家伙把他抓住，举起来，拖开。

“这意味着，在我的计划里，面对他们，我们根本没有抵抗的必要。”

“什么？！”贾晓林怒吼道。

他们被人们高高举过头顶，死死抓住，动弹不得。

在被这些人手传送带一样运走的时候，费云最后努力转过头去看了邱含雪一眼。

她的流血已经停止，整个生命体征回到了正常，面色红润。虽然也是被这些镇民举起来带走，但是不同于对待他们的粗暴，那些手小心翼翼、温柔甚至彬彬有礼。

费云看见邱含雪睁开了眼，朝他看过去。

那眼神平静如水，是已经对千百次绝望习以为常的平静如水。

尾声

“事实证明，你就恰恰有这么蠢。”

贾晓林在地牢的墙壁上被捆成一个大字，除了嘴，没有任何部位可以动。

费云的情形跟他并没有什么不同。

贾晓林却希望他的情况更糟一些，因为那张过于自信的脸并没有因为这打击而露出一丝挫败的表情。

“不不不，”费云回答道，“我没有。”

“啥？”贾晓林终于爆发了，“你脑子已经彻底坏掉了吗？我们现在被五花大绑，连手指都动弹不得！这也是你那狗屁计划中考虑好的？接着呢？你的计划里有没有考虑要是我们被煮着吃了，上桌的时候我们是该露一张笑脸还是一张哭脸？”

“别这么悲观嘛。”费云扬了扬眉毛。“事情还是有希望的。”

“他妈的，希望在哪儿？”

费云竖起耳朵听了听，回答道：“希望来了。”

锁头开启，铁门轴承嘎吱的声音从远处传来。虽然这个镇不过是殇所创造的幻境，但是各种材质的声音却和真实世界别无两样。

“是谁？”贾晓林露出紧张的神色。

虽然被麻花一样捆着，但费云气定神闲。“你真笨。还能有谁？好好想想这一切吧。你来这里，想要救走的是谁？我来这里，除了你，要带走的是谁？是谁让我们明明可以逃脱了却又不得不打道回府？”

“这个人费尽心思，一遍遍尝试，想要逃离的对象是谁？是谁无论如何也要阻止她离开？”

牢房的门响了起来。铁栅栏做的牢门上的门闩在没有人拉动的情况下，自行转动，开启了。一个矮矮的身影无声地移动过来，不是走过来，而是飘似的滑进了牢房内。他只有费云齐胸高，因为他坐着。但他坐的却不是会动的轮椅，而是一把看起来很普通的木头椅子。这椅子落地的四足像是长在地上的，移动并不是靠椅子本身，移动的是接触的地面。

“来。”费云还是带着笑，“欢迎认识这个镇的核心，你情人的丈夫，陈立林先生。”

那个五十岁老男人的脸上沟壑纵横，没有一丝表情。

似乎是移动耗费了他太多的力气，陈立林好长一段时间没有说话，整个牢房里无比安静。然后他开口了，声音一如所料的那么苍老，像是一个字一个字艰难地从嘴边挤出来一样。“你们为什么要带她走？你们差点儿害死了她！”

费云没有理会他，自顾自地转过头去，跟贾晓林说。

“瞧，其实我们一直都忽略这么一个问题。这个镇上有这么多人，为什么事事都牵扯到邱含雪身上。每天宴会的女主角是邱含雪，从远方而来的机械师爱上的是邱含雪，为什么偏偏是她？这个姑娘对这个镇有什么重要的意义？其实原因很简单，太简单了，简单得让人都不愿意这样去想。”

“因为她的丈夫，陈立林，就是这个活着的镇的核心。或者说，这位看起来连动都不能动的老先生，才是这个镇的本体，而这个镇，不过是他意志操控的零件。”

说完这话，他朝贾晓林笑着眨了一下眼睛。

异变突生。

贾晓林突然一跃而起，紧紧捆缚着他身体的锁链突然纷纷碎裂，竟是被他运力硬生生地震断了。没有犹豫，犹如出笼猛虎一样朝陈立林扑了上去。

突然爆发的力量，面对坐在椅子上一动不动、弱不禁风的陈立林，像狮子搏兔一般，贾晓林知道情况远没有看起来那么简单，整个人像绷紧至极限的弦，哪敢有一丝松懈。

果然，在贾晓林就要一拳打在陈立林脸上的瞬间，牢房的天花板一下子从固体变成了水一样的液体，哗地冲了下来。陈立林早有准备，左手回手一拔，像是护盾一样迎上去，正朝他头顶冲下的浓重液体一滞。争取到的短暂时间足以让贾晓林击中对手了。

得手！

贾晓林大喜过望，只是一瞬间，手上传来的感觉并不正常，像是打在了棉絮之上，陈立林的表情没有变化。他只觉得一股巨大的力道反冲了上去，他像风筝一样飞了出去。

但他不惊反笑，大叫一声：“就是现在！切了他！”

……

没有任何反应。

贾晓林撞在墙壁上，软软地抬起头，看见费云的脸，那张脸上满是困惑迷茫以及无法理解。费云依旧牢牢地被捆在墙上。

“你……”贾晓林气急败坏，连话都说不出来。

“你在干什么呀？”费云疑惑地问。

“你不是刚才暗示我一起上，把他干掉吗？”

“啥？”费云的眼睛一下瞪大了一圈，哭笑不得，“我什么时候暗示你这个了？”

“你说他才是本体……你不是说干掉他，我们就赢了？”

“啥？”费云表情几近僵硬，“你是机械师，动动脑子呀。我们不是战斗型的。既然之前我们连他的化身都打不过，又怎么可能打得过本体啊？”

贾晓林一句话也说不出来。

费云摇了摇头，十支机械臂伸展开来，切开捆住自己的锁链。

“你也知道这东西捆不住我们，我想你也不介意我好好站着跟你说话吧？”他望着陈立林。

陈立林点头。

“我们来用文明人的办法解决问题，来谈判吧。”

好一会儿，陈立林没有回应。

“你知道你困不住我们，现在只要我们两个人愿意，就一定能离开这里。所以囚禁我们是没有意义的做法。而且既然我们能第一次带走邱含雪，我们就还能第二次带走她。所以你必须跟我们谈判，来想办法做一个妥协。”

陈立林似乎在思考，又似乎只是坐着不动而已。

“你来这里是有目的的，不是来看我们长什么样子。”

“我们……来谈判吧。”他终于开口。

“好！”费云马上兴奋了起来。

“我已经说过了我们的筹码，筹码很简单，我们有办法再一次带走邱含雪。很显然，这种情况是你绝对不想看到的。那么现在，来看看我们各自的目的。首先，你最理想的状况，是恢复到我们来之前的样子。小镇没有人打扰，上千镇民和邱含雪像往常一样生活。而我们想要的，是带走邱含雪，如果可能，让这所有的镇民恢复到正常人的样子。很显然，这个矛盾是无法调和的。

“我们之所以有这样的目的，原因很简单。第一，邱含雪想要离开这里。第二，这些镇民被你控制了，没有自由意志。为了自己的目的，操纵别人的思想，在我们人类看来这是不对的。当然如果有更好的理由，可以在我们的要求上让步。但是我先要听听你的理由。

“为什么，你非要把邱含雪困在这个镇上？为什么你不让她离开？”

陈立林平静而没有丝毫犹豫地回答：“因为我爱她。”

听到这话，费云和贾晓林都愣住了。

他们大概料想过所有可能的答案，甚至包括其实邱含雪就是征服整个世界的秘密力量，拥有她就拥有了一切，如此之类。

但是绝对没有想到这么一个答案。

“啥？”

费云仔仔细细地看着陈立林的脸。

这时候，他才发现，这张脸虽然看起来苍老、沟壑纵横，实际上却很年轻。这并不是一张自然衰老的面孔，那双眼睛清澈单纯，绝不是经历过多年风霜的样子。

“你……你有多大？”他问

“二十四岁。”陈立林回答。“比邱含雪大一岁。”

费云半天也没有说出话来。

“……我需要一把椅子。”

一把椅子从地面升了起来，托住了他。费云坐下。

“来给我讲讲，这到底是一个什么样的爱情故事？”

“故事没有什么好讲的。很简单。她是一个富家小姐，我是一个穷小子。我爱她爱得发疯，但她不把我当回事儿。但是终于突然有一天，她找到了我，要跟我私奔。于是我们逃走了。”

费云转过头去看着贾晓林。

“我好像听过这个故事。”

“然后邱含雪告诉我，她只是利用我逃婚，她不爱家里给她找的未婚夫，也不爱我。”

“啊。我绝对听过这个故事。”

“在我绝望之际，我遇到了一个拎着黑皮包的男人。”

费云一惊。

“他给了我一个盒子，说它能满足我所有愿望。”

“打开潘多拉盒子的人，都没有什么好结果。”

“最开始的时候，我以为他是个骗子。我打开了那个盒子，里面什么也没有。所谓满足所有愿望，那时候看起来只是一个疯子的玩笑。”

“殄还没有长大，还没有和你达成默契。”

“但是过了一段时间，我发现，我的皮肤毛孔里开始生出一些类似丝一样的东西。大约三四天就会有一段时间是这样。而这些丝一样的东西融合在一起受我的意志控制，想让它们成为什么物质，想让它们变成什么形状，它们就会如你所想。”

“然后你就找了这么一个地方，创造了一个镇，把邱含雪抓了进来？”

“不。”陈立林说，“没有那么简单。一个人分泌的物质是非常有限的，就算几年时间，也不可能有足够的量来制造这么大一个镇。但是时间长了，我慢慢发现这东西的另外一些特性。

“实际上这东西有两种形态。一种是幼体，无色无形，小的根本看不见，就是那个黑提包男人给我时候的样子；另一种是成体，就是分泌出来的那种物质。在幼体形态的时候，它们必须和人头脑共生在一起，和人的思维交流，然后才能长大，变成实体。而实体又和幼体有联络，所以我的思维能控制成体的形状，把它们塑形。成体会再生出孢子状的无形幼体，再往新的人脑中共生，就是下一代，这下一代也与上一代相连，受上一代指挥和控制。”

费云一下子明白了过来：“所以下一代的幼体和成体实际上都受

到上一代的控制，最后向上追溯到受你的控制。这就形成了一个金字塔网络，第一代成体受你控制，第二代幼体与其他人共生之后，这些人的意识就会受你影响，而接着第二代成体也就间接成为你的提线木偶。一代代繁衍并且与人共生下去，成体就构成了这个镇的实体，而幼体则用于控制着越来越多的人，这些人就成了你的镇民。但是要控制这么大一个实体，掌握这么多人，需要太多的脑力，于是你像是被吸干一样衰老了。”

“实际上，每过一代，我的控制能力就少了一些。准确地说，这个镇并没有完全被我控制，它是所有人的意识共同创造的结果。”

“所谓梦想成真的乌托邦。”费云说，“这可真没有听起来那么好。然后你控制住了邱含雪？就像控制别人一样，强迫她爱上你？”

陈立林慢慢地摇了摇头。

“我一点也没有控制她。她是意识自由的，就像她本来那样。为什么要把我爱的人变成傀儡，那样的话和爱一个木偶有什么两样？”

“至少她身体不自由，她不能离开这里。你创造了这个小镇，控制着这小镇中所有的一切，包括镇上每个人的行动和思想，却告诉邱含雪，啊，你是自由的。但是你必须待在我身边，不能离开。然后呢？你不断变化各种因素，一个个控制改变所有的可能，然后想让她爱上你？”

陈立林没有说话。

“你以为你在干什么，玩恋爱游戏吗？大概这里所有的东西所有的人你都可以任意控制，除了你的那张脸……”

费云话还没说完，陈立林的脸一下融化改变了，变成一张年轻英俊的面容。

“好吧，你能控制镇上所有的一切。你想要她爱上你。你成功了吗？”

陈立林摇头。

“我很难理解这所谓的爱情，自私、偏执、囚禁。你看看，你已经到了什么地步？你创造一切都是为了她，包括夜夜舞会，包括锦衣玉食。不夸张地说，这个镇上一草一木，每一个人都是为了她存在的。结果呢？她爱你了吗？没有，她不仅不爱你，就算你用了手段让她离开这里就会死，她也要离开这里。她宁可死也要选择离开。你觉得这有意义吗？”

陈立林没有说话。

“放她离开吧。她也许永远不会爱你，但是至少你可以选择让她感激你，当你是把她从磨难中解救出来的朋友，而不是把你当作宁死也不要看见的仇人。”

“她离开我，就会死。”

“好吧，我不知道你对她做了什么，你既然能让她身体上无法离开你，那也能做到让她从身体上离开你吧。看看这个地方吧，有上千无辜的人因为你追求无望的爱情而被囚禁。他们丢失了自己的身份，丢失了自己的过去，可能还是丢失了无数原本可以美好的爱情，无数原本可以相守的恋人。你可以当一个更好的人，这是你的机会，抓住它吧。

“否则你也许只能永远地囚禁邱含雪，祈求她爱你，而她却宁可去死。这样的煎熬难道会更好？你仔细看过她的眼睛吗？那里面还有爱吗？那平静的眼睛里除了求死，还有别的神采吗？你爱的人变成这样子，就算终于有一天她爱上了你，还是你爱的那个邱含雪吗？”

陈立林已经很久没有说话。像是想了很久，他终于开口：“也许，你是对的。”

费云大喜。

“那么放她离开吧。把这些无辜的人都放了吧。”

陈立林又等了很久，慢慢地说：“那么，麻烦你，告诉她。对不起。”

费云笑道："你可以自己告诉她这句话。我相信她会原谅你的。"

陈立林摇了摇头。

"我不能。"

一股波动从陈立林身下开始传开，朝整个镇涌了过去。

"别不好意思了。"费云大喜过望。

如果你在空中朝下看，你会看见整个镇从边缘开始解体收缩。先是最外面的围墙矮了下去，然后像在阳光下晒干的水一样，朝里缓缓后退。

"我不是不好意思。"陈立林说，"我没有再见到她的机会了。"

"啥？"费云一愣，"不会不会。放心，这殄只是和你共生，你就像其他人一样，断开和殄的联系之后，你只会恢复正常的样子。顶多是看起来老了许多，你不会死的。"

"我知道。"陈立林说，"我清楚这东西的特性。但是有一些事情，你们不知道。"

云镇上的一切按照复杂程度不同逐一瓦解，首先是结构最复杂的部分，像纹饰精美的飞檐雕壁，镂空嵌底的宝石首饰，那些精美的纹路渐渐模糊。当最精密的物品的复杂程度渐渐降低，更简单的东西也开始无法维持形态了。所有物品的细节一波波地渐渐抹掉，每一波都变得粗略。花纹、棱角都渐渐褪去，整个镇就像一座原本美轮美奂的冰雕，在太阳出来之后慢慢融化掉了。

"有什么事情我不知道？告诉我吧。"费云说。

陈立林难得露出一丝微笑，只是这微笑显得那么痛苦。

"邱含雪并不是一个邱含雪本人。真正的邱含雪，在离开我的第二天被她家人发现，她宁死不肯回去，跳了崖。"

死寂。

"我之所以接受这个东西，并不是想用它来让邱含雪爱上我，我只是想让它把含雪复活而已。

“当然它不能，为了复活含雪，我尝试过很多方法，甚至想用这东西通过她的遗体来唤醒她。但是死人是不能复生的。不过随着我对它的了解越来越深入，我找到了另一个迂回的办法。我没有办法复活她，但是我可以重塑她。”

陈立林深深地吸了一口气。云镇已经比原来小了很多，只有原来的一半大，所有的高楼华屋都已经消失，只剩下简单的小房子。地牢的锁链和栏杆已经融化，看不出材质。

“你们知道这镇上的人都是谁吗？这些人并不是我随便乱找来的。这里有她的家人、她的老乡、她的朋友，甚至有她的未婚夫。”

费云一下明白了过来，脸色唰地惨白了。

“对。我用了我的记忆，用了他们的记忆，用了几乎所有认识含雪，了解含雪的人的记忆来重新创造了邱含雪。邱含雪和这镇上其他人都不一样。她不是一个真正的人，她是这个镇的一部分，她的身体和意识用了这镇上所有人的头脑来维持，这个镇是为了她一个人活着而存在的。”

陈立林咧开嘴笑了。

“我很奇怪，你们居然没有想到这一点。想想吧。如果不是这样，费云你怎么会在关键时刻想起那封贾晓林给你的信，难道那段你父亲遗书的记忆会是我给你的？如果她不是镇的一部分，为什么你们离开这个镇之后记忆没有完全恢复正常？因为你们还通过她跟这个镇连着，幼体还在你们脑子里。如果她不是镇的一部分，她为什么离开这里太远，身体就会衰竭？”

“那现在……”

陈立林微笑着。

“不用担心。她的身体必须通过操纵那东西的意识来维持，不过，那个维持她身体的意识却不一定需要自我维持。”

一时间，费云没有听懂这句话的意思。

“如果不借助这上千个人的意识来维持含雪的存在，那就只有一个办法。一个对含雪来说更好的办法——用尽我的全部意识来维持她的存在。”

这下费云明白了过来，他的第一反应是——

“不！”

“太晚了。”陈立林说，“已经来不及了。”

地牢开始融化，真的就像融化的冰雕一样，水似的液体雨般淋了下来。不仅房间是这样，陈立林的身体也开始缓缓失去了线条，像高温中融化的蜡像。

“你不能这样干！”费云叫道。

“不，”陈立林很平静，“我能的。其实这才是最正确的选择。因为我不能让她再死一次，而我自己活下来，这样的世界我无法忍受。也不能让她面对一个她根本不爱的人，没有自由，没有生活，除了痛苦和绝望，什么也得不到。所以最正确的做法就是这样，我用我全部的意识来维持她的存在，放弃我自己，让她自由，解开枷锁。”

他的话到了后面，已经很模糊了，只有用尽全力才能听明白。

“告诉她，对不起。”陈立林的面孔渐渐融化了，没有了表情。过了片刻，他又艰难地摇了摇头。“不，不用……”

在费云的面前，陈立林的身体终于化作了一摊凝胶，然后渐渐地清澈，变得像水一样。

整个云镇，就这样消失了，只剩下阳光下一摊巨大的水迹。

后来，费云和贾晓林找遍了人群，也没有见到邱含雪。这群人觉得自己做了一个怪异的梦，醒来却发现自己居然在一个光秃秃的山顶上。两人帮忙把他们送下了山。

又过了好几天，费云和贾晓林才在山下的一个小村里找到了邱含雪。她已经什么也不记得，唯一能想起的，是自己几天前跟着一个小伙子逃离了自己家，后来那个小伙子却不知去了哪里，没有留下一丝踪影。她给费云和贾晓林留下一张凭记忆画下来的画像，说，如果见到这人，告诉他，她没有因为他离开而生气，谢谢他，还有对不起。

她连那个小伙子的名字都不记得，只记得自己伤了他的心。

时光庇护所

深宫之中，院墙高过五米，入了夜，深红的墙壁就像隔断世界的死门，让人不敢靠近。

王子还小，到了晚上就分外寂寞，只敢趴在窗户上，隔着玻璃朝外远望。这庭院太深了，像是在黑暗中隐藏着无数鬼魂。

这几天都很吵。他还小，不知道外面在吵什么，这些事情与他无关。但是他不喜欢这样，因为这样的吵闹代表外面有事发生，代表着他父亲会很忙。如果他父亲很忙，就没有什么时间来看他，他只能一个人孤零零地待着。

仆人们？是的，身边有许多仆人们。你难道能跟仆人们玩儿吗？

他坐在窗口，呆呆地盯着窗外快有一小时，然后伸手抓起身边的水杯。刚喝一口，就喷了出去。

已经是夏天，水放得太久，里面长出了滑腻的微生物。他顺手把水杯摔在地上，怒骂道：“你们这群狗奴才，水也不知道该换了吗？”

虽然年纪不大，但他的威严与生俱来，一旁的仆人吓得像筛子一样乱抖。那杯水泼在地上，顷刻间就在地板上长出薄薄的一层绿色。几个仆人一拥而上，一边叫着“属下该死”，一边打扫了地板，给主子端上了新鲜水。这水采自地下五十米深井，高温加热之后密封保存，只有在饮用之前才取出来，本来是万不该放太久的。而之所以连喝水都如此大费周章，并非王室靡费人力，而是这年代殄无所不在，孢子在空气中四处飘散，水搁上一刻钟以上，便会如刚才那杯一般。

王子端起水，还没喝上一口，就听外面传来一声：“王上驾临——”

这一声浩浩而来，屋里马上忙乱起来。王子也赶紧丢下手中的水杯，出门迎接自己的父亲。

国王穿着绸缎轻衫，行走如风，不等身边恭迎之声落定，已经走进了内屋。王子垂手候在一旁，国王进屋坐下，让大家免礼，也让王子在下首落座。

这时候王子才敢抬头。几日不见，自己父亲两鬓更添斑白，眼角的皱纹也多了不少，眼睛更显得疲惫了。

王子问安以后，国王疲惫地点了点头，就问他：“最近几天，功课怎么样了？”

王子答道：“数学已经学到了多重积分，经济学刚讲完古典经济理论,倒是机械学因为实验室出了问题,多耽搁了几天,打算下周补上。”

听了这话,国王脸上露出一丝欣慰的笑意,又问道:“你知道这几天，我为什么都没来看你吗？”

“父王国事繁忙，我的小事怎敢劳父王操心？”

国王一笑，说：“身为王储，你的学业关系我国日后前程，怎么能叫小事？只是这两天……”

国王收起了脸上的笑意，微微皱起眉头。

“你还记得鄂国吧？数年以前,我们便与他们订下盟约,守望相助。”

王子点了点头。

“鄂国国都一个月前暴发怪病，遣使求援。我便派出医队前往，三天前，医队回报，鄂国国都都兰堡消失了。”

王子愕然，一时间没能领会国王说了什么。

“对，不见了。都兰堡三面皆山，易守难攻，只有一条从山中劈出的窄道可供进出。医队这次前去，发现山路入口不见了。他们以为向导记错了道路，于是便四下寻找，谁知花了一个星期时间，将整个山脉绕行了一圈,也没有找到那个入口。最后医队把整座山搜索了个遍，几乎掘地三尺，也没有发现都兰堡。整个城市凭空消失了，一点痕迹都没有留下。跟周围的人打听，周围地区的人也不知道自己的首都去了哪里。”

王子惊讶地问道：“发生了什么？”

国王看着自己的儿子，缓缓地说：“孩子，这句话你要记住：做一个国王，首要要问的，不是发生了什么，为什么，而是考虑怎么办。这件事情，你首先想到的应该是，我们一个强大邻国的首都消失了，整个国家没有了中央政府，我们应该怎么办？我们要怎么样才能尽快地得到更多的利益？这才是身为国王应该考虑的问题。当你这样思考的话，就会很快明白过来：我们要尽快占领鄂国的国土，另外，更重要的是，找到原本藏在都兰堡的苍之卷。”

“苍之卷？那是什么？”

“苍之卷……”国王顿了顿，“你学了这么久历史，对上古时代了解多少？”

王子答道：“上古时代是人类文明的极盛期，但是因为殄的出现，上古文明的科技被毁，历史遗落，技术也基本失传了。据说在那个时代，人类可以随意地上天入地，在星星之间穿梭，无所不能。”

国王接过话来：“上古文明是因为殄的出现而被毁。当殄出现时，最聪明的科学家预料到了它会给人类带来的灾难。从殄出现之日，他们就开始研究殄，分析它们的特性，了解它们的结构，寻找它们的弱点，试图找到控制它们的办法。不过，他们的行动还是慢了。这些研究没有来得及拯救上古文明。那个极端繁荣的文明被彻底摧毁了，我们只能在残存的垃圾堆里寻找文明的遗迹。好在他们的研究成果还是被记录了下来，这就是苍之卷。

“虽然上古文明难逃灭亡，但是据说，苍之卷中留有无限的智慧。上面有关于殄的一切知识，不仅是殄类的超级大百科，记载了各种殄的生命特征，还有许多应对和控制殄的方法记录。只要能掌握苍之卷的秘密，任何一种殄都能被辨认出来，并且能知道它的弱点，知道怎样制约它，控制它，只要得到了苍之卷，就能够驾驭整个世界上的殄，将这个殄类横行的世界纳入自己的掌心。所以，苍之卷甚至比鄂国的国土更加重要。”

王子问道：“父王，我不明白。如果真是这样，鄂国不早就征服这个世界了吗？”

“都兰堡藏着苍之卷，没错。虽然他们有苍之卷的本体，但是却没有能阅读那东西的装置。苍之卷不是一本书，它记录着无限的信息，据说不仅仅是文字，还有大量的图像和声音。这些信息通过上古文明失传的技术被记录了下来，但是，只有苍之卷的本体，但没有阅读它的装置的话，苍之卷就只是一个小小的方块。不过，我相信总有一天，我们会找到读取它的装置，就算是我们永远找不到那个装置，我们也不能冒险，让苍之卷落到别人的手里。”

国王严肃地看着王子：“当一个好国王，就要学会随时为了国家的利益思考。这就是你要学会的事情。我们不用去搞清楚都兰堡怎么会消失，我们只搞清楚怎么才能得到这个国家的土地，找到苍之卷就可以了。”

国王说完，起身离开了王子的房间。

等到国王离开了好一会儿，王子才喃喃地说：“可我还是想知道，都兰堡是怎么消失的啊。”

略林城在大陆的东面，此处尽是平原，沃野千里，东临大海，西依峻岭，向来是风调雨顺，人口众多。城里整天车水马龙，朝来夕往的人物众多，也养肥了一拨商贩酒店。虽然酒家饭店众多，但是要说哪家最高档、生意最好，就非城西口的西落楼莫属了。

据说，西落楼的大厨是都兰堡御厨的后人。都兰堡消失之时，这名厨子正在略林城参加厨艺大赛，幸运地躲过一劫。之后的二十年，虽然国家分崩离析，周边列强你抢我夺，但略林却迅速地从一个国都旁边的小县变成了一个大城市。西落楼也成了略林第一饭店，时时都有人到这里，凭吊二十年前帝国的风光。

西落楼买下的是一个百年前的老楼，混凝土结构，高有十二层，从低到高档次和价格逐渐上升，菜品的分量则是逐渐下降。在十二楼的顶层，露天阳台上可以朝下看见街景，所以有恐高症的家伙都多半坐在阳台中央。虽然已经接近晚饭时间，靠近边缘的一圈座位也都还是空的。只在一张桌子旁边，坐着一姑娘。这姑娘看起来大约二十来岁，个子不高不矮，戴着一顶大得几乎挡住整张脸的帽子，身着一身贴身短装，露出白皙的胳膊和大腿。虽然看不清脸，但皮肤滑腻温润，加上纤细的腰身，甚为动人。这么一身打扮，坐在这里，加上又是一个人，就显得格外突兀。

周围虽然都是些自认为属于上流社会的人，但见这情景，都不免侧目，禁不住叽叽喳喳议论起来。

“你前几天没见到，肯定是跟情人幽会的。三天前我就见到她了，就一个人坐在这里，等人。这几天一直没人来。”

“穿成这样，肯定不是什么正经人。说不定又是那谁的情妇，怀了孩子要跟他谈判呢。”

一来二去，这竟然成了那群互不相识的食客们的共同话题。姑娘虽然坐得远，但在下风向，那叽叽喳喳的声音倒也不是听不到。她倒是充耳不闻，自顾自地倒上一杯红酒，也不就什么菜，一个人慢慢地啜着。

这几天，城里生脸格外的多，西落楼的生意也格外好。明眼人都觉得事情有些奇怪，但毕竟跟自己无关，也就懒得打听什么，只是这姑娘格外招眼而已。

尤其是对男的来说，这妙龄美女衣衫单薄，夜间独自一人凭栏独饮，这吸引力简直就是无限大。多少男人议论着，眼睛怎么也移不开。

酒过三巡，自然就有人喝高了。借着酒劲，本来不想的事情也想了，早就想干的事情也有胆了。那边早有一帮男人瞄着姑娘半天，喝了几杯酒，终于也有了胆量，趔趄着一起离座，朝姑娘围了过来。

这四个男人个个长得人高马大，像四只直立的大猩猩，腰间又都别着剑，一看就是横人。一旁吃饭的看客都为姑娘捏了把汗，但也乐于看一场热闹。

四个人上前去，为首的那个毫不客气地坐到姑娘对面，笑道："这位姑娘，大好夜色，独坐未免无聊，相逢即是有缘，如蒙不弃，在下请姑娘喝杯酒如何？"

想不到这人看起来粗鲁，出语却甚是有礼，不过，虽然满脸堆笑，一脸的横肉看起来怎么也不是可亲的模样。

姑娘并未抬头，面孔仍遮掩在宽大的帽檐下，她那握住酒杯的手略停了停，轻轻吐出三个字："我等人。"

语气虽然冷若冰霜，明显透露出拒人千里的意思，但那声音却清脆婉转，煞是好听。汉子的身子都酥了半边，再近距离地瞥到一只纤纤玉手缓缓将酒杯送往唇边，上好的高脚玻璃杯里暗红色的葡萄美酒，衬得肤光胜雪，映在一双醉眼里，当真心旌摇荡。

趁着酒意，汉子厚脸皮地继续说道："久候不至，这位朋友真是唐突佳人，如此良宵，怎能荒废，姑娘不如赏个面子。"

对方不再搭话，只是冷哼一声，索性转到一边去，竟不把这几人放在眼里。

汉子背后的三个人中有一人再也按捺不住，重重踏前一步就要拔剑，却被头儿一个眼神瞪了回去，他疾呼道："老大，你这么低声下气，这妞儿就是不给面子，还跟她废话干吗！"

老大尚未发话，他旁边的一人倒是拉了他的衣角，低声说道："老大干什么，轮得到你管？你要是还没喝够，回去接着喝去。"

这四个人横行霸道惯了，为首的这个有时候却喜欢附庸风雅，尤其在看上的漂亮姑娘面前，轻易不肯动粗。当然这种丢脸的场面，落在手下眼里却是不太好看。其中一个手下稍微机灵点儿的，明白他的心思，拉扯着另外两个兄弟，勾肩搭背回到自己桌子边，只留下老大一人，独对着美女的侧影，还在动着心思。

也没见着他有什么动作，只看姑娘手里的酒杯起了一点异状。那杯里原本盛了三分的红酒，忽然不安分地做起了动作，酒水迅速地在杯子里变化着形状，就像有生命一样。要是眼睛尖一点儿的，还能看见杯子里升腾起丝丝白雾，杯壁上逐渐凝出细小的水珠，转眼间杯里的酒水便凝成了一朵暗红的玫瑰，花瓣上还带有几滴透明的冰珠，看起来娇艳欲滴。

男子显摆了这一手，万分得意地往背后一靠，惬意地问道："鲜花配美人，不知姑娘喜不喜欢？"露了这一手，这家伙自觉自己风度不凡，这下子肯定手到擒来。

姑娘这次倒是略微抬了抬头，露出半个脸颊来，她咕哝了一声："雕虫小技，也配拿出来现眼。"说话间只往杯子里吹了口气，那朵玫瑰立刻散去，重新化作流动的酒水，热力所至，竟是连杯壁外的水滴也蒸干了。

汉子脸色变了，他体内有种殄，让他对水拥有奇妙的控制力，多年来仗着它在本地好歹也混出点名堂，这凝水成冰的伎俩更是平生自负，在泡妞场上也不知道赢得多少欢心。想不到眼前这穿着暴露的姑娘，不但不为所动，似乎还拥有不亚于自己的能力，扫面子不说，动粗也未必能占到便宜，莫名其妙之间把汉子陷进了进退两难的地步。

正在不知所措的当头，终于有人替他解了围。刚才拔剑的那位兄弟，虽然被老二拉回了桌子，饮酒间却还一直看着这边，也不知道是关怀老大呢，还是色心不死。这会儿看见美女这么不识抬举，早已按捺不住，老二一时没有拉住他，只听他叫骂道："给脸不要脸，什么东西，大爷我今天倒是要瞧瞧，你到底长成啥样，跩成这样！"话音刚落，这人就冲上两步，长剑出鞘，朝姑娘的头顶刺了过来。

老大心知要糟，这个小弟太过冲动，分不清形势，在这姑娘手下恐怕是要吃亏。不过再转念一想，自己这边有四个人呢，又是在熟悉的地盘上，既已撕破脸皮，也不怕打不过这个姑娘。索性借势动手，将姑娘杯里的红酒化作一小片水幕，往姑娘眼前泼去，好让小弟一击得手。

转念只在分毫之间，姑娘似乎还来不及有所反应，眼看便要被一剑削落了帽子，小弟此时却觉得手里一沉，一柄剑鞘在手中长剑上轻轻一点，这剑便再也刺不动分毫，姑娘的椅子也挪动了位置，只可惜了那一杯上好的红酒，尽数洒在地板上，实在有些暴殄天物。

此刻那四个汉子才听到一个男声朗朗说道：“几个大男人欺负一个姑娘家，这就是略林城的风光？”

对面四人早已并成一排，怒视着对面这个身材修长的年轻男子。这小白脸不知道从哪里冒出来，坏了老大的好事，简直就是公然挑衅。

眼看这边动起手来，酒楼上的看客自然不愿意惹麻烦，远处的早已悄悄起身溜走了，近处的也尽量不动声色地往后撤，转眼间顶层的阳台上就只剩下四个汉子和这一男一女对峙。

被称作老大的此时早已横下心来，终于撕去了多少有些别扭的风雅面具，怒骂道：“狗杂种，吃了什么豹子胆，连你爷爷也敢惹？”

“在下厉闫，向来欺软怕硬，最喜欢带着三五个家奴调戏个把良家妇女，今天见到几位英姿，就忍不住要找碴打一架，看来你们也是闲得发慌，不妨大家玩玩。”

这叫厉闫的开口就指桑骂槐，说自己欺软怕硬，又说自己忍不住要找这四人打架，话里意思自然是这四个都是软柿子。四人本来就不是什么好惹的家伙，更喝了几杯酒，虽然知道这两个对手有点难对付，却也不肯退缩半步。

厉闫不慌不忙地说道：“不知四位有个名字没？万一我被你们打

得满地找牙，总还知道英雄高姓大名。”虽然嘴上称着英雄，那语气表情却没有半点儿把对手当成英雄的意思。四人平素间嚣张惯了，哪里见得别人比自己嚣张，当即抄起家伙，把两人团团围住。

“小白脸想要英雄救美，也要看看自己有没有英雄像。”老大手里的剑与众不同，还覆着一层寒气凝成的薄霜，说话也要张狂许多，“不怕在这儿告诉你这个小白脸，我们正是都兰四霸，敢来惹我们，你真当自己脸是兵器啊？”

“都兰四霸？”厉闫气定神闲地说道：“可是盘踞在都兰山上，抢劫路人的强盗？”

“正是。”

“不好意思，没听过。”

四个人为之气结。“你不是知道我们在都兰山上称霸一方吗？”

“猜的。”厉闫简短地回答。

四个人脸涨得绯红，小弟大喊：“还跟他废话什么，杀了他！”挺剑就刺。

武功高低，本质上靠的是殄的能量。驾驭殄的能量，归为自用，不管是机械师、法师还是战士，本质上都是一样的。战士用能量强化自身，让自己力量更大，反应更快。所以对殄的能量控制越好，战斗力就越强大，跟你是什么身份毫无关系。虽然是强盗，这剑也快如闪电。见小弟出手了，几个兄弟也同时出剑，四个人剑技互补，配合得竟天衣无缝，将四面空间死死封住。加上老大控水的能耐，周围方圆五米，寒气扑面，若不是顾忌兄弟们也抵受不了，他早就把这小子冻成冰棍。

所谓招式封死，是有基础的，那就是双方的实力相差不大。很不幸的，事实却并非如此。

眼看四把剑就要刺进他的身体，厉闫才动手。他手里握着剑鞘，却仍不拔出，只是随手轻轻一晃，只听四把剑几乎同时“咔嚓”一声，从距剑尖十多厘米的地方截断了。剑一下子就短了一截，原本应该刺进身体的剑少了头，四把断剑都停在厉闫身前两三厘米的地方。

厉闫的身手快得连影子都看不清，一得手，嘴里就大叫起来："呃，好痛，刺中我了，啊，我要死了……"伴着这声音，他还装出剧痛的样子，扭来扭去。四个强盗见了这身手，脸色苍白，知道技不如人，本也不是什么英雄好汉，打算找个台阶下去。厉闫这一表演，四人脑子里只顾充血，哪里还有什么理智，为首的大喊一声："老子死也跟你拼了！"远处杯盏中的凉酒热茶，随着喊声汇成一股水箭便往这男子面门射去，剩下的人拿着断剑便飞身扑了上去。

厉闫一声冷笑，蓦地带着姑娘的椅子腾空而起，断剑和水箭一起扑了个空，厉闫在空中拔出长剑。长剑样式朴素，一出鞘，就觉寒光如水银泻地扑面而来。四人眼前一片光芒，心中自知死定了，连阻挡的力气都提不起来。

这时却听见一声轻喝传来："手下留情。"

声音虽然不大，却有一个花团般的影子从楼梯口闯了过来。厉闫只觉得手上长剑被一股力量一握，轻轻拨开，就看见四个人被四条鞭影一缠，拦腰抱住朝外面甩了出去。那力量实在不轻，四个人都来不及招呼一声，像球一样飞过屋顶边缘，从十二层楼顶摔了下去。厉闫手中的剑略一缓，压低，整个人落地之后剑尖直指地面。

"什么人？"厉闫这才看清来人的面貌。这男人貌似忠厚，看起来倒还挺年轻，也一脸轻笑，个子也不高。从肩膀上伸出的十支机械刃展开，像是随时准备捕食的巨大怪物，面孔上那双大眼深陷，虽然是笑着，但是却苍老深沉不见底。厉闫从没见过这样的家伙，心下暗自一惊，强笑道："阁下倒是新鲜，背上都是章鱼爪子，难道是刚从海里来的？"

这人倒不生气，笑答道："阁下好眼力，在下机械师费云，正是刚刚从海里回来。虽然这几个功夫生疏的小子是有点欠揍，不过好像还不至于一死，就忍不住出手救几条命，希望阁下不要……”

场面话还没说完，费云就看见厉闫的瞳孔突然放大了。背后突然传来不祥的呼啸声，费云赶紧回头，只看见一个遮天蔽日的大火球迎面朝自己打来。哪里来得及反应，机械刃本能地缩成一团，挡在身前，大火球撞上，嘭的一声炸开，瞬间就吞没了半个楼顶。

费云就像出膛的子弹一样飞了出去，还好反应敏锐，刚飞出两三米，机械刃就抓住地板，把自己生拽住，避免了跟那四个强盗一样从楼顶飞出去的命运。

厉闫也被殃及，刚才打架还保持着绅士风度，这时却被桌上炸飞的鱼肉、青菜挂了一身。费云站住脚，转身大叫道：“你大爷的，给点儿面子好不好？我跟人说话呢！”

整个露天阳台狼藉一片，桌翻椅倒，四个强盗也在楼下摔得鼻青脸肿，上面就只有一个人保持着仪态。阳台上，也就只有这姑娘坐的椅子还是完好的，其他东西，就连她刚才旁边的桌子都烧成了焦炭。

姑娘的脸还被帽子挡着，听了费云的话，一把就将帽子掀了起来，右手燃着蓝色火焰朝面前桌子一拍，桌子化成灰烬，上面的金属盘子也瞬间熔成液滴。

“你大爷的！姐姐我等了三天了，来得这么晚不说，光知道耍帅。那几个浑蛋敢调戏我，死也是应该的！”

费云刚才还一脸中庸之状，这时候见了这姑娘的脸，一下就变了个样子，讪笑着说：“原来是这样，那等我去把他们几个抓回来让你点火玩儿……”这姑娘脸色一青，怒道：“你这是怕我打你想开溜吧？给我过来！”费云乖乖地走到了姑娘的跟前。

厉闫见状一愣，也不顾自己一身狼藉，惊异地问：“请问……二位认识？”

阳台上被大火球炸得一片狼藉，服务生更是早不知道跑到什么地方去了，死也叫不出来，花了好一会儿工夫，才凑出三把椅子和一张桌子来。三个人一坐下，那姑娘就对费云吼道："你死哪儿去了？叫我到这儿来见你，你现在才来？"一吼完，马上就换了一张端庄淑丽的表情，对厉闫轻声说道："小女子叫邬一一，多谢这位先生搭救，实在难以为报。"

厉闫见状心下一寒，一边说："不客气，不客气。"一边心想："就算我不救你，你对付这几个家伙也是小菜一碟吧？"

费云在一边叫道："你替那四个家伙多谢人家才对，要是你动手了，早把人变烤肉了……"话没说完，就见邬一一杏眼圆瞪，他赶紧改口，"我不是有事儿耽搁了吗？这年月，路又不好走。"

"你不会算提前量吗？我路好走啊？我还不是提前来了？"

费云小声说："你身后一片焦土，路怎么不好走，谁请你提前来……"邬一一问道："你说啥？"费云赶紧咳嗽一声，"咳咳，我说这年头，树长得太快，实在路不好走，是该提前走……"

厉闫见这两人时不时拌嘴，觉得情形古怪，插话道："费先生这套兵器倒是有趣，我长这么大也从没见过，不知道有什么来历？"

费云笑答："祖传东西，不值一提，勉强能保命罢了。倒是厉先生的剑法了得，看来是真材实料苦练过很长一段时间吧？"

厉闫也客气，说："三脚猫功夫不值一提，不知道二位到小城来，是为了什么事儿？"

费云看了厉闫一眼，说道："听你口音，应该是本地人？"

厉闫听了这话，心里又是一惊。他确实是在略林城附近出生的，但是二十年前就背井离乡，也是最近才回来。自己的口音早就融合了南腔北调，就算当地人也难听出他的本音，跟费云说话不过几句，就被看穿了出身。本来刚才这两人乱七八糟的事儿让他对两人有些看轻，这简简单单一句话，又让厉闫不由得改变了看法。

“好眼力，”他说，“我确实是本地人。”

“看你的年纪，当年恐怕也经历过都兰堡消失之难吧？自己国家的首都突然消失，国家分崩离析，虽然那时你还小，但多少也听过见过些吧？”

厉闫点了点头。

“虽然都兰堡没了，鄂国分崩离析，鄂国王室也在这个奇怪的灾难中彻底消失，但过去王室的东西却有一些流了出去。不少人对这些东西颇感兴趣。明天略林城市立第一拍卖行要拍卖一些刚刚从各地收罗到的各色玩意儿，都是过去鄂国王室的王家用品。我们对其中几件东西有兴趣，专门赶来，看看能不能买下一两件。”

费云见厉闫听得入神，就说道：“厉先生可是对自己故国王室也有兴趣，看先生也是大富大贵之人，何不明天跟我们一起去拍卖会上逛一趟，说不定遇上什么有缘的东西，也收藏两件看看？”

厉闫听了这话，慢慢地点了点头，说：“倒也有趣，明天我也去看看吧。”说完就起身告别。邬一一倒有些不舍，目送他下了楼，也要跟过去。

这时候，费云一把拉住邬一一，说：“姐姐，你傻呀？他下去了肯定被拉着赔损失，你跟下去干吗？”

邬一一瞪了费云一眼，骂道：“抠门鬼，乱子还不都是因为你惹的，想着别人替你赔钱，良心上过得去吗？”

费云答道：“餐具、座椅、食物加上停业损失和装修补偿，大约要四五十万吧。”

邬一一说：“其实，饭后该好好运动一下。”

他张开机械刃，抱着邬一一，顺着墙壁就爬了下去。

邬一一早在略林城里找了房子住下，两人回到屋里，待一切落停了，邬一一这才忍不住问道：“你现在该告诉我，你写信叫我来这儿等你，到底是为了什么吧？”

两个星期前，邬一一收到费云的信，上面说了到略林来等他，有要事。到底有什么事儿，上面却一字不提。于是邬一一就在这里傻等了几天，这才等到费云。也怪不得她见面就发这么大火。

费云便伸手从包裹里掏出一个册子，邬一一接过来看了看，上面写着：鄂国王室用品三期拍卖目录。她打开翻了翻，也不知道费云指的是什么。

“翻到二十二号货品。”

邬一一翻到那页，那上面是一个椭圆形的金属片状物，正面有鄂国王室的纹章，背面却是光光的一块板子，只有一道黑色的条形码。那纹饰雕刻甚为精致，雕纹层次分明，圆润利落。拍卖品的说明上说，这东西长二十五厘米，宽十八厘米，厚度有一厘米，青灰色，用途标着“不明”。

“我不玩儿古董，看不明白这东西。”

费云沉声道：“这不是古董。这是二十年前制造的机械师制品。”

“这个东西……跟你有什么关系吗？”

“跟我倒是没关系，不过，这东西非常蹊跷。你应该知道，鄂国在亡国之前，是神圣联盟的核心成员。神圣联盟是视殄为邪道的，所有殄人都会被处死，更别说机械师。既然是这样，怎么会有刻着鄂国王室纹章的机械师制品？

“这是其一。其二，根据背后的条形码，这东西的制造年代正好是二十年前。也就是鄂国国度都兰堡消失的那一年。一个视机械师为异端的国家，为什么会有王室纹章的机械师制品出现，而且制造年代还恰恰就在他们亡国的那一年？而且这东西在几千里外被发现，而不是在鄂国的境内。总而言之，这东西的存在本来就是一个错误，我很好奇，它到底是什么东西。”

邬一一这时候算是听明白了。

“所以，你根本不知道这东西是干什么的？”

“对。”费云回答。

“那……你叫我过来，该不会是怕自己钱不够，到时候需要抢吧？”

费云一愣：“啊？你能不能正常一点儿？你为什么不觉得，我是钱不够找你借呢？”

邬一一嫣然一笑：“你觉得我会借你钱吗？说实话吧，叫我来干什么？”

费云深吸了口气：“我有一种感觉，这东西，会有麻烦。有一个靠得住的人来帮帮忙，我就不会那么恐慌。”

邬一一本来想嘲笑他一场，听他说出这句话，玩笑话就说不出来了。她认识费云这么久，很少见他这么严肃，之前遇过无数险境，也从未在他嘴里听过恐慌两个字。何况，听费云真心实意地表示自己是信得过、靠得住的人，邬一一心里暖暖的。

虽然刚来就招惹了许多是非，这一晚上倒也平安，没出什么事儿，既没人找他们赔钱，也没人来寻仇。

费云睡了个大饱，第二天一早，两人吃过早饭，就出门去了拍卖行。

拍卖这种事情，赶早不赶晚，因为早上光线自然，下午光太强，晚上人工光源容易造假，都不适合拍卖时辨别货品真伪，所以拍卖总在上午进行。

到了拍卖行，两人领号坐下，人来得很快。只过了一会儿，厉闫走进来的时候，周围已经坐满了，厉闫只得在隔着几排的地方找了个位置坐下。

金属纹章是第二十二号拍卖品，不出两小时，东西就已经卖到了十九号。

只听拍卖师唱道：“十九号拍卖品，王室专用珐琅瓷盘……”

这话还没说完，突然听见四面哗啦巨响。拍卖厅三面幕墙玻璃爆裂粉碎，朝里面摔了一地。大厅里立刻尖叫连连，靠外坐的好些人被落下的玻璃砸得满头是血。

邬一一见情况不对，就要起身，身边费云却一把将她拉住，示意她不要动。三个右手持枪腰间佩剑的女子从玻璃墙外一跃而入，大叫道：“想要活命的，都别动弹。”

这才真让费云愣住了。

枪。在外面这么多年，再也没有见过枪，他都已经快忘记了枪长什么样子。

邬一一没有见过枪，也不知道那是什么东西，只是见费云表情凝重，知道事情不妙，也不敢妄动。

三名女子身穿浅灰色紧身衣，后面两个朝前一站，堵在客人和拍卖工作人员之间，先是抬枪对着天花板一通乱射，然后枪口就对着客人。领头的女子径直上前，一言不发地朝拍卖师走去。拍卖师不敢动弹，身边两个保安哪敢怠慢，赶紧冲了上去。女子看起来像是不到二十岁，见两个壮汉朝自己扑过来，连脸色都没有变过抬枪两梭子打了过去。两个保安虽然也不是庸手，但这年月哪儿见过枪，随即应声倒在血泊之中。

灰衣女子冷哼一声，对拍卖师说：“我们不过是来拿自己的东西，本不想伤人。只要不挡我的道，我不会伤害你。”拍卖师见这阵仗，吓得浑身抖得跟筛子一样，赶忙答道：“大人，不，姑娘要什么，请自己拿。”

灰衣女子说道：“二十二号拍卖品，那东西在哪儿，给我拿来。”

话一说，费云的眼珠子都快要瞪出来了。邬一一靠过去低声问道：“奇怪了，为啥会有人抢你想要的东西？”

费云也是惊疑不定，答道：“我哪儿知道？”

“现在怎么办？”

费云想了想，答道："静观其变。"

只见拍卖师哆哆嗦嗦地从后面柜子里掏出一个盒子，伸手就要递给灰衣女子。女子伸手正要接下，却听见脑后呼呼风响袭来。灰衣女子反应极快，赶紧回身拔剑，迎着风声挡住。但伸手那么一挡，却挡了个空。打来的只是两道剑风，却没有力量。

尽管如此，灰衣女子也心中一惊。要知道两个部下持枪镇在后场，要在这紧盯之下还能出手的，必定不是凡人。她也不拿盒子，转身朝后望去，喝道："什么人？"所有客人都老老实实地坐在位上不敢动弹，只有一个男人站起来，手里反握着剑盯着她。两个持枪的姑娘已经瞄准了他，他却视而不见。

费云没有想到又生变故，站起来的男人不是别人，正是昨天认识的厉闫。厉闫拔剑微指，对那女子说："阁下来抢就是来抢了，怎么叫拿自己的东西？说大话，可是要长长鼻子的哟！"

说音刚落，厉闫就长剑一挺，冲上前去。两个持枪姑娘见状不妙，赶紧拔剑围上前去，但厉闫快若闪电，两个姑娘还没赶上，他就已经冲到了首领面前，首领立刻出剑迎敌，三个女子对厉闫成了合围之势。费云见状，知道再等不得，便叫了一声："上。"

邬一一手腕火焰突现，费云机械刃也透体而出，三个女子刚觉身后不对，只见一道火球迎面袭来，此时厉闫和灰衣女子已战作一团，剑光璀璨，一时竟不见高下。两个部下见火球袭来哪还敢去帮首领的忙，赶忙回身，两人两剑相交，就朝火球挡去。

火球一挡即溃，两个女子一愣，没有想到火球后面还有人。就听见费云大叫一声："退开！"两人大吃一惊，脚步就慌了，剑与刃口相撞，两人退后两步才站住。乍一交手，三个人都是大惊。两个女子吃惊的是从来没有见过长着十支机械刃的怪物男。费云则吃惊自己全力一击之下，两个看似平常的女子竟只是后退了一步。要知道机械刃是上古遗物，由合金材料制成，其锐利无比，两个看起来柔柔弱弱的女子居然硬生用剑挡住，那力量实在强横，如果不是驾驭的技巧不足，费云恐怕还占不到什么便宜。

此时，厉闫和她们首领打得正酣，费云已经见识过厉闫的功夫，知道他动作快如闪电，水准稍有不济的，不出两剑恐怕就会劈成两半。但这首领在他剑下却丝毫不落下风，眼前如两条银龙缠斗，纠结不开。费云越看越心惊，问道：“你们是什么人？为什么要来抢这二十二号货物？”

首领与厉闫缠斗已久，见一时难分高下，就撤剑抽身，后退一步，打量了费云和厉闫两人，说道：“莫非你们也想要那东西？劝你们一句，这东西不是常人应得的，否则祸至无日。”

厉闫听了这话大笑：“区区劫匪，来强抢珍宝，还有这么多道理。我本来对这东西没什么兴趣，现在倒想要看一看，是什么东西强盗可以得，我却不能。”

费云见姑娘像是知道这东西的来历，原本想问上两句，厉闫说罢不待他插嘴就再一剑砍了上去。两人再战成一团，不仅话插不进去，人也被两个女子挡在外面。

女首领和厉闫原本不分上下，但对方是来抢劫的，不可久留，厉闫却只要守住货物就无后顾之忧。厉闫显然清楚这点，也不急于求成，只是将那女子死死缠住。另外两名手下前有费云，后有鄔一一，只得对峙着不敢上前相帮。

缠斗已久，依然不分高下，首领心中焦急无比，她大叫一声：“破！”竟突然弃剑松手。这动作让三人一愣，就看见旁边原本跟费云对峙不动的女子突然扑上前去，也不顾自己的背后就露在费云面前。费云倒也没想过紧张对峙中还有人自寻死路，自己又不是狠心人，一下竟不知该怎么下手。两女子迎剑刺向厉闫背后，厉闫只得弃前守后。首领得了空当，当即抽身就走，一把伸手抓过盒子，就要从窗口跳出去。

邬一一守在后面，看得一清二楚，哪里肯放她走了，火焰凝聚成矢，雨一般地倾泻而去。一面还转头向费云调笑："怎么，看人家姑娘漂亮，你就怜香惜玉下不去手了？"

火焰箭雨把首领撤离的路径死死封住，邬一一原以为她必中无疑，哪知她在空中却硬停住了去势，险险躲开。这一缓，给了费云可乘之机，他转身一脚勾起这姑娘丢在地上的枪，回抓上手，看到这首领功夫不弱，又受了邬一一的刺激，当下再不犹豫，抬起来对着对方手臂就是两枪。对方在空中换过气，身形已经僵硬，第一枪还勉强避过，第二枪就再也躲不开，子弹射穿过右臂，她手上一颤，盒子就脱了手。费云连忙冲上前去，机械刃一卷就把盒子抓了回来。女子见无力回天，也无心恋战，迅速遁走消失了。

屋里两个女子在跟厉闫的缠斗中躲不开身后邬一一的火雨，几下就浑身焦黑，被厉闫夺剑擒获。

厉闫用剑指着其中一人问道："你们是什么人？为什么要抢这东西？"

话还没说完，就见那姑娘一笑，一步向前，让剑刺穿了喉咙。费云大叫一声："不好！"这时已经晚了，回头看时，另一个姑娘已经嘴唇乌黑，中毒而死，当然是咬破了早已藏在牙齿中的毒药。

费云心中大凛，懊恼不已。刚才她们首领脱身而逃之时，两个人就把背晾给自己，摆明了要舍命。自己早该想到防止她们自杀，这时候已经晚了。

厉闫抽出自己的剑，疑惑地问："这是什么人，做事这么狠毒？"

费云长叹了一口气，看着手中夺回的纹章，说道："原先只觉得这东西怪异，却没想到刚开始事情就能蹊跷到这种程度。看来这东西，果然是不简单呢。"

厉闫看了他一眼，问道："费先生想要的，就是这个东西？你知道这是什么？”

费云摩挲着纹章的纹路，摇了摇头。

费云拿出纹章，仔细地检查着。这东西比他料想得分量要重，搁在手上，沉沉地直坠。检查了半天，也没有发现什么机关之类，似乎只是一个普通的纹章。不过，这东西在手上，却又隐隐地与自己体内的殄相呼应，感到微微的电流传来。

厉闫见他得了这东西，两眼直勾勾地盯住不放。费云见状，就问道：“厉先生莫非认识这东西？”厉闫连忙摇头，笑道：“只是见了这上面的王室纹章，想起小时候见到国破家亡的惨景，一时出神而已。”

费云想起厉闫是本地人来，看他年龄，当年国破之时也懂了事，自然有许多不愉快的回忆，心里也略觉伤感，转念一想问道：“照厉先生看，这东西是真是假，真的是鄂国王室的制品吗？”

厉闫点了点头，说：“从制作工艺上看，除了王室，民间基本不可能做出这样的水准，从这东西的金属纹理上看，是经过机械加工而成。只有当年神圣联盟各国才掌握这样的机械加工技术，应该是不假。”

“和我的看法一致，不过这东西中间有我们机械师的力量。鄂国猎杀国内一切殄人，怎么会有王室监制的机械师用品呢？”

厉闫摇头，表示不知。

“这东西是二十年前所制，不知跟当年都兰堡消失有没有什么关系。那几个抢它的又是什么人，真是让人摸不着头脑。”

厉闫说：“这几个人恐怕不是普通小贼，不提她们的行事风格。就光说那三挺冲锋枪，也绝不是普通人能拿到的。就算神圣联盟的几个国家里，也只有最精锐的侍卫队才能配枪。”

邬一一插话说道：“冲锋枪？那到底是什么东西？”

邬一一之前未曾见过这东西，费云正要向她解释，厉闫就说道：

"枪，原本是上古时代军队的标准武器。可以将指头大的金属子弹用闪电般的速度打出去，威力巨大。但是上古文明崩溃之后，造枪技术就已经失传，现在的枪都是那时候遗留的古董。现在只会做一些小修补，所以存世量极少。这东西，要是拿来拍卖，价钱不会比这次卖的任何一个东西低。"说到这里，厉闫转向费云道："您的枪法实在不错，一般人恐怕见都没见过这东西，不知道您是在哪儿学的？"

费云答道："祖传手艺，不值一提，勉强会扣扣扳机而已。"

厉闫笑道："您祖传东西倒是真多，都是不得了的东西呢。"

"是啊，他别的没有，就是一身祖传。这么说来如果这群人不是疯子，"邬一一说道："就说明，这个纹章价值非凡。"

费云点了点头，说："可惜我不知道这东西到底有什么用。"

厉闫在一旁提议道："这还不简单。既然怀疑这东西跟鄂国灭亡、都兰堡消失有关系。那我们何不带着这东西去都兰山一趟。反正也不远。"

正没什么主意，听了这意见，邬一一立刻拍手叫好，费云略想了想，也觉得有理。邬一一就问厉闫："厉先生如果没事儿，干吗不跟我们一起去？"

厉闫倒也不客气，大笑道："本来我也要毛遂自荐，有这么大的热闹，不凑岂不是可惜了？"

三个人说完，这才发现拍卖厅客人、工作人员早就不知去向了。一开打，大家就慌不择路地跑了，这时候，哪里还会有人。

费云不花钱捡了这么一个大便宜，赶紧拉着两人离开了拍卖行。三个人雇了一辆车，一路朝都兰山奔去了。

鄂国国土本是平原一片，车跑得很快，何况略林和都兰山本来就离得不远，不到两小时，远远地就能看到山了。这时候正值夏天，三个人在车里闷热难耐，费云和邬一一浑身不自在，只有厉闫虽然满头是汗，却是稳坐如山，连动都不怎么动。

邬一一第一次到这么广阔的平原，头探出车窗到处张望。“果然是名山啊，”邬一一看到都兰山叹道，“真高啊。”

费云笑着说：“其实都兰山并没有多高，只是在周围平原衬托下，就像在白纸上一支剑冲天而起，就显得格外雄伟。”

他说着，也探出头去，向邬一一解释道：“这条路过去无比繁华，自从都兰堡凭空消失之后，贸易交通就改成以略林为枢纽，这路荒了起来。二十年过去了，现在路上都长满了草。不过你要仔细看，还能隐隐约约看见路的印子。唉，过去的繁华现在也就剩这点儿遗迹了。”

邬一一奇道：“我怎么觉得你这么伤感呢？”

费云连忙说：“哪有？不过是想起一些过去的事情罢了。”

两个人聊着，沿着眼前的路迹一直行进，过了好一会儿，才拐了一个弯儿。弯儿这么一拐，都兰山就在正前方了。过去，各个方向的道路就在这里会合，然后经过都兰山前长长的峡谷，进入都兰堡内。现在，这条路却突然被山中途截断，尽头消失在山脚下。

看见了都兰山，费云觉得有些奇怪。这山郁郁葱葱，通体都覆盖着树木，满眼的浓绿色。漂亮的颜色让费云有些不自在。除了在上古时代遗留的画册上，费云从来没有见过这样的山。他见过的山都一个样子，表面的殄类植物褶子一样一层层地堆叠起来，像是个七八十岁的老太太脸上的皱纹，因为不需要阳光也不需要食物，那些植物一层层彼此覆盖，纠缠扭曲在一起。不光样子难看，颜色也是杂乱的五彩，像油画调色盘上的颜料放大一万倍。加上四季更替，殄类的疯狂生长和死亡，山总是流动着的，没有稳定的形象，只在记忆里留下一团乱麻，今天看到这高耸而圆润的山，反而觉得浑身不自在起来。

“这山真漂亮啊。”邬一一叹道，“看起来好像放一把火就能烧干净一样……”

“确实漂亮，”费云说，“你不觉得这山漂亮得有些奇怪吗？”

“怎么奇怪了？”

“为什么这里没有殍类的肆虐，不仅这山没有，方圆几百里也难寻找到动物或者植物性的殍类？虽然在二十年前，这里也是这个样子，不过那个时候，鄂国是神圣联盟的成员，联盟依靠上古机械技术清理殍类，才能保持平原的干净。如今这早就没人打理了，为什么这方圆几百里的平原却依旧没有被殍污染？何况你瞧瞧迎着我们这面的山坡显得那么圆润，这片原来应该是都兰堡的空间，好像被一个巨大的蛋占据了一样。”

邬一一一看，果真如此，也觉得颇有些怪异。厉闫在车里笑道：“费先生懂得还真多，连二十年前的历史故事都这么熟悉啊。”

费云答道：“祖传小知识，不足挂齿，拿出来卖弄一下而已。”

话还没说完，费云突然觉得脚下突然一晃，整个人站立不住，一下向前甩了过去。不光是费云，邬一一也朝前滚了过来，就连端坐的厉闫也一个趔趄没稳住，翻了出来。费云大怒，爬起来就掀开前车门，大叫道：“师傅，你这是干吗呢？”

声音是够洪亮的，等自己喊完，却是一愣。双驾的马车前面两匹马，连带车夫和前架一起不见了。抬头望远才看见驾车的师傅死命鞭打着马，已经跑出去老远，只留下一路烟尘。费云有些不知所措，车钱也没给，师傅好像见了鬼一样，夺路而逃了呢？

正百思不得其解，他低下头，一下恍然大悟。自己后车厢跟前架的连接处被整整齐齐切断，一旁的地上，一个一米长的环形飞刃半截没入地下。显然是有人从远处把这环刃掷过来，切断了连接。驾车师傅见状不妙，马上拍马走人，连警告也不敢发出一声。费云看了一下环刃，通体黝黑，阳光下也不见一丝反光，侧面看上去却极薄，从远处飞来就像切豆腐一样切断了前进中的车架，还剩半个没入地面，可见扔这东西的人准度和力量都极好。

也来不及佩服，就听见邬一一大叫：“当心。”费云转头，就看见五个环刃迎面飞来，费云赶紧腾空一跃，车厢顶大火爆燃，邬一一跟厉闫从火焰中跳了出来，整个车厢就被五个环刃整整齐齐切成碎片，三个人落了地，车厢才失去原有结构，朝里塌成了一堆。

费云朝掷来环刃的方向望去，偌大的平原上毫无遮挡，就看见远处几个影子手中寒光闪露。“什么人！”他大叫道:“为什么暗算我们？”

就听远处传来一个幽幽的女声，声音不大，也听不出杀气，话的内容却不是那么温和。“留下纹章，离开这个地方，饶你们性命。”

费云一听声音，就知道是谁，笑道：“美女啊，那枪没伤着你吧？”对方听了这话，并不生气，还是那句没有一丝感情的话：“留下纹章，离开这个地方，饶你们性命。”

厉闫冷笑一声：“这个年月，耍嘴皮子看来也没人管啊，你不妨多耍耍。免得自己死了以后，再没机会了。”厉闫虽然嘴上最喜欢冷嘲热讽，下手却是极狠极冲动，话刚说完，他一个箭步冲上，直冲那女子去了。邬一一和费云见状只得赶紧跟上，没跑两步，就发现事情不妙。女子击掌两声，周围草里突然一下冒出乌压压不知多少的人来。这些人身着迷彩，刚才不动，隐在草丛中看不出来。

“糟了！”费云见状不妙，大叫一声，“撤退！逃！”说罢，赶紧停住自己的脚步，龇牙咧嘴地转身朝后跑去。要知道之前虽然交手是大胜，但毕竟是三对三，如果现在眼前那成群的家伙每人都有之前几个一半的实力，他们根本应付不来。费云二话不说，决定逃走。

费云转身跑了两步，就发现事情不对。虽然自己叫了声“逃”，厉闫并没有听他的，也不管前面是多少人，还是径直冲了过去。邬一一向来和自己极为配合，见两个人一战一逃，刹那间竟不知道该跟谁去。自己刚转身，又发现后面也有人，周围一圈围得严严实实，自己整个落入了包围圈里。

见前后无路，费云只得再次转身，重新龇牙咧嘴地冲上前去。郭一一跟他互望一眼，都觉得苦不堪言，赶紧跟着厉闫冲了上去。

“你们就这么想死吗？”那个姑娘轻声叹道，又一击掌，身旁十个女战士上前结阵，十个人一阵就迎身向前，准备迎击他们三个。

郭一一自然不会等到自己上了前才开战，大喝一声，两堵火浪就朝前推了过去。火浪过处，草地上的草顷刻间燃烧化为灰烬，火浪就像迎面而来的海啸，朝剑阵扑了上去。战士与法师为敌，最重要的是千万不要让法师施展开了手脚。此时郭一一还离她们远远的，对方就结成了剑阵，看着火扑过来的时候，本应来不及闪避，不过防御性的剑阵一下散开后，就迅速联手向前扑了过来。这群姑娘行动统一，虽然是疾行，但也前后照应，没有露出太多缝隙，显然是操练合作已久。

费云大惊失色。看这群姑娘的架势，就算不如之前交手的几个女子，也不会差得太多，武艺虽然不能和郭一一、厉闫这些一等高手比，但也算上乘。这高度统一的行动显然又经过军队化的统一训练。即使一个强国最精锐的护卫队顶多就这水准，这样上百的精锐战斗力，为什么会守在这里等他们？

凭三个人，要跟她们为敌，岂不是天方夜谭？厉闫已经跟挡在女首领前面的剑阵战了起来，虽然手中剑的寒光如水银倾泻般密不透风，但对方的剑阵如大海巨力绵延不断。虽然一时还不分胜负，但哪有可能撑得过多久？何况周围的人正源源不断围上。费云见形势不妙，也不加入战斗，对着那首领大叫：“你们到底是什么人？这架势，绝不是普通人可能有的！你们是哪个国家的？就算要死，也要让我们死得明白！”

首领没有答话，只是又重复道：“留下纹章，离开这个地方，饶你们性命。”

“这倒是奇怪，这么普普通通一个纹章，这么大费周章也要抢去，不知道这东西到底有什么天大的秘密？我把纹章给你，能否请你把这东西的来历告诉我们一声，也当我送货上门的服务费如何？”

厉闫听费云的话，在激战中竟分神出来，叫道：“不能给她！”

首领大笑，虽然看起来年纪不大，但说话却很老成：“你们现在走投无路，还想跟我讲价钱，真是笑死人了。让你们把东西交出来是为了你们好，这东西，可不是什么有钱人家的玩物。”

费云见这群战士已经围上了邬一一，首领软硬不吃，迫不得已，只得掏出那装纹章的盒子，叫道：“让我们过去，要不我毁了这东西。”

首领面无表情，说：“请。正合我意。”

费云一愣，原来以为她是要这纹章，肯定不能让纹章毁掉，没想到她张口却说自己要毁掉它。也不知是真是假，她面无表情，更猜不出来。厉闫跟剑阵对峙已现颓势，他也没时间想太多，只好低头。

“好，我把纹章给你，你叫他们住手。”

听了他这话，厉闫突然转身过来，大叫：“不行！”随后竟一下子放开对手，硬从剑阵里脱了出来，朝费云冲过来。陡生变故，费云不知他是什么意思，也不敢等他过来，就朝首领冲了过去。

“叫手下停手！我把纹章给你。”

首领见自己的部下已经把邬一一团团围住，稍犹豫了一下，就让自己部下住手。费云被厉闫追着，飞速向首领冲过来，叫道：“接住！”抬手把盒子扔了过去。首领要抓盒子时，盒子力道一松，朝一边滚落出去，隐进了一旁的草丛。趁她寻找之时，费云从她身边跃了过去，对身后的邬一一和厉闫大叫：“快跑！”

邬一一听了这话，整个人突然放出万丈火焰，围着她的人群猝不及防，就像被炸开的鞭炮一样抛出数米远。厉闫这才明白过来，也跟着冲了出去。等首领捡起盒子，明白不对的时候，三个人已经跑出了十多米远。

再让部队追击已经来不及了，首领也不管自己是不是对手，就紧跟着他们三人朝都兰山冲了过去。

离都兰山越来越近，那条原来通往峡谷的大道就在眼前消失不见了。一道山壁横亘在前，费云一路狂奔，觉得藏在胸口的纹章开始热起来。他没有减速，伸手把纹章掏了出来，一摸，金属纹章已经热得烫手。蓝色电光在表面来回流窜，背面平整的表面一下变得毛糙起来，针尖大细密的金属颗粒从上面凸显出来，高速变幻着，活动沙盘一般组成几道不知是文字还是什么线条的东西一闪而过。

他被这纹章的活化惊呆了，好一会儿才被邬一一的惊呼唤醒。抬头，费云才发现眼前的山体突然露出漆黑之色。无光的漆黑中，几道蓝色电流从表面掠过。原本生长在山体上的树木正慢慢地陷落入那片漆黑当中，好像不幸落入沼泽的人一样。山体就在眼前，自己还在发足狂奔，这时候要停脚哪里还止得住，整个人就噗地一下，撞了进去，整个人陷入了黏稠的漆黑当中去了。

费云觉得自己如同半夜里坠下山崖，两眼一抹黑，一个人向无边的黑暗中落了下去。也不知道掉了多久，才觉得自己撞上了什么，嘭的一声，然后失去了知觉。

等他醒过来之后，周围仍然是一片黑暗，过了好一会儿，他的眼睛才渐渐适应，勉强能看见东西。费云不知道自己晕了多久，之前还是正午时分，太阳高照，现在却已经是一片黑暗，头顶上的天空漆黑一片，只有点点星光射下，没有月亮。这一点点光只能令他模糊看见周围的轮廓，一切都只能看出一点儿淡灰色的影子。邬一一和厉闫都不知道去了哪里，身边没有一个人。

费云定了定神，仔细观察了自己的四周，不禁心下大惊。黑暗中，他看见两旁竟是高耸的峭壁，山势陡如刀劈，自己身在谷底，脚下是一条夯得整整齐齐的石路。迟疑了一会儿，他定睛朝前方望去。果然，在黑暗的尽头，耸立着一座城堡，高大、幽深，如一个躺倒的巨人。

这里是都兰堡，那个二十年前凭空消失的鄂国首都，自己正站在城前的山谷中。这些原本早就消失不见的处所，现在重新出现在费云的面前。

他呆立着朝前方的城堡看了很久，整个人的脑子都有些蒙，随后手上什么东西好像动了一下，费云心中一惊，差点儿把它甩了出去，这时候，他才想起手上抓的正是那个神秘的纹章。他赶紧把那东西拿到面前仔细地端详，纹章背面发出隐隐幽蓝色的光芒，让费云看清了它的表面——上面无数颗粒小点浮动突起，像水纹似的波动片刻，突起显出了字的形状：

12 ：00 ：00

费云一愣，那字变了。

11 ：59 ：59

11 ：59 ：58

细密的点阵变成了一块时钟，从 12 小时开始倒计时。

费云不明白这是什么意思，看着上面时间渐渐流逝，他浑身不自在起来。

邬一一和那个陌生的朋友厉闫现在何处，费云也不知道，自己两眼一抹黑地闯进一个完全陌生的世界，身上的纹章像催命一样倒数着时间，好像到时候就会有什么发生似的。他没有选择，只能向前走去。既然到了这里，自然是要进城，去看看这个已经和外面断绝联系二十年的城市现在是什么模样。

费云摸了摸纹章，把它收进口袋，就大步朝都兰堡走去，大概走了有十多分钟，费云发现路边倒着一个人。远远地看不清样子，只能模模糊糊觉得是一个姑娘。他心想，莫非是邬一一也到了这里，受了伤？之前他突破包围的时候只来得及一路狂奔，连回头看邬一一情况的机会都没有，也不知道她情况如何，这时，心里一阵紧张，三步并作两步冲上前去。把那个倒地的女子翻身扶起来，费云借着微弱的光线看清了她的脸，吓了一跳。

这姑娘不是郐一一，而是之前抢夺纹章、率领大队人马围捕他们的那个神秘女子。她竟然也来了这里，还倒在这路上。费云把她扶到身边，见她右臂捆着绷带，正是自己之前所致的枪伤，伤口有些浮肿，这伤口不像是她昏迷的原因，面部有些青肿，像是极重地撞在什么东西上。姑娘一昏迷，脸上原来凶悍冰冷的表情倒也见不到了，反倒显出孩子般的天使面容。费云心说，这姑娘看起来好像还不到二十岁，受了伤躺在怀里，就像一个睡着的孩子。这么一个孩子，为什么做起事情来能冷酷得像机器一样？

费云正想着，觉得怀里一动，这个姑娘醒了过来。他也不把她放下来，就笑道："你醒啦？"这个姑娘一开始还没有适应光线，等看清了费云的脸，她大惊失色，一反身就跳了起来，叫道："你干什么！"

费云厚着脸皮继续笑着说："看你啊，怎么了？没想到你平时凶神恶煞，睡着了倒还挺漂亮。"

光线太暗，也不知道她是不是恼羞成怒，伸手就要拔剑，费云早有准备，机械刃一卷，就把剑夺了过来。"舞刀弄枪有什么好的？大家和和气气说话不行吗？干吗动不动就动武啊。"

这姑娘也不回答，抬头向四周望了一下，脸色大变，叫道："这里是都兰堡！"见费云点了头，姑娘气急败坏地说："你们最后还是闯了进来，这可怎么办！"

费云问道："什么怎么办？从一开始，你好像就对纹章非常紧张。你知道这个纹章能打开都兰堡的封印，让人到这里来？"

这姑娘点了点头："对，我知道，所以我想尽办法要拿到这个纹章，阻止你们到这里来。"

"为什么？"费云不解地说，"这个城市，有什么秘密吗？"

“灾难。”姑娘手里没有了剑，但敌意却不减，“打开这个城市的封印，就会把这里封印的灾难释放出来，整个世界都会遭殃。”

“什么灾难，能有这么厉害？”费云问道。

这一问，姑娘倒是沉默了。

“什么灾难，你为什么不说？是你不知道，还是你不能告诉我？”

这一问，姑娘脸上冰冷的表情淡化了些，她吞吞吐吐地答道：“我……我不知道。我母亲没有告诉我……”

见姑娘这表情，费云暗觉好笑，心想：“这小姑娘虽然厉害，但毕竟是孩子，连事情都没搞清楚，只知道听老妈的话。”这一想，原本不多的敌意就减了下来，又问道：“你母亲是谁？你到底是什么人？叫什么名字？”

那姑娘回答：“我叫费伊，是现任都兰守护者。”

都兰守护者？费云听了这名字，心下觉得怪异，听着像是一个职位，就像治安长官之类，但鄂国灭亡已久，都兰堡自从消失之后，这地方也是三不管，怎么会有一个二十岁不到的治安长官？

“都兰守护者？这是……你的工作吗？有工资吗？谁给你这个职位的？”

“我的母亲是都兰第一任守护者，她把这个职位传给了我。我的工作，就是阻止你们这些冒险家打开都兰堡的封印。这个职位，是鄂国国王费析亲封的。”

费云一听，愣住了。费析正是二十年前鄂国最后一位国王，二十年前都兰堡消失，鄂国王族不知所终。他突然意识到，这姑娘也姓费，便问道：“莫非你也是鄂国王族？”

费伊点了点头，答道：“旁系。”费云听了，心里却是暗惊。一来没有想到鄂国王族还有人活着，二来想到如果这姑娘说的是真的，隐藏了二十年的都兰堡，恐怕真是有什么灾难。他略一犹豫，有些想打退堂鼓，但随即又想到邬一一和厉闫现在没有下落，不知道在什么地方，又打消了后退的念头。

费云大步朝前，向都兰堡走去。费伊大惊叫道：“你没听明白吗？开启封印灾难就会被释放出来，要离开这个地方啊！”费云看着费伊笑道：“你能怎么办？砍了我？”

如果她再大几岁，徒手上前还有一搏之力，但费伊毕竟年轻，肉体还无法承受殄的能量，只能靠武器输出，没了兵器，费伊听了这话竟是无法可想。费云见状大笑，机械刃一把就将她拦腰卷了起来，举着她大步流星朝前走去。费伊羞愤不堪，怎么也挣脱不开，大叫：“浑蛋，王八蛋，你把我放开！”费云只当什么也没听见，不一会儿，就进了这足足消失踪迹二十年的都兰堡。

进了城门，眼前景色大变。外面只是一条狭长的大路，在两边峭壁包夹之下，气氛压抑得难受，进了这城门，眼前就豁然开朗起来，只觉一马平川，大道朝前方四面伸展过去，房屋高耸，道路宽阔，好像一下进到另一个世界似的。

费伊虽然是都兰守护者，但年纪尚小，并没有真正见过自己守护的都兰堡到底是什么样子。过去母亲虽然有描述，但毕竟比不上亲眼见到的气魄，刚才还在对费云破口大骂，一进了城里，她眼睛就直了。

黑暗中，都兰堡的模样还看不太清晰，借着暗淡的光线，怎么也看不出这城市是一座与世隔绝二十年的死城，整洁清爽，完全就是一座经历了白日的繁华，刚刚沉入睡乡的普通城市。

一走进这个城市，费云只觉得浑身都别扭了起来。不知道为什么，他就是觉得不自在，好像被什么东西在黑暗中盯住了一样。于是他把费伊放了下来，对她说：“好了，别挣扎了，这样容易把你的伤口弄破。”说完，他警惕地朝周围观察了一番，倒也没发现什么特别的。

都兰堡就像当年神圣联盟的许多大城市一样，有着极高的上古科技水准，大街上布有路灯，此时这路灯自然没有打开。那一根根在路上立起的柱子像是瘦高的人影，让费云觉得不祥。

他问费伊道：“你母亲可有告诉你，这都兰堡的灾难，是什么类型的灾难？”

费伊虽然得了自由，但还是在一旁跟着他，答道：“没说，我母亲只说过，一旦开启，这个世界都陷入无法控制的灾难中，所以才封印了都兰堡。”

费云、费伊两人沿着大道一直走下去，这一路只觉得城市崭新，唯独不见人影。城市与世隔绝二十年，这二十年里发生了什么，费云不愿去想。费伊第一次看见自己守护的城市模样，一下子竟看呆了，也忘了自己原本的职责是把费云他们赶出去，还跟着费云傻傻地看着这城市的样貌。

“太漂亮了。”费伊赞道，“原来我守护的城市是这么漂亮啊。”

费云眉头紧皱，答道：“确实漂亮，这城市整齐、干净、崭新，简直漂亮到了让人浑身不自在的程度。”

费伊不解地问：“只听说一个地方脏得让人不自在，倒没听说既整齐又干净，还崭新漂亮的地方会让人不自在啊？”

费云答道：“一个城市如果是失修了二十年，必然会衰败，就像人老了容颜必定逝去一样。这里见不到一个活人，这个城市又怎么会保持着如此的干净漂亮呢？你不觉得，这地方像是一个已经五六十岁，但长着一张二十岁年轻面孔的人，让人觉得像是见到妖孽一样吗？”

费云在城里见得越多，不安的疑虑在心头增长得就越厉害。这座城市没有一丝荒芜了二十年的感觉，这让他产生一种穿越的幻觉，好像只是在二十年前的一个夜晚到了这地方一样。正在自己疑虑万分的时候，费伊伸手指向前面，叫道：“那地方有人！”

费云抬头望去，果然是见到一个人影在前面不远处，轮廓看起来既不像邬一一，也不像厉闫，自己赶紧跑上前去，生怕那人会不见了。那人动也不动，也不知道是看到自己还是没有。费云冲到他面前，站定，问道：“请问一下，这二十年都兰堡发生了什么？”

那人呆立在那里，动也不动，也不搭话。费伊以为那人没听见，又问一句：“这位先生，请问一下，您是都兰堡的市民吗？”

这人一丝反应也没有，费云只觉异常诡异，伸手搭上他的肩膀。这一搭，只觉手上冰冷无比，手感坚硬，这一摸竟然是一个雕像，光线太暗淡，被他们误以为是人。

“这倒是奇怪了。”费伊说道：“这个雕像怎么会摆在路中央？”费云仔细地查看了这个雕像，觉得整个人表情惟妙惟肖，皮肤的纹理和衣服质地都如真的一般，而那雕像的材质似乎非金非石，却又坚固无比，费云一时竟然看不出是用什么做的。

不安的感觉越来越加深了。费云满心不安，突然周围一下子亮了起来。费云一抬头，看见天空一道火球正爆开，将整个城市照亮，他一下就知道那是邬一一，立刻兴奋起来，对费伊说：“邬一一就在那边，说不定厉闫也在，我们跟他们会合吧。”

听了这话，费伊的脸色一沉，好像一下子从一个孩子变成了冷血的护卫，想起了自己职责，答道：“既然这样，我就不能再跟你一起了。”

姑娘话一说完，转身就朝后面闪去，费云还没明白为什么，费伊就已经跑远。费云大叫：“等等！”费伊停了下来，他想了想，把她的剑丢了过去。费伊接过剑，站了片刻，就消失在转角。

费云看清了火球的位置，就朝火球下方跑了过去。借着火球的亮光，他看清了之前因为光线太暗而看不见的一些东西。这个城市确实漂亮干净，几乎连灰尘也没有，但一切却都是单调的深灰色。房屋是灰色的，街道是灰色的，墙壁是灰色的，那个雕像也是灰色的，就连路灯上那应该是透光的玻璃罩竟然都是灰色的，整个世界好像只有这一种沉沉的颜色，一切都不像是真的，城市倒像是模型玩家做出的还没来得及上色的原型，而费云他们就是丢在其中的玩具兵。

天空的火球慢慢地暗了下去，费云一路跑过去，发现城里真如睡去一般，半掩半开的门像是房主刚转身出来，偶尔可见惟妙惟肖的雕像，有的像是刚刚下班，有的像推着早点车正要出门，摆放的位置正是路中央，像半夜里匆匆拍下的照片。惊疑不定中，费云见到了邬一一，她左肩不知在哪里受了伤，用裙子斜着撕下的一条布捆扎了起来，宽大的帽子倒还是戴在头上。一见到费云，她大喜，费云赶紧迎上前去，关切地问道："你还好吧？肩膀是怎么回事儿？见到厉闫了吗？"

邬一一答道："厉闫原来跟我在一起。到了这城里，他就好像魔怔了一样，不知道跑到哪里去了。这伤是刚才不知道什么人偷袭我的，我照亮了这里想要找到偷袭的人，什么都没有发现。偷袭事小，你有没有发现，这城里雕像格外蹊跷？"

见邬一一也发现不对，费云赶紧把自己之前遇见的一切一五一十地说了出来。听了他的话，邬一一沉吟道："既然那女孩子也进来这里，说不定她的部下也在这儿。或许袭击我的就是她们。她说的那灾难浩劫，你有什么头绪吗？"

费云摇头说："还什么头绪都没有，只觉得这城里鬼气森森的，我们还是赶紧找到厉闫要紧。如果实在不行，我们就离开这里，东西我也不要了。"

"东西？"邬一一问道，"什么东西？"

费云不愿回答，岔开了话题："你可知道我们到这里已经多久了，还要多久才会天亮？"

邬一一听了又是一愣。

"天亮？什么天亮？你神神秘秘地不说就算了，又说什么天亮……”随后她恍然大悟，“你莫非以为现在是晚上？你抬起头，仔细看看！”

费云疑惑地抬起头，仔细朝上面望去，看了好一会儿，他突然明白了过来。

头顶哪是什么夜空，那是盘根错节的植物密密绵延而起，凭空架起的一道织网。那些植物像是高空中有一层透明的玻璃盖依靠似的，在上面厚毯一样层层地盖了起来，那点点的亮光哪是什么星星，不过是阳光透过植物层盖的空隙后仅存的一点亮。

费云实在闹不清楚自己这是闯进了一个什么样的地方。

都兰堡，鄂国的都城。二十年前这个城市神秘消失，随后鄂国亡国。当二十年后，这城市早该成了一座死城时，自己来到这个地方，却发现它像是从二十年前直接生生地切了下来一样重现在这里。

这时候还是下午，阳光应该正烈，但这城市却被长在天顶上的植物盖了起来，像夜晚一样漆黑。怪异的雕像，崭新的死城，还有身份不明袭击邬一一的敌人，种种不祥都让费云想尽早离开这里，但想到那东西，这种种不祥就被压了下去。

好不容易才到这里，如果不拿到手，岂不是实在可惜？费云一想到这里，就暗暗下了决断。这时他突然想起怀中的纹章，把它拿出来看了一眼：

10 ：11 ：07

不经意中，这就已经过去了将近两小时。邬一一看了这纹章心中大为不安，也猜不出那倒计时是什么意思，但也觉得必须在这十个小时内离开都兰堡。两人说到不知所踪的厉闫，都颇为担心，这城市又极大，不可能挨个搜索。

说到挨个搜索，费云心念一动。他心想：“这都兰堡虽然消失了二十年，看起来这么崭新，只是不见人影。这么大的城市说不定在哪个屋子里还会有人，就算没有活人，找到尸骨说不定也能搞清楚当年这座城市为什么会凭空消失。”这么一想，他就决定跟着邬一一入室搜索，看看能不能发现什么线索。

按说，一个寂静的死城里，一个机械师和一个火焰法师要随便进个房子搜索还不容易？但当他们试图去推开第一道门的时候，却发现这小小一道木门像是钢铁整体浇铸而成一样，两个人用尽全力竟然不能动摇分毫。邬一一是个火暴脾气，不由大怒，对费云叫一声：“躲开！”伸手就是一个凝成蓝色的火球丢了过去。

温度最低的火焰是暗红色，随着温度的升高，渐渐会变成亮红，随后泛黄，亮白，最后是蓝色。这数千度高温几乎可以融化一切。费云见状大惊，叫道：“你这是要破门还是要放火啊？”话还没说完，这火就打在了房门上。费云以为会发生一场大爆炸，赶紧捂住了头，但那火一触到房门，竟然什么也没发生，就熄灭了。

两人面面相觑，不知该做何解释。邬一一接连又尝试了两次，依然如此。

“这真是活见鬼了，”邬一一说道：“哪有东西这样都烧不掉的？”两人困惑许久，依然无能为力。好在这城里还有屋子房门开着，他们顺路摸了进去。这些门虽然打开，但也锁死在打开的角度，分毫动弹不得。

两人摸进屋里，邬一一点燃一个小火苗取光，让他们能看清东西。屋子的里面和外面一样，都是一层沉灰色，他们走进的是一个客厅，一张圆形大桌上铺着厚厚的餐桌布，上面放着一套咖啡壶。那桌布似乎是有花纹的，一片灰色上隐隐能见一些突起，但被灰色一盖就什么也看不出来了。

“这难道是这个城市的流行风尚？”邬一一问道：“我真越来越不懂了呀，二十年前流行这么难看的时尚风格？”她一边带着这种不解的笑容，一边伸手朝那张桌布摸去，“看起来材质不错，也不知道过了二十年……”

邬一一的手刚碰到桌子，突然尖叫一声，触电似的缩了回来。费云见状，关切地问道：“怎么了？”邬一一伸出手来，手指上一道血痕，像被什么锐利无比的东西划过了。

“你碰什么了？”费云抓着那手指，见血慢慢渗出，问道。邬一一回答说：“没碰有什么啊，就是桌布的边啊。”费云小心地摸了一下那桌布，这一触不要紧，整个人就愣住了。

虽然这东西看上去质地柔和，纤维的纹理清晰可见，哪知竟硬得如同石头一样，那些褶皱虽然是布卷起的痕迹，却是凝固得不能动分毫。邬一一正是在边缘被划伤的，那原以为柔软的边缘竟似刀锋一般。

费云正感疑虑，又看见那桌上咖啡杯里还盛着什么东西，那里面液体环状的波纹还能看清楚，但却是凝固着。他伸手下去摸了一下，果然是坚硬的。

种种迹象在他心里勾连起来，他隐隐觉得自己明白了什么，但是却不敢相信。他急匆匆地朝这房子的内屋跑去，邬一一紧跟着他，又过了两道微开的门，他们闯进了这房子的卧室。当邬一一的火光把这里屋照亮，两个人都呆了。

这是一间不大的房子，但陈设却是不错，衣柜、床头柜、内橱，围着一张硕大的床把这卧室布置得雍容华贵，虽然一切都已经成了灰色，但依然能看出这家主人的富足。

但显然吸引住这两个人眼球的并不是这些，吸引住他们目光的，是这屋里的三座雕像。

在屋里的大床上，躺着一对中年夫妇的雕像，蓬松的薄被盖在两人身上，透过被子的曲线能清晰看到他们两个略有发福的身材，两个雕像像是在沉睡，闭着眼，但面部的表情却带着一丝惊恐，两人的手在被子下紧紧攥在一起，那凝固的脸上略微抽搐，四只眼睛用力地紧闭着，却掩饰不住内心的恐惧。在床的几米开外，一个年轻男子的雕像半跪在地上，伸手拉开一个抽屉。抽屉里，是一沓灰色的钞票，他一手抓着，像是正要往自己口袋里揣进去。那喜悦和紧张凝刻在脸上，似乎整个人的身子都激动得在发抖。

这整个屋子像是从漫长的时间中被生生硬切下来的一毫秒，被硬摔在这里，又像是一个精美无比的巨大现代艺术展，将一个入室行窃的场景用真实得无以复加的方式展现在自己眼前。他们可以清晰地看到这三个人的头发，窃贼那多油纠缠的大卷，主人洗过澡干爽的头发因为紧张而凌乱地散在床上，甚至那微微冒出的汗滴都清晰无比。

恐慌的感觉像是从这房子主人的雕像里蔓延起来，从上到下，把费云和邬一一死死地罩在里面，他们甚至觉得自己都不能动弹。

在这之前，他们还能自己欺骗自己，但现在，已经没有任何幻想足以自我麻痹了。

整个灰色的都兰堡被什么东西凝固了起来，这些人，这些东西，并不是雕像，这些就是那之前活生生的人和东西。所以那些门打不开，所以这城里什么动静也看不见，这个城市在二十年前的午夜时分，被什么东西在一瞬间封存了起来，所有的一切都凝固在这一刻，变成了灰色的雕塑。

“费云，费云……猪头！”也不知道是被叫了多少声，费云才从头脑迷乱中清醒过来，只见邬一一整个人凑在自己面前，“不要这样啊，我会害羞……”他打起精神来还想要开个玩笑，话还没说到一半，脸色就变了。

邬一一的胳膊上，之前不知被什么人偷袭过的地方，开始出现灰色，这灰色还很淡，但是看起来却是凝重而幽深，就跟这都兰堡所有的一切一样。

“我们去王城。”费云沉声说，“到中心王宫去。弄明白这是怎么回事儿。放心，我不会让你变成他们的样子的。”

说着这话，费云站了起来，一把拉邬一一起来。费云的坚定似乎传达给了邬一一信心，她刚才脸上的惊恐不安略微消去一些。

心情一好，她甚至开起了玩笑：“要是没找到法子，我也变得像那些人一样，你把我带出去，估计能卖个好价。”

费云看了她一眼，没有搭腔。邬一一顿时觉得这笑话不怎么好笑，沉默下来。

两人出了这房屋，沿着主干道走了十来分钟，就见到了鄂国的王宫。邬一一觉得自己的右臂开始略有些不灵活，于是用左手操纵火焰当作火把。这当年富丽堂皇的王宫现在一片灰色，失去了自己的神采。王宫的大门紧闭，但侧门却是开着的，两个人从侧门进到里面。

都兰堡的王宫风格倒是跟大多数王宫风格大相径庭——王宫建筑多是宏伟型，动不动就是七八米高的天花板和雕琢精致的大理石像，鄂国王宫却颇有上古文明的遗风，房间和走廊都相对较矮，但整齐地划分了许多层次，对空间利用率极高。

邬一一跟着费云急匆匆地朝里走，也不知道自己是要去哪儿，费云倒好像对这里的环境很熟悉一样，连路也不看就径直走着。

“这到底是什么东西？”邬一一终于忍不住问道：“是什么东西把这里的一切都变成石头？”

费云听了她问话，脚步慢了下来，摇了摇头，答道：“我不知道。我从来没有见过能把一切都变成石头的东西。如果光是把生物变成石头，倒是有几种殄有这样的本事，但是也没有这么快。但是能把所有东西，活的、死的、生物体、织物、金属都变成一块那么坚硬的固体的，我从来也没有听说过。”

邬一一犹豫了一会儿，问道：“我真的会变成那个样子吗？”

费云一把抓住她的肩膀，斩钉截铁地答道：“不，绝对不会，我绝对不会让你变成那个样子，相信我，我会解决这个问题的。”

邬一一看见他那严肃的表情，突然扑哧一声笑了起来：“你也太紧张了吧？何必呢？不过是生死而已。就算你救不了我，又有什么大不了的吗？如果能变成一个雕塑死去，永远把我这样的美貌保留下来，不也挺好的吗？只要变成石头的时候样子别太丑就成。”

费云怒道：“你不会变成石头。”他说话的声音语气像是变了一个人一样，把邬一一吓了一跳。“我是说实话。人生在世，纵情享乐一番就如夏花般绚烂地盛开凋谢，没有什么不好的。”

“我不会让你这样。”费云脸色凝重。

邬一一耸了耸肩，“OK，反正我也没办法，所以，你做决定好了。有什么办法来救我吗？”

费云沉声答道：“既然整个都兰堡都发生了突变，那么，身为这个国家和城市的中心，这王宫必然对前因后果有所了解。所以鄂国的档案库里一定对这一切有记载。拿到了这些记载，就可能知道这到底是怎么回事儿，知道有什么解决的方案。”

“如果真的有解决方案的话，那都兰堡一开始就不会变成这个样子。”

“不。二十年前他们没有解决方案，并不意味着二十年后我找不到。相信我，我会把你救回来的。”

费云强硬得像是变成了另一个人，邬一一无从辩驳，也从没见过他这么严肃的样子，只能乖乖地跟他朝前走。邬一一只觉得自己的右手越来越沉重，之前还是表面，现在连整个手臂的血色好像都变灰了。

这时两人正要拐过一个弯口，就突然见眼前一个影子闪过。两人都是一愣，费云心想：“这当口就不要再生什么变数了。”他对邬一一说：“你先等两分钟，我去看看。”说罢一个人走了过去。

向前一路走了一会儿，不见异常，正打算回去之时，却又见前面有影子闪过。费云急忙冲上前去，却拐进一个死路，只有封闭的门，不见一人。他试着打开这几道门，好像并不像之前那些石化的门那么紧，但也基本是纹丝不动。费云正困惑，就听见后面传来一声尖叫和随后火焰爆裂的闷响。

这时候费云猛然领悟到自己是中了计，赶紧转身回头。他心说："虽然邬一一的火焰无人能敌，但现在身体被侵蚀，也不知道还有多少力量可用……"他越想越着急，脱力似的发足狂奔，好不容易赶了回去，只见邬一一腹部被刺上一剑，她已经晕倒在血泊中。

费云急得大叫："邬一一！一一！你没事儿吧？"邬一一睁开眼，对他一笑，说道："我没事儿。"说完就晕了过去，再叫她就再没反应。费云赶紧把她的伤口止了血，包扎上，却发现她整个胳膊已经变成了灰色，肌肤的弹性已经消失，像一团发硬的橡胶制品一般。

费云顿觉心如刀绞，心想："如果不是当时自己要她陪自己来这里，哪里会出这种事情。一切不都是费云你这个废物的错？费伊那姑娘当时抢纹章、设埋伏拦自己的时候，自己就该知难而退。如果不是被苍之卷迷了心窍，怎么会陷入这样的困境？"他拿出纹章，愤怒地把它狠狠甩向墙壁，那东西在墙上撞上弹开，翻滚几下，又落在他脚下。上面的时间并不理会他的心情：

8 ： 36 ： 07

这时间到底是什么意思！费云只觉心中如有万只蚂蚁撕咬，一身怒气无处可发，这时间真就像诅咒催命的倒计时，在十二小时里，咒杀他们的性命。

他正抓狂，突然听见远处传来打斗的剑响，如急促的乐器之声。费云一惊，急忙捡起纹章，塞进怀中，随即抱起邬一一，展开机械刃循着那声音向前跑去。一路跑去也不知多远，竟看见几道原本闭上的门敞开着。他身后机械刃一震，冲上前去。之间那房间里两把剑舞得密不透风，剑的主人一个正是之前邬一一说“如中了魔怔”的厉闫，另一个却是费伊。费云一见两人，大惊失色，不过两小时而已，费伊被他用枪打伤的右手竟变成了灰色，完全成了一块石头。费伊左手持剑，却还能跟厉闫打个不分上下。费云仔细一看，却发现这姑娘竟是把自己石化的右手也当作兵器，疯虎一般向厉闫攻去。

虽然打得不可开交，费云却觉得好像两人的速度比之前都迟缓了一些，他也来不及想太多，冲上前去，十支机械刃插入两人之间，硬要把两人挡开。这一动作一出，他却发现自己的行动也比自己料想得要慢，险些中了厉闫一剑。

两人被他一挡，散向两边。费云还来不及说什么，费伊看了他一眼，向一旁一跃，左手按在一道紧锁的门上。那门竟然哗地一下打开了，那姑娘闪入门内，门又应声关上。费云叫道：“等一下。”再去按那门，门却纹丝不动。

只听厉闫在一旁说：“你怎么能放她走？邬一一肚子上那一刀就是她捅的啊！”

费云脑子里嗡的一声响，掉头就问厉闫道：“你说什么？”

“邬一一是那姑娘害的！你怎么能放跑了她！”

“她为什么要对邬一一下手？”

“她要干掉我们所有人啊！”厉闫叫道，冲上前去，一碰那道门。

门开了。

“愣着干什么！还不快去把她追回来！”

厉闫拔脚就要去追费伊，脚才刚迈出一步，就看见费云一步欺身上前，挡在门前。

“你干什么！”厉闫惊讶地叫道，“她就要跑了。”

费云神色一变，厉声叫道：“很不错的演技，但是，够了！”

厉闫一愣，说道：“什么够了？你在说什么？”

“如果是平时，我有时间陪你演下去。但是现在，我没有这样的精力和时间。带我去核心档案室，现在！马上！”费云声色俱厉，字字满含杀气。他小心地把邬一一放下，护在身后，那十支机械刃完全展开，如愤怒得发抖的手一样在厉闫面前颤动着。

“你什么意思？”

“你当然明白我什么意思。就不要在我面前装样子了。我问你，你是怎么知道邬一一腹部中了一剑？如果我没有搞错，之前你们两个在都兰堡外城分手之后，就没有再见过。我抱着邬一一进来之后，你不仅没有跟我说过话，连看她一眼的机会都没有，你是怎么知道她受了伤的？不要告诉我你正好见到费伊对邬一一下手，她右手挡剑还可以，用左手杀人？邬一一的伤还没有费伊重，她不至于连招架一个残疾的力量都没有。”

“你……你知道那个女孩儿的名字？”

“我跟她待了有两小时，如果你还要编什么借口，最好想圆了再开口！”

“你宁可相信她，也不相信我？”

“你有下手的理由，她没有。”

“什么意思？”

“当我第一眼看到你，我就觉得有些眼熟，但实在想不起哪里见过。后来发现，你对鄂国王室徽记非常熟悉，看了一眼，就信心满满地认定纹章是真货。就连我也不能凭一眼断定这东西的真假，你为什么有这么大信心？你有多大？二十五岁？二十六岁？也就是说，鄂国亡国的时候，你不过五六岁，从那以后，一般人就不太可能见到王室徽记了。一个人对五六岁之前的记忆都不会太清晰，那你又是从哪儿学来辨识王室文物的本事？”

“老师教给我的。”厉闫回答道。

“那么枪的知识也是老师教的？你自己也说，普通人根本听没有听过枪，你不是机械师，对枪械知识随口就道来。真奇怪，什么老师会教这种东西？”

“私人老师。”

费云冷笑：“后来当我要把那纹章给费伊的时候，你急得像疯了一样，好像知道那纹章里有什么秘密一样。等你到了都兰堡，邬一一说，你就好像中了魔怔一样。这些东西都凑在一起，那么想来就有一个解释——你不姓厉，你姓费，是鄂国王室的后代。所以你对常人不可能接触到的秘密了如指掌。”

厉闫看着费云，答道：“扯淡，我看是你朋友受重伤之后，你心急上火胡猜乱想罢了。就算我是鄂国王室后代，那跟我要杀你们有什么关系？”

“如果你是鄂国王室后代，你自然知道有什么关系。好，这是猜想，说不定你恰好就从一个奇怪的老师那里学了这么多东西。那有一件事情，却是旁人无论如何也学不来的。”

“什么？”厉闫迟疑地问。

“血缘。”费云回答，“王宫到处都是这样的门。这门我没有办法打开，但你只碰一下就自行开启了。我已经有十多年没见过这样的门了，都快忘了它的存在了。这门看似简单，却是上古科技集大成之作，它的锁是感应开启，但为了保证安全，并不是任何人都能打开。当你的手伸上去之后，它能感应你的血缘。只有特定血统才能随意开启这样的门，很显然，在王宫里，这样的血统自然就是鄂国王族。”

厉闫辩解道：“笑话，你没看到那个姑娘也打开这门，只不过你打不开而已……”

费云打断他的话："没错，这正是明证。她叫费伊，出生在鄂国亡国之后，你可能没有听过这个名字。但是这个姓，还有她能调动那么多持枪的护卫，应该能提醒你一些线索吧？"

厉闫听了这话，脸色一变。

"她是鄂国王室的旁系，应该还是你的远亲。我不知道我的记忆还准不准确。鄂国王室后裔，现在如果活着，你这么大的，应该是有一个。他自然是不姓厉，姓费，他叫费彦，是鄂国最后一任国王的小儿子。对不对？"

厉闫半晌没有说话，过了好一会儿，他才开口。

"我猜得没错，你果然不是普通的探险者，你从哪儿知道这么多事情的？"

费云慢慢地答道："家传知识而已，不足挂齿。"

"你既然知道这么多，自然也是为了苍之卷而来，我身为鄂国王室继承人，又怎么能把苍之卷让给你？"

"这就是你偷袭邬一一的原因？你没办法对付我们两个，所以先干掉邬一一，然后再来干掉我，抢到这纹章，你自己就可以拿到苍之卷了。之前袭击邬一一也就是你吧？只是没有得手罢了，也没让一一看到你的面目。而这一次，如果不是你的出现让她放松了警惕，怎么可能伤得了她？"

"苍之卷本来就是我家的东西，本来就该是我的，我不让你们得到它，有什么不对吗？"

"为了这么一本百科全书，你就要邬一一的命？"

"别跟我打官腔了。有了苍之卷，我不仅能复兴鄂国，就连征服整个大陆也不是什么难事儿。别说一个人，就算千万人的性命，又算得了什么？"

费云转身看了邬一一的伤。那伤口原本不算很厉害，如果是平时，要不了几天休养就能痊愈，但是现在，不知道什么东西正从这个伤口开始侵蚀着她的身体，把她变成一座石像。

费云盯着眼前的这个男人，恨得牙痒，却不得不吞下自己就快要爆炸的愤怒。

“好。”他说，“我不要苍之卷，我只要你带我到中央档案室，查到记录，看看到底是什么让大家变成了石像，让我治好邬一一和费伊。苍之卷，我给你。怎么样？”

这王室之后费彦听了这话，只是冷笑。

“你当我是傻子吗？苍之卷本来就封存在中央档案室，我带你去查记录，你到时候要抢苍之卷，我未必就能打过你。那姑娘叫费伊？哼，还是我们王室的人，不知怎么站到你这一边，见我对邬一一下手，拼了命要杀我。我对付你也未必有多大胜率，何况你们两个一起。只有我知道中央档案室在哪里，我怎么会带你去？”

听了这话，费云就知道，自己是无论如何也说服不了他。

“你不怕我杀了你？”

费彦答道：“你未必一定能赢我。何况，你杀了我，就一定没办法知道档案室在哪里，这么大的王宫，你能翻个遍吗？我可以杀你来抢那纹章，你本人对我没用，但你却不能杀我。”

邬一一身上的灰色渐渐上行，那腹部的伤口极大地加快了她被侵蚀的速度，整个身体都开始笼罩上一层灰色。

一边是邬一一状况急剧恶化，一边是费彦有恃无恐的脸，费云的怒火终于爆发了出来。

他怒吼一声：“好，那我就让你跟她一起变成石像，我也让你伤遍全身，一点点成石像。我看等你只剩下头能动的时候，你还告不告诉我中央档案室在哪里！”

伴着这声怒吼，那十支机械刃大震，朝费彦扑了上去。费彦猝不及防，没有料到他真下杀手，等回过神来，发现那十支兵器早已把他退路封死。

要知道这十支机械刃各自独立，就像十人围攻而来，虽然要说费彦的剑和机械刃比谁更快、谁更利，机械刃绝对不是剑的对手，但十面围攻之下，费彦必定顾左失右，要防守是怎么也守不住的。

费彦见状竟突然挺身向前，也不防这及身的兵刃，全力舍身向费云胸口刺去。这以攻为守若是平时实在是愚不可及的蠢招，就算自己一招得手，也必定是浑身中了十刀。但此时此地，空气中不知有什么东西随时就会从伤口侵入，把一个活人变成一块石头，就算是一点皮肉之伤也是死路，所以中十刀和一剑并没有区别。费彦料定费云心系邬一一和费伊，不敢以命相搏，于是出此险招。

就在这一剑就要刺进之时，只见费云眼神凶光暴涨，他大叫一声：“展开！”不闪不避，竟迎身而上，那剑原是打算刺伤胸口，却一下陷入费云右胸，直至没柄。

费彦大惊，整个人已经扑在了费云身上，再动弹不得。就只觉浑身上下无数刀刃袭来，顷刻间便浑身都是伤口，鲜血像是在过滤袋内一样从自己浑身上下所有伤口疯狂淌出。他只有一丝力气，想要伸手拔剑，把那支剑再从费云胸口拔出来，一动手，却发现费云的肌肉像是被锁死一样，紧紧箍住了剑刃，一丝动弹不得。

然后一支机械刃抓住他的脚，提着费彦，把他甩了出去，重重地砸在墙壁上。

费云右胸上，那支剑透体而出，从后背露了出来。费云气息粗重，每一口呼吸都伴着巨大的痛苦。他钢牙紧咬，用一支机械刃抓住剑柄，猛地把那剑拔了出来。剑一出，血液就从伤口喷涌而出。剧痛之下，费云竟一声不吭。两支机械臂一前一后伸出，竟如石蜡一样熔化，覆盖在伤口上面，从里到外，把这几乎可以看个对穿的伤口堵了起来。

两人都已经浑身是血，大量的失血让两个人的意识都有些模糊。费彦整个人晕倒在墙边，费云勉强还能摇摇晃晃地站起来，抱起邬一一，走上前去，用机械刃把费彦提了起来。

“我说过，我一定会救回邬一一。现在在你变成石头之前，告诉我，中央档案室在哪里？兴许我一时宽厚还能把你也救回来。”

帝王之后，宗室之胄的费彦血泥一样瘫在墙角，直到费云扇出第三个耳光，他才醒过来。似乎意识离开了身体一样，过了好一会儿，他才有了反应。

“了不起的本事。”费彦开口说道，虽然只是一个回合，但自己就已惨败。现在整个人被费云提在手里，连站起来的力气都没有，但他却毫不示弱，“看来当海怪就是有好处，不仅爪子多，就连再生能力都比较强，而且丢掉的是肉，长出来的是铁，就算称斤卖，也要贵上许多呢。”

费云哪儿理会他的废话，厉声说：“中央档案室在什么地方？现在不说，等到你脑袋变成石头的时候，再想开口，可就来不及了。”

费彦笑道：“不急不急，到时候我们都是石像了，可以用石像语交流，再说，有邬一一这样的美女像为伴，就像这城里其他人一样，几十年不过弹指之间，倒也好过。”

费云大怒：“你到底是说还是不说！你就不怕我这样一点点把你连皮带肉撕下来，活活折磨死你？我说了，苍之卷给你，我只要治疗这东西的资料，你为什么就是不肯？”

费彦大笑：“我堂堂鄂国王子，难道还怕你这点儿威胁？如果这能治好，我们二十年前为什么还会亡国？就算能治好，我又怎么敢相信一句空口保证就把苍之卷送到你手里？”

“你连自己的命都不要了，也不愿意冒这点儿苍之卷被人抢走的危险？”

费彦答道：“当然。苍之卷是国之至宝，只要能破解苍之卷，光复我国，平定大陆只在朝夕。身为鄂国王子，又怎么能把那东西让他人染指？”

“你人都死了，光不光复还有屁要紧！”费云怒吼道，那原本用金属贴护的伤口崩裂，血流不止。

“就算我死了，鄂国还有其他人，还有小姑娘费伊，还有其他不是王室却心系祖国的勇士。只要苍之卷还在，就还有希望，这点希望是绝对不能落在别人手里的。”

费云听这么一番话，实在再也说不出什么来了。虽然这王子让他几近疯狂，但费云也不得不暗暗有些佩服起他，不过无论如何，自己是非要救邬一一不可。于是他一跺脚，双手抱起邬一一，机械刃托起费彦，转身朝门口跑去。

费彦惊道：“你这是要干什么！”

费云回答的时候牙都快要咬碎了：“救我们的命。你不告诉我，好，我一个一个地自己找！”

他抱着两个人，一路像无头苍蝇一样地乱跑。遇到门，他就抓起费彦的手掌按上，门打开，留下血迹淋淋的血掌印。没有地图，也不知道目的地到底在什么地方，有没有什么机关，他只是一个劲地开门，前进。一开始费云还能根据记忆大致了解自己的位置和方向，但不久之后，他只觉得自己的思维越来越慢，记忆越来越迟钝，好像整个时间在身体内流动的速度越来越缓慢一样。他再也没有办法搞清自己的方位，只能见一个门开一个，见一个房间进一个，也不知道这个王宫真是无限大，还是自己在绕圈，好像永远也到不了尽头一样。

邬一一早就失去了意识，在他怀里越来越硬，像石头一样。只有她手上那一点儿火焰还维持着亮光，让费云不至于陷入一片彻底的黑暗，但是他知道，这只是迟早的事情。如果邬一一手上的火焰彻底熄灭了，在这个灰色的世界里，他将找不到一丝光来寻找道路，那时候，就是彻底的绝望。

这火焰越来越暗，费云对费彦大叫：“你还不说吗？”这时候才发现，费彦整个人已经硬得无法动弹。虽然他受伤得晚，但是伤口太多，侵蚀的速度倒比邬一一更快。虽然费云自己尽力封住了自己伤口，但是自己身体难以挪动的感觉却越来越明显。

也不知道过了多久，费云用费彦那已经灰色的手掌打开一道门。借着暗淡的火焰，他看见了屋里另一个影子，那是费伊，小姑娘已经变成了一个真正的石像，蜷缩在角落，双手抱膝，埋着头，哭泣着。从这凝固的画面上看不出一丝几小时前像冷酷机器一样的杀手模样，只是一个还没成年的被吓坏了的孩子。

这个画面成了压倒费云的最后一根稻草，他终于无力地坐倒下来，紧紧抱着邬一一缩在一起。

他心中满是悔恨，觉得一切都是自己的错，自己亲手将自己的朋友和自己一起葬送在这里。他呆呆地看着邬一一和费伊，看着那静止的、好像因为时光流逝而布满灰尘的灰色身体。他的反应越来越慢，整个身体的反应都已经迟缓了下来。整个身体的颜色开始泛灰，不久之后，也终于会停止下来。

一切终将归于静止，静止便是死亡的统治之地。

费云闭上眼，在一片寂静中等待死亡。

那纹章上的时间还没有归零，自己便已经和这个城市一样归于静止了。

费云这样想着，突然间浑身一震。

灰色

静止

时间

像是醍醐灌顶般的，他突然明白了过来。

“我知道这是什么了！”费云坐直起来，叫道，“这是传说中的‘扰时’，传说中最罕有的殄。”

他抱着郐一一，说道：“殄这种东西，代表的是无尽的能量之源。没有阳光，没有食物，殄自己就能产生能量。基本上所有的殄都把这些能量用来生长、繁殖，但是只有一种殄除外，那就是‘扰时’。”

费云喃喃自语：“扰时是一种极小的殄类，是看不见的。但是它们是殄的一种极端变形，殄可以产生无限的能量，扰时就把这些无限的能量汇集在一起，扭转时空。时间、空间、能量、物质本是一体的，有了无限的能量，就能对时空拥有无限的控制能力。扰时就利用自己产生的无穷的能量来干涉时间，打断永恒不变流动的时间。

“这个城市不是变成了石头，而是被扰时从时间洪流下切了出来，在二十年前的那一刻开始被斩断，凝固在那一瞬间。时间不再在这城里流逝，所以一切都变成了绝对的静止。这些东西不是成了死亡的雕像，而是成了绝对静止的存在。绝对静止无法改变，不能移动，连光都无法进入，所以这一切变成了灰色，成了无法破坏的永恒存在。

“整个都兰堡都充满了扰时，它们把整个空间的一切都静止了下来，所以外界看不到，也走不进这里来。植物长到这个空间内，就自然成了凝固的顶盖，所以在外面盖上严严实实的一层。外面方圆几百里的殄类害怕它，所以纷纷退避三舍。这就是一切的原因，不过如此简单而已。”

费云说到兴起，两眼泛光，但是身边没有一个人听他说话。扰时已经凝固了费彦、费伊、郐一一。挚友也好，敌我难辨也好，居心叵测也好，他们已经静止，不能说话，不能聆听，和死亡别无二致，就算破解了这秘密，也无人分享。

扰时的存在像是一个传说。普通的殄总是会繁殖，会变多，人们总会看到，观察到。但是扰时自身的时空就是一个旋涡，因果前后扭成一个莫比乌斯带，所以在外部的正常世界里，是既看不到它的生殖繁衍，也不知道它的生命周期如何。费云原本指望查明是什么让人们凝固，能找到解救的方案，但是当自己明白原因，却发现他对一切无能为力。

扰时对自己的侵蚀仍在继续，如此下去，要不了多久，自己也会和这城里所有一切进入永恒的静止当中，从时间洪流中被迎面斩断。这将是一种漫长的暂停，无论外面是过了二十年、五十年还是一千年，如果扰时不被驱散，自己将永远保持最后一刻的样子。当有人驱散扰时之后，自己醒来之时，对这经过的时间将毫无概念，时光绝不会在他们身上留下任何痕迹和记忆。

邬一一的火光早就消失了。绝对静止里，没有声音，没有光线。自己的思维越来越迟钝，也不知道到底是过了多久，这原以为早该到来的静寂似乎就在眼前，却迟迟不露脸。这时候另一种恐惧隐隐地爬了上来。

没有人知道在扰时的控制之下，人是什么样的感觉。也许是静止的中断，但也或许是你的思想越来越慢，却永远不会真正停止。也许自己的意识会陷入永恒的孤独和黑暗中，那静止前的时间会在意识里被放大到永远那么漫长。

费云想起自己身上唯一能发出点儿光的东西——怀里的纹章。那东西不仅有光，还有时间。他可以用这东西看到时间的流动，看看那上面的倒计时是不是会越来越慢，最后停止。费云的行动已经有些艰难，手都开始僵硬了。他摸了好几次，才把纹章从衣服里掏出来，背面时间还是在流逝，看起来并没有比之前缓慢。

6：09：33

6 ： 09 ： 32

这倒计时到底是什么意思，费云依然丝毫不能领会，他盯着那时间过了一分钟，把纹章翻了过来。

也许这是一个警告，警告大家，在不受伤的情况下，一个人进入都兰堡中，十二小时内如果不离开，自己就会被扰时侵蚀，再也无法离去。

这想法好像有道理，但是转念一想，却又有更严重的问题。

难道这纹章就不会被扰时侵蚀？这倒计时就不会停下来？房门会静止，杯里的咖啡会静止，这倒计时就不会？如果它没有办法保证自己不被干扰，那这东西上面的十二小时怎么可能准确，又有什么意义？

想到这里，费云把这纹章翻了过来，正面的王室徽章依然是金光闪闪，没有一点变得暗淡。

费云万分不解，伸手探上那徽章的中央。

突然，光芒大盛。

光若流水。

那纹章正面是铸雕而成的王室徽记，原是条纹层摞、层次分明的浮雕线条。费云只是按在那徽记上，绝对没有触动任何机关或是别的什么东西，但他的手指刚刚按上去，却突然感到一股剧烈的刺痛。

就像是在冰天雪地中赤身裸体站了太久，突然走进温暖的屋子里，觉得温度像无数尖刀刺向自己一样，原本已经变得迟钝缓慢的知觉一下子活了过来，金色的光流从纹章中像黏稠的粥一样喷涌而出，沿着他的手臂迅速爬了上来，翻滚着，就如同一个巨大化的史莱姆张大了嘴，把费云整个吞了下去，从头到脚裹得严严实实。

费云没有办法挣扎。他的整个身体被一种无形的力量束缚着，如断电的机器人。那无形的巨手把他整个人拽了起来，悬在空中，费云一丝也动弹不得。但是感觉却没有丝毫减弱，而且因为之前迟钝了太久的缘故，反而更加敏感了。那巨大的光流在他体表缓缓流动，那纹章表面的徽记像挣脱枷锁一样，爬了出来。那黑金色的线条拱起，向着上面延伸出来，丝线从纹章表面脱离开，被无形的力量夹起来，悬挂在空中。那纹章徽记的条纹离开得越来越快，越来越多，如拆开毛衣卷起线团一样，黑金色丝线在空中盘卷起来，先形成一个球，然后丝线中间出现了许多的横纹，顺着这横纹，丝线断成了无数长短不一的小截。那些小截各自团聚起来，化作了各式各样的形状，有的是首尾相接的环，有的是双绞扭结的带，千万种形状中不见任何两个是相同的。

这数不清的小东西在费云体表散落开，费云看起来就像是被一块写满了字的果冻。它们游荡了片刻，就一下子凝成了若干股，溪流一样涌动起来，从费云的双眼，从费云的两个鼻孔，从他的嘴巴，从他的耳朵，从他胸口的伤口钻了进去。只是一刹那，它们就不见了。片刻之后，费云的眼睛、鼻子、嘴巴甚至浑身上下亿万个毛孔同时亮了起来，仿佛这不是一个活人的身体，而是一具人形的灯笼一样。灯笼皮是灰色的，暗金的亮光从那皮上开的孔中喷薄而出，若有实体，要把灯笼皮都涨破了。

喷发持续了好几分钟，才渐渐缓了下来。放出的光亮慢慢少了，最终归于平静。费云身体重归于健康的红润，那裹在体外的凝胶似的光流一下就消失了，像从来也不曾出现一样。他直立的身体一下失去了支撑，一软就从半空摔了下来。

这只不过是几分钟，但费云好像觉得自己过了好几个世纪一样漫长。从那些东西进入身体的瞬间开始，他好像一下就被推到了宇宙的尽头、时空无尽的远处。世上所有都离自己远去，眼前没有一丝的光，只有绝对的黑暗，那黑暗里，身体像是浮在冰冷的水中。只有声音，那由远而近的声音，沙沙轻响，像是铁表面从光洁锋利慢慢开始生锈，慢慢剥落，最后成为黄红色粉末的声音，像是风吹过岩石，那岩石层层剥落，最后化为尘埃随风而去的声音，像是海滩上那海潮冲刷海岸周而复始几亿年无止无休的声音。费云觉得这声音在自己脑中响了不知道多少年月，亘古不变，远远近近地响着，仿佛自己也变成了这种声音似的。

这种声音消失了很久之后，它还在费云脑中回响着。自己的存在被这个声音荡去，像看见朝暮交替的蜉蝣一样，费云一时忘我。他睁开眼睛之后，过了好一会儿，头脑才慢慢回归正常。原本获救的喜悦现在像投入海中的石子一样，已泛不起一丝波澜，他手持纹章依次把邬一一、费伊、费彦三人从扰时静止的时空中解救了出来。

三人的时间重新开始流逝。邬一一一跃而起，腹部的伤口尚且血流不止，就像狮子一样朝费彦扑了上去，她怒吼道："浑蛋小白脸！你为什么要暗算本姑娘！"解开扰时之后，那伤势好像没有对她造成任何影响，两个蓝色焰球拉成双矛，同时朝费彦掷了过去。巨大的爆炸在这不大的房间发生，费云来不及制止，气浪就把他掀了起来。好在机械刃一直张着，赶紧在墙上抓了什么东西稳住自己。爆炸气浪把费伊也甩了起来，费云一把拽住这姑娘，避免了她像炮弹一样飞出去。

爆炸散去，扰时守护着的房间里倒还是原样，但费彦整个人焦黑一片，瞬间反应全力抵抗高温让他身体并没有被烧焦，但是浑身上下头发、眉毛、衣服、鞋子完全成了灰白的炎烬，像是一个面粉人。本来就浑身伤口，虽然都是皮肉伤，至少没了扰时，也算不得太厉害，但也够狼狈，再这么一下，他连站起来的力气都没有了。费云赶忙拉住邬一一，叫道："姐姐，你也看看自己身上的伤好不好？我在他身上割了一万刀够解恨的了，消停一下，成不？"

虽然听起来是埋怨，但语气却是万分欣喜。见邬一一逃脱劫难，费云早是满心欢喜。他赶紧把邬一一拦在身后，怕她剧烈行动弄裂了伤口。邬一一也就住了手，又见费云竟还拉着费伊，顿觉奇怪，诧异地问道：“怎么？这段时间又发生了什么？你把这姑娘收进后宫了？”

费伊听这话，脸上一红，一把挣脱费云的手。费云说道：“你被那家伙捅了，是人家姑娘拼命拦住他的，你也不谢谢她，瞎扯什么呀？”

邬一一笑道：“恐怕也不是为了本姑娘吧？你不是我们的敌人吗？怎么帮起我们来了？”

费伊脸一冷，答道：“所有闯入都兰堡的人都是我的敌人，我只是见他跟你交手之后，想捡个便宜而已，没想到败在他手上而已。”

邬一一笑脸怪异：“算啦，你们说什么就是什么吧。”她眼珠转了转，冲着费云说，“你倒是挺有本事的，还真把我救了回来。唉，看样子世人无福欣赏我永恒不变的美貌，我只能看着自己年华老去，容颜不再了。”

费云微微一笑，心想这姑娘泼辣无比，死鸭子嘴硬，一句谢谢是万万说不出口的，其他的话更嫌肉麻，不过既然能把她救回来，在他而言，就已经是此刻最妙的事情了。

这时候，费伊问费云道：“这到底是怎么一回事儿？”费云长话短说，把这期间经过一五一十地告诉了大家，好容易把这乱七八糟的经过简单地说完，邬一一第一个笑了起来，一把抓过费伊的手。

“这么说来，真是恭喜你了啊。”

费伊一惊，赶紧抽手回来，退后一步。“什么？”

“既然你守护的城市里，被封印的灾难已经可以解除了，那你和费云就不是敌人了，这还不恭喜你吗？”

“什么乱七八糟的。”费云眉头一皱。费伊一言不发，心事重重地在一边站着，手上还握着剑，也不知道在想什么，知道费彦竟是自己国家的王子似乎给她带来了不少冲击。费云心想，要是自己遇到这样的难题，估计也不知该如何是好，也就没去打扰她。这时候费彦醒了过来，费云走上前去，一把把那个面粉人提了起来。

他面带微笑："王子殿下，小人有个全新的提议。这提议比之前的要好，我希望你能好好考虑一下。看清楚了没有？我把大家重新唤醒了。现在有个新交易，你带我去拿苍之卷，我就把这个城市重新唤醒，把这个消失了二十年的城市和里面的人一起唤醒，怎么样？这个交易值不值得考虑？"

费云话一说，场上三个人都是一愣。

"你很小的时候就离开都兰堡，大概不清楚这地方有些什么。我可以给你复习一下。这是你们鄂国的首都，有王宫，有禁卫。最重要的是，这城里有你的父亲和母亲，也就是二十年前跟都兰堡一起消失的国王和王后。他们在这个睡美人城堡里已经睡了二十年，你要不要把他们唤醒呢？"

费彦满是灰土的脸上看不清表情，只是看见他缓缓地抬起头来，瞪大了双眼："你……能让他们恢复？"

费云答道："既然我能把咱们几个恢复，也就能够把他们恢复，只要你肯把苍之卷拿来作为代价，我就把这个城市救活，还给你那个二十年前消失的城市，还给你二十年前消失的父母。"

费云的话音刚落，就听到了费彦的回答："好！一言为定。"

这么干脆的回答让费云一愣。他原以为对方会花时间思考，会犹豫，却万万没想到他回答得这么干脆。不仅回答得干脆，费彦说完竟勉强摇摇晃晃地站了起来，说道："走吧。"便起身拉开前面的门，朝前走去。

这太过顺利的过程让他们几个面面相觑，费云一下不知道该说什么才好。费伊像是被什么困扰着，邬一一也不开口，四个人就这样一言不发地朝前走着，气氛分外怪异。这不像是费云原来料想自己拿到苍之卷的场面，在他的想象里，得到苍之卷的时候他欣喜若狂，但现在却只是满心的莫名其妙。

在费彦一瘸一拐地带领下，这段路显得格外长。走了大概半小时，一直沉默了很久的费彦终于开口说：“到了。”

他们面对的是一堵墙，就是走廊边上一道最普通的墙，看不出任何标记或者暗号，也不知道费彦是怎么辨认出来的。他伸出手，按上去，那墙壁就无声地降到地面以下。

“这就是中央档案室，苍之卷就在里面。”费彦说。

费云这时候才有些后怕。这地方隐蔽异常，要自己找，恐怕找几年也不会有头绪，如果刚才这家伙想要暗害自己，那么早就得手了。从费彦苏醒开始，好像事情都不太对头，他整个人好像都变了一样，让费云格外不自在。在走进去之前，费云对他问道：“你不后悔吗？想好了，要用苍之卷作为交换？破解苍之卷的秘密，整个大陆就唾手可得，你愿意为了唤醒这个城市放弃它？”

费彦点了点头，一句话也不说。

“你不怕我拿到了苍之卷，不履行诺言，不唤醒这个城市？”费云感觉非常好奇。

“不怕。”费彦回答，“第一，如果你不唤醒都兰堡，那么费伊不会放过你。她毕竟是我们王室的人，是都兰堡的守护者。现在我重伤，邬一一也是重伤，你虽然看着还好，但是那个伤口的情况，你我都是清楚的。真正有战斗力的，这里只有她一个人。第二，你没有必要这么做，唤醒这个城市对你没有任何损害，背信弃义对你来说没有任何意义。”

听了这话，费云一下子就舒服多了。这王子还是一如既往冷静偏执地思考，并不是神经错乱。他走进那房间，一走去，他就感觉到这里和别的地方大为不同，这里面分门别类地堆满了档案资料，一切竟然不是那种灰色，而是纯白和暗黄，扰时竟然放过了这个房间。

费云来不及想太多，问道：“东西在什么地方？”费彦把手指向房间深处的柜子。那是一个全金属的重柜，看不见表面的缝隙，就像是一整块的钢锭一样。费彦走上前，按在顶上。那柜子从无缝隙的正面展开，露出里面的空间，里面是一个小盒子。

看到这盒子，费云的心情就一片混乱。喜悦、恐惧、伤感和乱七八糟的想法一拥而上，他有些木然地拿起这盒子，然后打开了它。

里面空无一物。

费云愣住了，费彦也愣住了。

他费尽心思，想要得到的东西，到头来居然是一场空。都兰堡里藏着苍之卷，是人尽皆知的事情，但盒子里居然一无所有，两人面面相觑。

邬一一见两人半晌也不说话，就拉着费伊问：“我确定一下自己是不是出现了幻觉，那个盒子里是什么都没有对吧？”

这时候费云大笑起来：“我们钩心斗角，差点儿把自己命都送了，到底是为了什么呀？就这么一个空盒子吗？算了算了。”

费彦见他大笑，问道：“那现在……”

“我会唤醒这个城市，然后离开这里。”

他说着，掏出那纹章，上面的时间已经又溜走了一小时。

4 ： 47 ： 22

费云看着这纹章一会儿，说：“用它就可以解开城市的扰时。只要注入足够的能量，把纹章彻底解开，它就应该能够让这城市里静止的时间重新流动起来。”说完他拍了费彦的肩膀：“伙计，不要太高兴，你将要面对一个二十年前的城市，二十年前的父母，在他们看来，你应该才五岁，这城里应该还有你的兄弟，想清楚，好自为之吧。”

沉默了很久的小姑娘费伊这时候突然开口，说道：“我有个问题，一直没有想明白。”

费云看了她一眼，笑道：“什么问题？”

“这纹章上的倒计时，到底是什么意思？”

这个问题一问，费云也困惑起来。

是啊，这个纹章上的倒计时，又是什么意思呢？

他之前以为这东西是一个警报装置，提醒进入都兰堡的人，在倒计时结束前，无论如何也要离开这里。但显然这不是，既然它可以解开扰时，那只要拥有它，就不用担心会被扰时的侵蚀问题。那这倒计时有什么含义呢？

费云想破了头，也没有什么头绪。“这个倒计时有着非常……神秘的用途……”

邬一一打断了他：“他不知道有什么用。”

费云叹了口气，说道：“我不知道有什么用。先别管这个，解开扰时，然后就离开这里，别的事情，我不管那么多了。我们从哪儿开始？”他问费彦。

“王座。”费彦回答：“我父母的王座。”

费彦又带着他们朝王宫的前殿走去。他走得好像比刚才更慢了，费云听见他心脏扑通扑通的剧烈跳动声，汗顺着他脊背不断流下，把身上的白灰划出一道道痕迹。眼前的空间很快就和别的地方变了模样，渐渐开阔起来，费彦却越走越慢，那心跳声也越来越大，跟在他后面，费云能清楚地看见他的腿在发抖。

费云没有催他，也没有说话。一个五岁离家、二十年没有回家的孩子终于要见到自己的父母，这样的心情是难以想象的。何况当他回到家，见到的并不是如今的父母，而是二十年前的父母，穿越了二十年时空来到现在的父母，他该用什么样的心情去面对？

他们穿过盘旋向上的楼梯，走过天顶高耸、壁画绚烂的殿前大厅，费彦在主殿大门口停了下来。

过了好一会儿，他才推开门。

郛一一的火焰把主殿照得透亮。殿内中央卫队分列两排，手持长斧，交架成林，露出一个过道。在过道的尽头，国王王后衣着华贵，端坐在王座之上。王冠权杖长袍穿戴得整整齐齐，这殿里像是正在接见来客，只是应该上前的来客却不见踪影。国王的眼光直视正前，像要接见的正是费云他们几个一样。

进了这里，费彦这王子就好像没了魂魄，费云问道：“我开始了？”费彦才突然醒过来一样，他想了想，又犹豫了。“你确定能让他们复原吗？”

费云答道：“能让我们复原，自然就能让他们复原。”

费彦犹豫地说：“那，能先用卫兵试试吗？”

费云无所谓地耸了耸肩，就取出纹章，对着殿前最靠外的卫兵解开。当时解开他们四人的时候很快，但似乎扰时在卫兵体内停留得太久，进程缓慢了许多。

费伊在一旁问道：“扰时这东西，是总是让时间停止的吗？”

费云说：“这可不一定，加速前进，回到过去，让时间停止，它们可以做任何一种，并不只是停止时间。”

听了费云的回答，费伊更为不解，接着问道：“既然这样，为什么这都兰堡的扰时都能这么精确，把时间都停止了呢？”

费云本也是疑虑重重。这都兰堡里的事情蹊跷甚多，扰时这种殄本来极少能大规模繁殖，居然能在这城里慢慢控制住整个空间就已经很罕有，这样统一行为、停止时间更是让人摸不着头脑。他在这几小时里已经经历太多，心力交瘁，只想解决了这问题，就赶紧离开为好，所以也没去往深里去琢磨。这些殄像是被挑选过，成心要把都兰堡封印起来一样。

而且为什么这个有着王室徽记的纹章能解开扰时的封印？费云完全弄不明白这纹章工作的原理，只是觉得扰时能认识这纹章一样，乖乖地就让开了。

这原来自己没有时间也不愿深想的疑问一个个都浮了上来，令他越来越不安。这其中有一个无法解释的问题：既然这个二十年前制造的王室纹章当时就能解开都兰堡的扰时封印，为什么它制造出来的时候不使用它，这东西反而流落在外，几千里以外被人发现呢？

这整个城市的样貌似乎在说明另一个问题：一切都是在半夜一瞬间被凝固的，这国王像是知道要发生什么，摆好了姿势等着自己变成石像。费云看了国王一眼，他在等接见的是什么？

无数困惑还在心中纠缠，那个卫兵就已经褪掉了一身灰色。他目光平视前方，过了片刻，思维才从二十年前自己凝固的瞬间转移到现在。他朝周围左右看了看，见到费云他们四人，问道：“你们治好了我？现在是什么时候，我们过去了多少年？为什么不把他们解冻？”

费云答道：“你们沉睡了二十年。你能告诉我们，你们当年到底发生了什么？”

那卫兵一愣：“你们不知道发生了什么？那你们怎么治好我的？”

费云拿出纹章来，那卫兵看了一样，瞳孔一下就放大了。

“我不明白，你们直接就把我解冻了？你们没有治好我？”

费云不解地说：“治好？治什么？”

卫兵惊恐不已，抓住费云的肩膀，大叫道：“不，马上把我封起来，马上！马上！”

这四个人还没明白过来怎么回事儿，卫兵原本光滑的脸上突然突起两个肉芽。

“不，不，不！”他立刻感到了不对，马上伸手朝那肉芽按了下去，不按还好，一碰上那肉芽，像是一块豆腐按进了铁棍上一样，那肉芽竟然融进手里，又从手里突了出来。卫兵大惊，想要把手收回来，那手被肉芽钉在了脸上，动也动弹不得。

他马上转向费云他们，大叫："帮我，帮我！"

见了他的诡异症状，四个人都不敢动手上前，邬一一叫道："怎么帮你？"

卫兵大吼："杀了我！快！杀了我！"

那东西像是听明白了他在叫什么，他的手慢慢陷入了脸上，把那张嘴捂了起来。像是融化的蜡人一样，他的颌骨动着，脸却已经成了蒙在上面的一张大皮。那两个肉芽开始变大、成形，竟成了两只手的模样。

那双手开始长大，从那脸上开始长出手腕，胳膊，朝外面伸了出来，在他脸上长出这胳膊的同时，这卫兵的脸就像被榨干一样，迅速地枯萎，缩小，糊成一片，那双惊恐的眼睛陷了下去，仿佛掉进沼泽一样。

那双胳膊开始朝外爬，如一个从洞里挣扎着爬出来的人，但整个身体还是原来卫兵的，拼命地反抗，胳膊越来越有力，一下子把那张脸血淋淋地撕开，好像把一件衣服里外翻了个个儿一样，一个还是软绵绵果冻一样的头从里面探了出来，然后是脖子，胸口。

探出来的东西越多，原来身体的部分就越少，缩了进去。费云他们四人目瞪口呆，都退后两步。

腰、髋、大腿，爬出来的东西越来越多，卫兵原来的身体就像一层破衣服，挂在这新身体的外面。"啧啧，真恶心。"伴随着这样的声音，火球四面八方地飞来，像暴雨一样倾泻了过去，那东西还没完成，烈焰就一个个地在它身上炸开，把它化成灰烬。

"好吧。"邬一一看着眼前塌成一堆的灰烬："现在我们知道问题出在哪里了。"

这四个人一时都不知该做何反应才好。

“看来我们错了。”费云说，“而且错得很厉害。”

“这是怎么一回事儿？”邬一一问道：“这人是怎么搞的？”

费云看了费伊一眼，答道：“我刚才才想明白这件事情。二十年前，听说都兰堡奇病流行，整个王都人人自危。从到这里开始，我一直以为，这里流行的那个奇病就是扰时，这都兰堡守护者要抵挡的，也是这个扰时。但是很显然，我们全错了。”

他顿了顿，指着那堆灰白的灰烬，说道：“这东西，才是他们流行的奇病。”

“这么说来，所有东西就有了解释了。为什么在一个视殄为逆天的王国里，会出现一个王室监制的机械师纹章？为什么整个都兰堡为扰时封印，但这个纹章却能把它解开？为什么被称为谜之殄的扰时会这么精确地将这么大的空间内的时间停止？为什么整个都兰堡看起来是在一瞬间被冻结，而国王和王后像是在等着接见什么人？”

费云叹口气，望着费伊和费彦说：“你们两个王室家族成员，难道就一点儿信息都没有？特别是费伊，身为守护者，你连你守护的是什么都不知道？”

那两人不明所以，费云击掌一笑，摇着头说，“好吧，让我这个天才来给你们整理一下情况。”

“根据我的推测，首先，在二十年前，都兰堡开始流行这种神秘的疾病。鄂国是神圣联盟的中坚力量，所有殄人都被视为异端，所以所有国民都是普通人。面对这样的疾病，他们没有任何应对的方案，很快，都兰堡就人人自危。直到国王明白这个灾难可能会毁灭这个国家，让自己所有的子民变成怪物的时候，他们开始接受别人的帮助，包括机械师的。

“我没有听说过哪个机械师能够操纵扰时，但是很显然，有机械师做到了。发现没有办法治愈这种病之后，费彦的父亲做了一个富有牺牲精神的伟大决定，把整个都兰堡封存在时间里，让它与整个世界隔离。他们用这样的办法保护了外面的世界不受污染。扰时不是灾难，而是对抗灾难的手段。

“但是没有人会甘心自己被平白消灭掉。所以这个城市只是被封冻了起来，而不是真正被毁灭。这个城市还在等待着复苏，所以才有这个纹章。这纹章是解开都兰堡扰时封印的钥匙。国王在等待有人找到治疗这个怪病的方法，等这病能治疗的时候，封冻这个城市的机械师就应该回到这个城市，把他们治好，让都兰堡复活。所以国王等待着接见这位救星，他希望在一刻睡眠之后，一切就恢复往常。可惜的是，这个计划出了一点儿问题，这个纹章钥匙丢了。

“不知道是这位控制都兰堡的神秘机械师去世了，还是单纯地把这个纹章搞丢了。反正结果是，这个纹章流了出来，到了我的手上。费彦你的父亲还算是英明，知道事有万一，所以才有费伊这位都兰堡的守护者，目的就是避免错误的人开启了封印，把灾难放出来。可惜你们还不够强大。没有拦住我们。”

“这到底是什么病？”费彦说：“能把他们治好吗？”

费云答道：“与其说是病，倒更像是什么东西寄生在人体里，长大了。反正目前肯定是不知道怎么治疗，也许将来可以，再等二十年，有可能。不过要是我是你，现在就不担心这个问题。”

费彦问道：“为什么？”

“因为这个纹章。现在看来，这纹章是用来解开扰时的钥匙，而解开扰时之前，必须治好都兰堡的瘟疫，那么想下来，这倒计时只可能有一个意义。”

“当倒计时结束的时候，纹章就会将扰时完全解开，必须赶在它前面，把瘟疫治好！”

这话一说出口，邬一一立刻惊叫了起来：“你怎么现在才说！那我们现在怎么办？”

费云翻出纹章的背面。

2：33：15

“据我估计，这个纹章应该只能在都兰堡范围内有效，如果我们能在它启动前离开都兰堡，那么它应该不会这么远地把扰时解开。”

费云的话刚说完，邬一一就一把抓住费云，叫道：“还等什么？快跑！”

费云点头，拔腿就要朝外面飞奔，跑了十多米，费云突然发现身边少了一个人。邬一一、费伊都在身边，但那王子费彦却不见踪影。他赶紧停住脚步，回头，看见那人呆呆地站在正殿中央，国王和王后的座前，一动不动。

费云叹了口气，说道：“我去找他。”便转身回去。

费彦见他回来，还不等他开口，就淡淡地说：“你们走吧，我留在这里。”

“有没有搞错？”费云惊道，“你在想什么呀？你要搞清楚，如果我们带着纹章逃离了这里，都兰堡的扰时会重新封印一切，你会变成石像。如果我们失败了，都兰堡里所有人会像刚才那样，不知道最后变成什么样的东西，你如果运气好，说不定会被杀，如果运气不好，也不知道会变成什么样的东西。就算没有了苍之卷，你也不需要对未来绝望啊！”

费彦一笑，转过身来，对费云说：“你最后一次见到你的父母是什么时候？”

“……十多年前。”

“那时候你多大？十多岁？成年了吗？”费彦说着，转身过去，望着自己的父母，“我的记忆里，从来就没有父母的概念。所谓王室后代，本来跟父母的关系就很淡薄，在我小时候，几乎没有见过他们几面。之后他们消失了，我成了鄂国遗孤。一个五岁的孩子，要靠自己活下来，要逃避赏金猎人，要躲避兵荒马乱，如果不是我背弃王室的信仰，成为一个殄人，当了一个武士，我早就不知道死了多少次了。从小，照顾我的仆人就一遍遍告诉我，我是鄂国的王室后代，我的父母是国王王后，我要复兴鄂国。我连他们长什么样子都不知道，但是就因为他们定下了我一辈子的道路。我不愿意，可是我有选择吗？我不知道我是爱他们，还是恨他们，我不知道我是因为从来没有感觉到他们对我的爱，却要就继承这一切所以才恨他们，还是别的什么原因。”

“他们是我的父母啊。”费彦说，“你以为，我喜欢偷偷暗算你们？他们告诉我，你该做什么，你要做什么，你有什么责任。为了复兴这个国家，我要无所不用其极，我要成为我最讨厌的那种人。因为他们是我的父母。你明白我在说什么吗？”

费云点了点头。

“我讨厌这样。我花了二十年时间，所希望的就是有一天能找到这个消失的城市，能见到我的父母。我想要看看他们是什么样的人，想知道我到底是为了什么活着。我等了二十年，才见到他们。但他们却被封着。如果我离开这里，又要再等多久，我才能再见到他们？我等得到那一天吗？

“所以你们走吧，我要留在这里。如果扰时将这一切封住了，那我就和他们一起静止着等待醒来见面的那一天。如果你们失败了，他们就会醒过来，我就能和他们见面。如果他们也病变了，我会亲手杀死他们，然后和这个城市一起毁灭。你们走吧，不用管我。”

见他心意已决，费云也就不再多话，他点了点头，把费彦的剑还给他，转身离开。

快跑！快跑！

在两小时以内，要徒步离开一座大城市。

三个人像疯了一样跑着，穿过王宫，穿过大街，越过广场，从小巷和矮墙上抄近道。他们只有直线冲过城门，一直跑到都兰山峡谷之外，才会安全。

他们身上都还是伤口，但是扰时已经不再浸染他们。城里的扰时好像变淡了，在邬一一的火焰映照下，原来一水的灰色变淡，染上了五颜六色的淡彩。原本几近凝固的空气开始感觉到有微风，气味也开始丰富起来，头顶上植物的土腥味传了过来。

在这关口，费云还有心情讲笑话：“两位美女，你们有没有听说过一个故事？传说很久以前，有个人热爱跑步，他越跑越快，越跑越快，终于把自己的腿给跑断了。”

邬一一在狂奔中掐了他一把：“你的腿要是跑断了，我可不会管你。”

“不要啊！我辛辛苦苦把你救回来，不是让你在这时候抛弃我的！”

“你再说废话，我打算试试，用火球是不是可以把你直接弹出去！”

费云终于闭嘴了，费伊终究还是比较害羞，在两人斗嘴的时候一言不发，只管闷头往前跑。那两人嘴上说着，脚底倒也没慢，用了半小时离开王宫，穿过主干道用去了一小时。时间迅速地流逝，似乎要对这里二十年未曾流动的时光进行补偿，时间流动得像是更快了。费云怀里的纹章能量开始充盈，能感觉到它的跃动。

他们听见这枚纹章开始鸣叫，金色的光流从费云的怀中满溢而出。他们已经到了峡谷，已经可以看见前面那堵植物缠成的墙。但是纹章上的倒计时却已经走到了尽头。

像是从费云胸口打开了大坝的泄洪口，那光流冲了出来，瞬间涨满了峡谷，然后洪水似的朝城里冲了进去。这洪水却并无实体，对他们的前进丝毫没有阻拦，但是光流过处，一切都活了过来。

那些坚硬得胜过钻石的环境软了下来，那些峡谷上的土石草木苏醒了过来，这些活在二十年前的东西开始恢复了活气。

如果让光流冲进都兰堡内，所有的一切就将复苏，然后毁灭，那神秘的寄生瘟疫就会从都兰堡传播开，在这大陆上横行。

费云看了一眼前方，掏出那纹章来，知道这是自己唯一的机会。

“打出来！”他对邬一一叫道，身上机械刃叠卷起来，成了一个筒状，把纹章放了进去。邬一一一下就明白了过来，立刻运集力量，凝成一个火球，朝那筒里打了出去。火球炸开，那纹章像子弹一般飞了出去。

像从糨糊里拽出什么东西似的，纹章上喷薄而出的光流在空中拉出一条长长的尾迹，很快就消失在远方，穿过那道植物墙。

光流被截断了。

一瞬间，就像是气球被戳破了洞似的，刚才还充盈峡谷的光流一下泄掉了。金黄色一下化作烟雾，缩了下去，迅速消失无形。

他们还来不及高兴，就感觉到周围一下冷了起来。没有了纹章的控制，扰时重新活跃了起来。刚刚复苏的土地重新凝结，绝对的黑暗斑块一样把空间一块块挖了下去。原来淡化的扰时现在显出了自己的原形，连光也无法透过，只有黑暗。

但他们毕竟离外面已经不远了。

狂奔，躲开周围关闭的黑暗空间。身后已经陷入彻底的黑暗，王子费彦已经和他的父母一样归于绝对静止，只有眼前那光流划过后留下的一条通道还留着。

他们冲了出去，当突破那道植物墙时，就像来到了另一个世界。

外面是午夜，但天空点点星光照亮了大地。

黑暗在身后关闭，那扣在都兰堡空间上的植物壳子下沉了一下，但又重新凝固。他们回过身去的时候，那里面已经封得无比坚实，连空气都静止了。

不久之后，在费伊部下的挖地三尺的搜索下，他们找到了那枚纹章。那火焰爆炸并没有对它造成一丝损坏，依然完好如初。

费伊和自己的部队留在都兰堡外面，继续守护着这个城市。费云惊讶地发现，纹章成了自己的责任，不仅要肩负起看管的义务，似乎寻找都兰堡那怪病的解药也成了自己的事情。

他们跟费伊道了别，费伊似有留恋。

之后过了一个月，费云才突然想了起来。

都兰堡的一切就像是这个时代的一个微雕。你可以抵制殄的存在，将它视为异端，但上古时代的信仰和科技没有办法阻止你被殄毁灭。那奇异的寄生物到底是什么，他们不知道，但必然是殄的一种。当毁灭来临，可以依靠的却也只有另外的殄而已。当时间过去，这个王国的后人想要在这个世界上生存，想要守护这个国家，也只能依靠殄的力量。

也不知道将来有一天，当都兰堡王宫的国王和王后醒来，发现自己的孩子已经大了二十岁，并且成了一个殄人的时候，他们将会是什么样的表情。

看到那两张脸，这大概会成为费云寻找解药最大的动力。

七月创作年表

标题	刊发期数	杂志
天火事件	2002 年 2 月	科幻世界
向前坦克兵	2003 年 3 月	大众软件
分身	2003 年 4 月	科幻世界
中奖	2003 年 4 月	科幻大王
维序者	2003 年 5 月	科幻世界
另一种故事	2003 年 9 月	科幻世界
震荡	2003 年 11 月	科幻世界
斯克伦岛的新移民	2003 年 8 月	科幻大王
水鑫日	2004 年 1 月	科幻世界
英雄无敌	2004 年 1 月	大众软件
幻象	2004 年 2 月	漫友·科幻
重生只是童话	2004 年 3 月	漫友·科幻
分裂的灵魂	2004 年 12 月	知识就是力量
情人节	2005 年 4 月	知识就是力量
荣耀之战	2005 年 6 月	大众软件
羽夜	2005 年 7 月	大众软件
也许是悲剧，也许不是	2005 年 7 月	漫友·科幻文学秀
囚禁虚空	2005 年 7 月	世界科幻博览
迁异	2005 年 9 月	漫友·科幻文学秀
骷髅的平凡一生	2005 年 10 月	世界科幻博览
幽灵杀人事件	2005 年 11 月	世界科幻博览
消失的世界	2005 年 12 月	世界科幻博览
柔软世界与疯狂仙灵	2006 年 1 月	世界科幻博览
背面天堂	2006 年 2 月	漫友·幻想 100
梦魇，谎言	2006 年 4 月	世界科幻博览
夜无寐	2006 年 4 月	奇幻世界
撬动世界的哈林达姆	2006 年 5 月	九州幻想
龙语	2006 年 7 月	九州幻想
现实在真实塌缩之后	2006 年 7 月	世界科幻博览

七月创作年表

标题	刊发期数	杂志
最高刑罚	2006 年 8 月	世界科幻博览
凯蒂的愿望	2006 年 9 月	世界科幻博览
无名氏	2006 年 9 月	星云 IV - 深瞳
黎明将至	2006 年 5 月	大众软件
机械师记事簿·被遗忘的时光之歌	2007 年 2 月	九州幻想
双子	2007 年 3 月	九州幻想
看不见的门	2007 年 4 月	世界科幻博览
以吾之名	2009 年 9 月	九州幻想
机械师记事簿·独木秘林	2007 年 10 月	奇幻世界
2438 年的母系氏族	2007 年 11 月	九州幻想
关于苏贝拉的最后故事	2007 年 7 月	漫友·幻想 1+1
蓝颜	2007 年 10 月	漫友·幻想 1+1
催眠·他人之梦	2008 年 10 月	九州幻想
机械师记事簿·空颜	2008 年 8 月	奇幻世界
擦肩而过	2009 年 2 月	科幻世界
像堕天使一样飞翔	2009 年 4 月	科幻世界
机械师记事簿·云镇	2009 年 7 月	奇幻世界
超级马里奥·跳跳男	2009 年 9 月	九州幻想
合服战争	2009 年 10 月	大众软件
机械师记事簿·时光庇护所	2010 年 5 月	奇幻世界
Biu 的一声消失	2010 年 2 月	九州幻想
宇宙热量大盗	2011 年 2 月	读友
双旋	2019 年 3 月	科幻世界
赋名师	2010 年 4 月	新世界出版社
群星	2019 年 11 月	人民文学出版社
白银尽头	2020 年 3 月	新星出版社
岩边的禅院	2021 年 2 月	人民文学出版社
小镇奇谈	2021 年 8 月	人民文学出版社